D1941823

SBS
Schweiz. Bibliothek für Blinde
und Sehbehinderte
Albisriederstr. 399 8047 Zürich

AtV

Netty Reiling, die sich später ANNA SEGHERS nannte, wurde 1900 in Mainz geboren. 1920–1924 Studium in Heidelberg und Köln: Kunst- und Kulturgeschichte, Geschichte und Sinologie. Erste Veröffentlichung 1924: »Die Toten auf der Insel Djal«. 1925 Heirat mit dem Ungarn Laszlo Radvanyi. Umzug nach Berlin. 1928 »Aufstand der Fischer von St. Barbara«. Kleist-Preis. Eintritt in die KPD. 1929 Beitritt zum Bund proletarisch-revolutionärer Schriftsteller. 1933 Flucht über die Schweiz nach Paris. 1941 von Marseille nach Mexiko. Dort Präsidentin des Heinrich-Heine-Klubs. Mitarbeit an der Zeitschrift »Freies Deutschland«. 1943 schwerer Verkehrsunfall. 1947 Rückkehr nach Berlin. Georg-Büchner-Preis. 1950 Mitglied des Weltfriedensrates. 1952–1978 Vorsitzende des Schriftstellerverbandes der DDR. Ehrenbürgerin von Berlin und Mainz. 1983 in Berlin gestorben.

Romane: Die Gefährten (1932); Der Kopflohn (1933); Der Weg durch den Februar (1935); Die Rettung (1937); Das siebte Kreuz (1942); Transit (1944); Die Toten bleiben jung (1949); Die Entscheidung (1959); Das Vertrauen (1968). Zahlreiche Erzählungen und Essayistik.

Man wird Augenzeuge des ersten Wachstums der Hitlerbewegung im Dorf. Die Dichterin hat keine These, die sie illustrieren will. Sie schildert nicht aus einem politischen Willen heraus, obwohl sie genau weiß, wohin sie gehört. Man gewinnt großes Vertrauen zu ihrem Bild, weil man Zeuge eines Naturprozesses zu sein glaubt. Die alten Bauern wollen nicht recht ran. Die Jungen werden verlockt von Uniformen, Autofahrten, Abenteuern und Keilereien. Es ist bei den Alten nicht viel Widerstand da, bei den Jungen ein vielfältiger Betätigungsdrang. Das sind einige Tendenzen des Prozesses, der viele Wurzeln hat, wie alles Lebende.

Anna Seghers erzählt herb, schweigsam, mit seltener, bezaubernder Konzentration. Kein überflüssiges Wort, kein Sentiment, keine Reflektion der Erzählerin. Jedes Gespräch ist sparsam auf seine Grundlage gebracht.

*»Das Neue Tagebuch«, Paris, Nr. 5 vom 3. 2. 1934*

Anna Seghers

# Der Kopflohn

Roman aus einem deutschen Dorf
im Spätsommer 1932

Aufbau Taschenbuch Verlag

Mit einem Nachwort von Sonja Hilzinger

ISBN 3-7466-5157-3

1. Auflage 1995
Aufbau Taschenbuch Verlag GmbH, Berlin
© Aufbau-Verlag GmbH, Berlin 1951
Umschlaggestaltung Torsten Lemme
unter Verwendung eines Ausschnitts aus dem Gemälde
»Gartenrestaurant« (1912) von August Macke
Satz LVD GmbH, Berlin
Druck Elsnerdruck GmbH, Berlin
Printed in Germany

# Erstes Kapitel

## I

Bastian kam als letzter vom Feld, klappte die Zauntür zu, kratzte den Schmutz von der Hacke, legte sie an ihren Platz im Schuppen, wusch sich Gesicht und Hände an der Pumpe. Sein Kopf blieb gesenkt, seine Schultern vorgezogen, weil ihm der Rücken vom vielen Bücken spannte. Vor der Haustür bückte er sich tief zum letztenmal. Er wollte zwei Kartoffeln aufheben, die Dora aus dem Korb gefallen waren. Dabei wurde ihm schwindlig. Einen Augenblick stand er vierbeinig da, die Hände auf der Erde, um nicht umzukippen. Diesen Augenblick lang trug er eine unermeßliche Last auf seinem waagrechten Rücken. Dicht hinter ihm stand der Tod, die Hand erhoben, um noch einen kleinen Brocken zu der Last zu legen: dann war es um den Mann geschafft.

Er drückte sich noch rechtzeitig vom Boden ab und richtete sich stöhnend auf. In der linken Hand die beiden Kartoffeln, faßte er mit der rechten die Türklinke.

Der Tür gegenüber hinter dem gedeckten Tisch saß die Frau, neben ihr auf der Bank der Größe nach vier Kinder. Das fünfte Kind hielt sie auf einem Knie. Die unbewegten Gesichter waren verschleiert durch den leichten Dampf, der aus der Schüssel hochstieg. Beim Geruch des Dampfes wurde dem Bauer zum zweitenmal schwindlig, wenn auch nicht so stark. Sein Inneres zog sich zusammen vor Gier. Er hatte nur den einen Wunsch, sich über die volle Schüssel zu werfen, den Kopf im Essen. Er trat neben seinen Stuhl, den einzigen auf der zweiten Breitseite des Tisches.

Sein Herz klopfte, als sein Kopf tiefer in den Dampf geriet. Er richtete sich aber zurecht, wie er sich vorhin gerichtet hatte. Er zwirbelte sein Bärtchen zwischen Daumen und Zeigefinger. Die Kinder sahen gespannt mit zu, ihre Nasenflügel zuckten. Über die Teller fügten sich die kleinen Dächer aus gefalteten Händen. Endlich erhoben sich in der Stille die ersten Worte des Gebetes, das Bollwerk um die Schüssel.

Als Bastian bei der Stelle angekommen war, an welcher Gott um Vergebung der Schuld angegangen wird, klapperte draußen die Zauntür. Er hörte, wie sich jemand der Schwelle näherte. Er versuchte mit aller Kraft, diese Schritte zu mißachten, er erhob die Stimme. Keins der Kinder sah auf. Aber an dem tiefen Schatten, der plötzlich die abendliche Stube erfüllte, merkten alle, daß jemand auf der Schwelle stand und mit seiner Gestalt die offene Tür ausfüllte.

## II

Amen. Bastian drehte sich um. Der Mensch in der Tür war ihm unbekannt; einer von den Jungens, wie sie öfter durchkamen. Er trug eine kurze Hose, einen ledernen Gürtel, ein blaues Leinenhemd, einen Rucksack, durch dessen Riemen eine Jacke gezogen war. Sein von Schmutz und Schweiß verkrustetes Gesicht war schüchtern bis auf die schmalen, hellen Augen. Er sagte: »Ich bin Johann Schulz, dem Georg Schulz sein Sohn.«

Plötzlich setzte die Frau ihr Kind vom Knie auf die Bank und stand auf.

Sie sagte: »Mein Verstorbener hat doch eine Schwester drüben in Botzenbach gehabt. Die hat einen Schulz geheiratet. Sie sind dann schnell wegverzogen, weit weg, ich glaube, ins Sächsische. Ich habe auch mal gehört, sie sollen Kinder bekommen haben. Er wird wohl von diesem Schulz ein Kind sein. Ich habe dir von diesen Leuten nie was erzählt, weil sie ja zu unserer Zeit gar nicht mehr da waren und weil es eigentlich gar keine richtige Verwandtschaft ist.«

Bastian sah unschlüssig in das fremde Gesicht, dann sah er vom Gesicht auf die Schuhe. Die waren für andere Füße eingekauft; die runden, schlecht gesteppten Knöchelflecken saßen nicht da, wo jetzt die Knöchel waren.

Der Junge ließ sich betrachten, die Türklinke in der Hand. Auch ihn machte der Geruch des Essens schwindlig. Er rieb seinen Hinterkopf an der Tür, die schicken mich weg, die schicken mich nich weg, Gottogott, Gottogott.

Bastian sah von den Schuhen zurück ins Gesicht. Auf einmal kam es ihm vor, nicht nur von Dreck sei das Gesicht ganz grau. Wie er fester drauf sah, wurde es unter den Lidern bläulichgrau. Bastian sagte – ungern: »Wenn's Ihnen nich auf die Zeit ankommt – setzt Euch.«

Die Kinder starrten den Gast an. Die Frau richtete einen Teller auf der Schmalseite des Tisches und legte eine Brotscheibe dazu.

Der Gast packte das Brot mit seiner ganzen Faust, ohne abzuwarten, bis alle Teller gefüllt waren. In großer Qual, als könnte er auch jetzt noch verhungern, den harten Bissen im Mund, zerrieben seine Zähne das altbackene Brot. Die Kinder erschraken. Seine Zähne erschienen ihnen zackig und glänzend. Ohne den Kopf zu drehen, betrachtete Bastian aus den Augenwinkeln diesen Hunger. Der war anders als der seine, nackter, reißender. Als der Gast mit dem Brot fertig war, sah er bestürzt in die leere, offene Hand. Dann packte er den Löffel.

Ohne sich viel zu kümmern, was am anderen Ende des Tisches vorging, versuchte die Frau, das ziemlich große Kind, das sich auf ihrem Knie krümmte und sträubte, an die Brust zu bringen.

Als das Essen fertig war, sagte Bastian: »Johann – so

heißen Sie doch – ja? Ihr werdet wohl jetzt nach Botzenbach fortmachen, vor Nacht?«

Schulz antwortete: »Ja, da muß ich wohl jetzt los.«

Sie sahen einander an. Auf einmal fiel dem Jungen der Kopf auf die Brust. Er stellte ihn wieder hoch, aber er fiel wieder, und er stellte ihn wieder hoch.

Bastian wunderte sich. Er hatte immer geglaubt, nur die Alten seien erschöpft. Er konnte sich aus jungen Jahren an keine Erschöpfung erinnern, wie er sie heute verstand: eine Faust von oben, die seinen Körper auspreßte. Oder zwei Fäuste, die ihn auswrangen. Er begriff nicht, wodurch etwas Junges so erschöpft war. Er sagte: »Wenn es Euch nicht eilt, von mir aus kannst du die Nacht hierbleiben.«

Zum erstenmal horchte die Frau gegen das andere Ende des Tisches. Ihr ruhiges, flaches Gesicht zeigte zwar kein Erstaunen, aber Aufmerksamkeit. Sie richtete ihr Kleid, setzte das Kind auf den Boden und stand auf. Bastian bereute sofort sein Angebot. Er forderte seinen Gast mit einem bestürzten Blick auf, es abzuschlagen. Der aber hielt sich mit einer Hand am Tischbein fest, rückte vom Stuhl auf die Bank, schob mit der freien Hand das nächste Kind seitwärts, so daß alle vier Kinder schnell eins nach dem anderen halb abrutschten, halb von selbst aufstanden, und legte sich dann rasch längelang. Bastian schüttelte den Kopf und stand auf.

Eine Weile liefen Mann und Frau zwischen Küche und Stube hin und her mit Geschirr und Futtereimer. Sie traten unwillkürlich sachte auf. Mit leisen Zurufen hielten sie die Kinder an, sich auszukleiden. Die standen noch immer beim Ende der Bank zusammen und betrachteten den Schlafenden.

Eine Stunde später kam die Frau aus dem Stall. Schwere und leise Atemzüge erfüllten die vier Wände. Alles war zu erkennen. Die Sommernacht war nur eine unschlüssige Stille zwischen zwei Dämmerungen. Die Frau stellte sich auch noch einmal vor die Bank. Sie verschränkte die Arme und sah herunter, auch jetzt ohne Erstaunen, nur aufmerksam. Der Junge hatte sich wohl inzwischen noch einmal hochgerichtet, einen Schuh ausgezogen, den anderen aufgeschnürt. Den aufgeschnürten Schuh hatte er am Fuß hängenlassen und weitergeschlafen.

Die Frau gähnte und ging in die Küche. Von der Küche war durch eine Bretterwand ein Schlafzimmer abgetrennt.

Etwas später kam Bastian herein. Er stellte sich dahin, wo vorhin seine Frau gestanden hatte. Das offene Gesicht des Schlafenden erfüllte sein Herz mit Bestürzung. Manche waren schon durch ein Dorf gekommen, die Böses hinter sich hatten und noch Böseres vor sich. Am liebsten hätte er den Jungen an den Schultern wachgerüttelt und ihn fortgeschickt. Aber er tat etwas anderes: er bückte sich, zog den aufgeschnürten Schuh vom Fuß, stellte den Schuh neben den anderen und legte das herunterhängende Bein neben das andere Bein auf die Bank.

Er glaubte so zu handeln, weil er an Gott glaubte.

## III

Wenn man auch Bastian keine großen Strecken ansah, er war doch seinerzeit ziemlich weit herumgekommen. Sein Vater hatte sich durch Arbeit und Heirat heraufgerackert. Er starb aber mit vierzig Jahren an den Folgen eines Huftrittes seines ersten Pferdes, auf dessen Erwerb er noch im Sterben stolz war. Die Merzens freilich, die zwei Pferde hielten, erklärten den Vorfall: Der hat sich auch eingebildet, er versteht mit Pferden umzugehen.

Der älteste Bruder, Konrad, schob den jüngsten, Andreas, in die Lehre ab, nach der Kreisstadt Billingen. Damals war zu erwarten, daß das Dorf einen Schuster mit etwas Landzuschuß ernähren könnte. Andreas hatte bis jetzt nur die Enge der Bauernstube gekannt oder die maßlose Weite der Felder. Nun verengte und erweiterte sich sein Herz zum Umkreis der kleinen Stadt; der bezieht viel Leben ein und läßt noch mehr draußen und macht eben dadurch unruhig. Er dachte, er könnte noch eine Weile fortkommen, wo immer seine Hände mit einem Paar zerrissener Schuhe zusammentrafen. Er zog mainabwärts, dann in den Schwarzwald. Er lernte Hopfenbauern kennen auf den Hügelabfällen und Waldbauern auf windigen Hochflächen. Die Winter waren hart. Er lernte die Zubereitung verschiedener Fette und Öle für Holz und Leder. Er lernte vertrackte Unterhaltungen mit Gott, wenn er allein war, und der Meister schwerhörig und die Fenster angelaufen.

Er schlug einen großen Bogen nach Nordwesten, bei dem ihm das Handwerk oft an den eigenen Füßen zustatten kam. Der Anblick des sommerlichen Meeres erstaunte ihn tief und erweiterte seine Vorstellung von der Allmacht Gottes. Juni, Juli, August. Der Weltkrieg packte ihn und verfrachtete ihn weit über den Umkreis seiner eigentlichen Wünsche. Er war an der Westfront und an der Ostfront und in Rumänien. Er war nie schwer verwundet: ein Herrgott, der ihn verschonte und vielleicht ahnte, daß dieser Mann mit einem Genesungsurlaub wenig anzufangen wußte. Brennende Dörfer, zerrissenes Fleisch zerstörten nicht seinen Glauben an eine verborgene Ordnung. Denn er wurde nach wie vor gebraucht. Wochenweise regulär in den Armeewerkstätten hinter der Front, und sonst immer täglich, wo etwas an Schuhen in Unordnung geriet; denn auch der Tod braucht Stiefel.

Als die Fronten fielen und die Armeen heimströmten, zog Bastian von Südosteuropa nach der Heimat. Schon bekamen in der großen Wirrnis die einzelnen Wünsche feste Umrisse. Aber das hatte nichts mit ihm zu tun, oder er glaubte es wenigstens nicht. Denn seine eigene Unruhe war vollkommen erschöpft. Vielleicht war sie auch aus den äußeren Bezirken in die inneren umgeschlagen. Er bekam Heimweh, nicht nach Häusern oder Menschen – an die dachte er auch jetzt mit Widerwillen. Er hatte einfach Angst, die Erde könnte ihn weniger gütig aufnehmen als seinen Bruder, weil er sich weniger um sie bemüht hatte. Während der tagelangen Fahrt spähte er nach Äckern aus, herbstliches nasses Land.

Daheim wurde er mit geringer Freude aufgenommen. Zwei ansässige Schuster konnten sich selbst nicht durchschlagen. Konrad Bastian klagte, sein Besitz sei heruntergekommen und verschuldet durch die Neuanschaffungen, die er brauchte, um seine Wirtschaft in Schuß zu bringen. Was Andreas Bastian anging, sei er durch das Lehrgeld und die Ausstattung ausbezahlt. Er hätte auf allen Anspruch durch seinen freiwilligen Weggang verzichtet.

Schließlich endete alles damit, daß sich Konrad Bastian ein Stück ziemlich sandigen Bodens nach dem Fluß zu abzwacken ließ. Auch die kleine Ziegelsteinbude mit dem Gartenstreifen konnte er ihm nicht gut absprechen – sie war ihm bei seinem Wegzug ausdrücklich als Anteil zugebilligt worden. Sie lag eine halbe Stunde von den Äkkern entfernt.

Dort zog Andreas Bastian ein, ein paar Bretter, ein Strohsack. Er versöhnte sich niemals wirklich mit seinem Bruder, aber er lieh sich hie und da ein Werkzeug und stand seinem nachgeborenen Kind Pate.

Andreas Bastian wäre nie auf den Gedanken gekommen zu freien, wenn nicht der Margarete Altmeier ihr Mann an Grippe gestorben wäre. Die Witwe war eine winzigkleine Bäuerin mit handgroßem, blassem, nie lächelndem Gesicht. Die konnte ihn sicher nicht stören. Ihn trieb auch nicht der Wunsch nach Hochzeitsfreuden, sondern die Angst, allein zu liegen in einem unordentlichen Grab. Denn er war sich klar, daß das alles kein Aufschwung war, sondern der Ablauf des Lebens. Diese Frau brachte zwei Kühe mit, Möbel, Bettzeug. Ein halbes Leben lang hatte sie unverdrießlich die Trägheit des langen, schlaksigen Mannes wettgemacht. Wie gut ihr das jetzt tat: ein Mann, der sich mühte. Alles sah aus, als könnten sie miteinander ihr Leben in Ordnung zu Ende führen. Da kam etwas dazwischen. In der langen Ehe mit dem prächtigen, prahlerischen Altmeier war die Frau nicht schwanger geworden. Jetzt gebar sie ein Kind, und in kurzen Abständen noch vier Kinder. Bastian hatte die Frau bereits gelehrt, gern an den Tod zu denken. Jetzt mußten sie sich scharf umdrehen. Jetzt hieß es, nicht nur den letzten Rest auskosten, sondern das Ganze, jeden Tropfen, den sie verabsäumt hatten.

Die ersten Jahre war es soviel, als ein Mensch tragen kann, wenn er sich Mühe gibt. Dann war es noch mehr geworden.

Bastian mißtraute den ausgiebigen Klagen der Nachbarn. Er dachte, es sei vor allem ihm bestimmt, zugrunde zu gehen. Grade das war sein Trost, daß es ihm bestimmt war, etwas für ihn von oben Ausgedachtes, eine Prüfung.

## IV

Es kamen zuweilen Lastautos durch, rotbeflaggte, hakenkreuzbeflaggte. Sie schrien Reden durch ein Rohr, sie schneiten Zettel aus einem Sack; er hatte manchmal welche in der Hand gehabt. Es ärgerte ihn, daß man ihm von außen zuredete, tu dies, tu das. Es war ihm zuwider, daß sich Fremde einmischten. Im vorigen Monat waren mal die beiden jungen Brüder Kunkel aus der Stadt gekommen. Sie hißten zwei Hakenkreuzfahnen, eine vor der Haustür, eine auf dem Treibhausdach. Sie standen in neuen Röcken – zwar nicht in braunen, die waren verboten, in was Grüngrauem – vor der Haustür, reckten die Hälse, ließen sich betrachten und ausfragen. Die guten Windjacken, die ledernen Gürtel, die hohen Stiefel machten den Jungens am Ort runde Augen. Lastautos kamen durch mit zwanzig, dreißig Jungens, nahmen Kunkels mit, setzten welche bei Kunkels ab. Viele Bauern schüttelten die Köpfe. Manche sagten: »'ne neue Narrheit!« Manche sagten: »Wer weiß – vielleicht –« Einer sagte: »Doch besser wie die roten Büttels. Die wollen doch was bringen, die wollten nur was holen.« Einer sagte: »Na, bringen – mit dem Maul.« Bastian sagte auch: »'ne neue Narrheit.« Er machte einen Bogen um den Trubel. Beim Anblick der Kunkels grämte ihn, daß er keine solchen Söhne hatte, kräftig und beschlagen, nur das niedrige Gestrüpp um die Knie.

Einmal wachte er nachts auf. Ihn quälte bis in den Traum die Ratenzahlung für die Pumpe. Er hatte voriges Jahr bohren lassen, weil ihn die Frau beim Eimerschleppen dauerte; denn sie war klein und schwach, und seine Tochter zu jung. Jetzt kam er mit der Abzahlung nicht zurecht. Er lag wach und rechnete. Da knallten zwei Schüsse aus der Richtung von Billingen und durchlöcherten seine Gedanken. Er vergaß sie eine Weile, zitterte und horchte. Dann fiel ihm alles wieder ein, deutlicher, weil er jetzt ganz wach war. Er hatte sagen hören, bleiche Kinder wie Dora hätten weiche Knochen. Dann drücke ihnen das Schleppen den Rücken ein. Das war aber nur übriggebliebenes Gerede von seinen Reisen vor dem Krieg in anderen Gegenden. Das nutzte gar nichts, heute, an diesem Ort.

Es gab aber auch noch lichte Stunden. Er richtete sich auf von seinem Acker, langsam ließen die ziehenden Schmerzen in seinem Rücken nach, er atmete tief und sah sich um. Der Horizont war nur ein dünner Rain zwischen den Feldern der Erde und dem unermeßlichen blauen Feld des mächtigen Nachbarn.

# V

Als Johann am Morgen aufwachte, standen Andreas Bastians Kinder an derselben Stelle wie am Abend, am Fußende der Bank, und betrachteten ihn. Am dichtesten stand die Dora Bastian, eine dünne, hoch über ihre Geschwister geschossene Zehnjährige. Ihr Gesicht war schmal und lang; ohne sich zu runden, wuchs es aus dem Hals heraus. Sie war sehr bleich, mit hellen, kaum sichtbaren Brauen, bräunlich nur über Schultern und Armen, ganz ohne Lächeln wie ihre Mutter. Ein schwacher Glanz kam selten in ihre Augen und erlosch schnell. Auf Johann hinunterblickend, flocht sie ihr Zöpfchen mit unendlicher Langsamkeit. Johann dachte an seine Schwester, damals in der Frühe, gähnend im Leibchen, dürrarmig, zopfflechtend. Er sprang auf und lief aus der Stube. Die Kinder drehten sich alle um und folgten bis auf die Türschwelle. Von hier aus sahen sie zu, wie er sein Hemd über den Gürtel zog und sich unter der Pumpe abgoß. Andreas Bastian kam aus dem Stall, warf einen verwirrten Blick auf Johanns triefenden jungen Rücken. Johann sah sich um nach etwas zum Abtrocknen; ohne das Gesicht von ihm zu drehen, zog Dora ihre Schürze aus und reichte sie hin.

Er schlupfte ins Hemd. Es war zwischen fünf und sechs. Kühler, golddunstiger Morgen umgab seinen frischen Körper und forderte ihn auf, teilzunehmen. Johann spreizte unwillkürlich die Arme. Gleich fielen sie herunter. Er zuckte die Achseln und senkte den Kopf.

Er trat hinter den Kindern in die Stube, Kaffeegeruch, auf dem Tisch ein großer Teller voll alter Brotstücke, ein paar Tassen. Die Frau schenkte ein, gab jedem aus der Tüte einen Löffel Zucker, legte die Zuckertüte in die Schublade. Sie goß aus dem Schöpfer ein paar Tropfen Milch in jede Tasse. Johann dachte an die kuhwarme Milch in den Eimern vor der Tür zum Verkauf. Er tunkte still sein Brot.

Margarete Bastian nahm das kleine Kind auf ein Knie. Sie öffnete ihr Kleid; sofort begann das Kind wütend zu schreien. Diesmal schloß sie schnell ihr Kleid und tunkte ein wenig Brot, wonach das Kind gierig schnappte. Über dem Tisch trafen sich Mann und Frau mit einem schweren, scheuen Blick, den Johann nicht verstand. Langsam drückte der aufsteigende Tag, als wollte er die Menschen sachte an seine Schwere gewöhnen. Bastian sagte: »Margret, wir gehen jetzt ran an den Klee.« Er sagte zu Johann: »Dann kommste en Ende mit, da geht's bei unserm Kleefeld links ab nach Botzenbach.« Johann erwiderte nichts, er suchte in seinem Kopf. Er drückte die Augen zu. »Vollgefressen weggehen? Da habt ihr doch draußen euer Holz.« Bastian sah zögernd seine Frau an. Die Frau nickte. Bastian sagte: »Könnt ihr das in der Stadt?« Johanns Gesicht veränderte sich, klappte auf. »Warum nicht?«

Sie gingen hinaus. Bastian holte den Block aus dem Schuppen und seine Axt. Er machte ein paar Hiebe vor. Johann sagte: »Laßt, laßt.« Er griff selbst die Axt. Bastian sah eine Minute lang mit zu. Zuerst sah es ungeschickt aus, dann schwerfällig, dann vernünftig.

Sie ließen ihn allein und zogen ab. Bastian hatte das jüngste Kind auf der Schulter, einen Tragkorb auf dem Rükken. Die Frau hatte gleichfalls einen Tragkorb und das zweitjüngste an der Hand. Eine kleine, ganz blanke Sichel am Gurt des Mannes zog hinter ihnen in der Morgenfrühe einen dünnen Lichtschweif. Sie kamen an die Stelle, wo die Landstraße nach Botzenbach abbog. Einige Augenblicke lang sah man von hier aus unter den Hügeln eine Krümmung des Flusses, ein bläuliches, blinkendes Hufeisen. Wie jeden Morgen schwenkte die Frau das Kind in die Luft, wie jeden Morgen schrie das Kind beim Anblick des Flusses einen schrillen, glücklichen Vogelschrei.

Sie brauchten eine halbe Stunde bis zum Acker. Bastian spürte auf seiner linken Schulter das Gewicht des Kindes.

Er sagte: »He, Margret, es geht dir nicht mehr an die Brust, sagst du, wie?« Die Frau erwiderte: »Nein.« Sie hatte versucht, dieses Kind so lange wie möglich zu stillen, um vor Schwangerschaft bewahrt zu bleiben. Mit gesenkten Köpfen, ohne ein Wort daran zu geben, dachten beide nach. Jahr für Jahr, Tag für Tag schloß sich eine Tür nach der andern, ein Spalt nach dem anderen, bis zur völligen freudlosen Dunkelheit.

Sie erreichten den Acker und setzten die Kinder in die Furche.

Daheim im Garten zogen die beiden großen Kinder einen Stecken durch den Tragring des Milcheimers. Sie hoben ihn mit gerunzelter Stirn und zogen ab, mit winzigen, durch den leise schwenkenden Eimer gebändigten Schritten. Fast im selben Augenblick bimmelte vom Ende des Dorfes das dünne Glöckchen der Milchsammelstelle.

Johann sah ihnen nach, auf Doras hohe, schwarzstrümpfige, nicht unschöne Beine. Dann war er allein. Das Dorf hinter dem Zaun war ihm unbekannt. Eine Welle aus Angst und Langweile schlug über Johann zusammen. Er schüttelte sich und drehte sich um. Er nahm die Axt. Er stolperte über das mittlere Kind, das allein zurückgeblieben war; das bröselte auf der Erde vor sich hin, fahl und schwach. Johann fluchte, packte das Kind hart an und setzte es in die Haustür.

Er legte einen Holzklotz nach dem andern auf und hackte. Nach sechs, sieben Hieben war ihm der Schwung geläufig. Sein Unbehagen verwandelte sich in Zorn, sein Zorn in Wut. Es war ihm rot vor den Augen. Die Umrisse der Klötze zitterten. Doch seine Arme waren schon auf den richtigen Punkt eingeschwungen. Mit starken Hieben zerschlug er den zwecklosen Morgen, das nutzlose Leben, in das man ihn hineingelockt hatte. Er schlug besinnungslos ein auf alle, von denen er annahm, daß sie am Verlauf seines Lebens schuld hatten. Schonungslos, ohne eine Spur von Reue schlug er den nieder, der ihm den Weg absperrte. Er schnaufte. Die Kinder starrten ihn an; sie waren zurückgekommen, um den zweiten Milcheimer zu holen. Diesmal zogen sie noch vorsichtiger ab, in den äußeren Armen ihr Schulzeug. Johann holte aus. Seine Wut fiel und stieg. Zu Spänen zerschlug er seine jungen, fruchtlosen Jahre, Hoffnungen, die man ihm aus Versehen gemacht hatte, Versprechungen, die kein Mensch ernst genommen hatte. Das mittlere Kind war längst von der Schwelle in den Garten zurückgekrochen, bohrte in der nassen Erde vor der Pumpe und kümmerte sich nicht um ihn. Manchmal trat von der Gasse her eine Frau an den Zaun, ging zurück und holte eine andere. Eine kleine Gruppe von Frauen und Mädchen mit leeren Milcheimern stand eine Minute lang hinter dem Zaun, sah mit zu, flüsterte, löste sich auf. Es war Mittag geworden, dunstig verhängte Sonne. Die Kinder kamen aus der Schule. Ein Regenfall war möglich, die Bastians mußten den Klee einbringen. Dora machte das Essen fürs Feld fertig. Sie mußte die Tür abriegeln. Sie ließ für Johann den halben Brotlaib auf dem äußeren Fensterbrett, Salz und heiße Kartoffeln. Er nahm sich soviel Brot, wie er am Abend bekommen hatte. Kurze Zeit war er satter, ruhig. Ein wenig Gescharr und Gegacker, Glucksen unter der Pumpe, zu dem trocknen Brot der dünne, mittägliche Fettgeruch des Dorfes. Er setzte gedankenlos die fertigen Scheite in den Schuppen zu sauberen, ordentlichen Stößen. Die Kinder kamen wohl nicht mehr zurück. Die halfen, aber der Regen kam wohl kaum vor Nacht. Er senkte den Kopf tief bei dem Gedanken an die Regennacht. Er legte Klötze auf und schwang die Axt. Er hieb auf den schläfrigen Mittag ein, auf die trügerische Stille des Dorfes. Mit bösen, schonungslosen Hieben schlug er ein auf den Frieden dieses Hauses. Es blieben nur noch wenige Klötze übrig. Seine Kraft ließ langsam nach, auch sein Zorn. Als er schnaufte, standen Bastian und die Kinder hinter ihm. Er wischte sich den Schweiß ab. Er allein war heiß, die Luft um ihn herum war kühler. Über dem abendlichen Dorf lag jetzt eine Stille ganz anderer Art, nicht mehr des Druckes, sondern der abgeworfenen Last, endgültige Erleichterung. Bastian betrachtete Johann mit etwas spöttischem Lächeln, während sein halbverdeckter Blick vor Trauer dunkel wurde: hätte ich nur früher, zur rechten Zeit, einen Sohn bekommen.

Das brauchte nicht mehr besonders ausgemacht zu werden, daß Johann jetzt auch gleich mitaß: saure Milch, in die man hineinbrockte. Er ging wieder hinaus zu den übrigen Klötzen. Um ihn herum wurde den Hühnern gestreut, gepumpt, Eimer in den Stall getragen. Johann legte die letzten Klötze auf. Er schwang die letzten Hiebe gegen den Tag, das einzige, was bestimmt zu Ende war.

Bastian trat zu ihm, noch bevor er gefürchtet hatte, die Aufforderung könnte ausbleiben. »Da kannste noch mal hier schlafen. Morgen ist ja auch Sonntag.«

Bastian streckte eine flache Hand von sich und fügte hinzu: »Es fängt auch an zu regnen.«

## VI

Nun geschah etwas in der zweiten Nacht seines Hierseins, das zwar mit ihm nicht das geringste zu tun hatte, aber ihr Leben lang von Bastians und den Kindern mit seiner Ankunft in Verbindung gebracht wurde. Gegen zwei Uhr fuhr der alte Bastian hoch, Unruhe im Geflügelstall, tolles, keifiges Gegacker. Da kriegte er seine Frau mit einem Puff wach. Sie horchte kurz, dann rannten beide ins Freie.

Johann hatte sich auch hochgerichtet, Bastian hatte gezischt: »Der Fuchs!« Da kam er nach.

Es regnete nicht mehr, ihre nackten Zehen tauchten in feuchte, schleimige Erde. Eine kurze Unschlüssigkeit. Bastian hatte eine eiserne Stange in den Händen, sein Mund stand offen. Johann fragte mit zwei Gebärden nach einer Flinte – keine da. Er nahm ihm die Stange weg. Einen Augenblick später lag sein Körper platt auf dem Stalldach, Bastian sah nur die Stange gegen den mit Sternen besäten Himmel. Sie zitterten und hielten ihre Hemden zusammen. Johann schwenkte den Arm: Stalltür auf!

Alles ging so schnell, daß es eigentlich schon vorbei war, als sich Dora ganz kurz nach Johann aufrichtete. Durch die offene Tür kamen Gegacker und Flügelschläge, ungewohnt im nächtlichen Garten. Die Mutter stand bereits wieder in der Stube. Sie rief mit merkwürdiger Stimme: »Wie viele hat's geschnappt?« Die Stimme des Vaters kam von ziemlich weit her: »Nur das eine.« Gleich darauf kamen beide Männer zurück. Der Fuchs war ihnen entgangen, er hatte aber seine Beute lassen müssen. Bastian hielt die Gans von sich weg, sein Hemd war blutbefleckt.

Die Frau sagte: »Die muß man gleich rupfen, die muß man gleich fertigmachen.« Die Kinder waren alle wach geworden, viele glänzende Käferaugen. Auf dem Tisch im Dunkeln blähte sich der schneeweiße Vogelbalg. Bald drängten sich alle um den Herd, heiß vor der Brust und frostig im Rücken.

Der alte Bastian sengte den Biß aus und erweiterte den Schnitt, damit das Blut auslief. Dora hielt steif mit erschrockenen Augen ein Schüsselchen unter. Auch ihr Hemd war voll Blutspritzer. Dann schnitt Bastian Hals, Flügel und Füße ab. Er sagte: »Ein Glück, daß es bloß die eine war. Es hätten ja alle sein können.«

Die Frau nahm die Gans mit einem tiefen Griff aus. »Der Naphtel hat sie alle vorausbestellt.« Sie trennte vorsichtig mit ihrem kleinen scharfen Messer das Eingeweide. Die Männer rupften. Bastian sagte: »Der Naphtel verkauft sie weiter in Billingen.« Er sah plötzlich in Johanns Gesicht, bestürzt. In Johanns Gesicht war immer noch eine Spur von Erregung, etwas Aufgerissenes, Zügelloses. Er erschrak; er wußte nicht, daß dieselbe Erregung eben erst in seinem eigenen Gesicht erloschen war. Die kleinen Kinder lasen in der ganzen Küche die Federn zusammen und stopften sie in den Leinenbeutel, den Dora offenhielt. Fader Brandgeruch wechselte mit Fettgebrotzel, das die Frau gesprächig machte. »Eine nimmt der Naphtel für sich selbst. Die schlägt er aus den anderen heraus.« Bastian fügte hinzu: »Zu uns muß erst ein Fuchs kommen.« Die Frau nahm das Fett ab mit einem langen Schöpflöffel. Bastian fuhr fort: »Bei uns springt die Kleie nich raus. Immer 'ne Mark weg, immer noch 'ne Mark. Muß es am Dritten rein oder am Fünften, für den Kastrizius die Rate?« Die Frau sagte: »Immer fragste, und immer is es am Dritten.« Bastian sagte: »Immer frag ich, und immer is es am Dritten, und ich weiß nich, wie sie rein soll.« Dora, die den Federbeutel zunähte, blickte ihren Vater erschrocken an. Sie fürchtete sich, sobald von der Pumpenrate gesprochen wurde. Sie fühlte, daß sie schuld hatte. Bastian häutete den Hals mit zusammengebissenen Zähnen. Die Frau sagte: »Aus einer Gans kann man sehr viel machen.« Sie übersprang eine ganze Menge Gedanken und sagte zum Abschluß: »Weißt du noch, was es bei unserer Hochzeit gab? Braten und Meerrettich.«

Johann hatte jetzt nichts zu tun. Die letzte Nacht hatte er ziemlich ausgeschlafen. Aber er hatte doch einen zweiten guten Schlaf bitter nötig. Er kam nicht mit sich zurecht. Er hätte lachen können oder losheulen. Die Frau erklärte, sie wollte jetzt allein beim Herd bleiben, die anderen sollten sich noch eine Stunde legen, weil jetzt Sonntag sei.

Johann streckte sich sogleich auf seiner Bank hin. Aber Bastian kam noch einmal zu ihm und sagte: »Johann, da kannst du heute also mithalten.

Es ist ja auch Sonntag. Da wirst du's nicht so dringend haben nach Botzenbach.

Da kannst du also heute wirklich Gans essen.

Da bist du also eingeladen.«

# Zweites Kapitel

## I

Sonntag, am späten Nachmittag, fuhr ein mit Menschen vollgequetschtes Lastauto in einer mächtigen Staubwolke auf der Landstraße von Billingen nach Oberweilerbach. Auf dem Auto saßen außer dem Fahrer ein Dutzend Bauernsöhne aus den anliegenden Dörfern, ältere und jüngere Verwandtschaft, meistens Männer. Die Männer hatten schwarze Sonntagsröcke an. Die jungen Bauern hatten Windjacken mit Gürtel an, Schaftstiefel, Mützen mit Abzeichen. Auto und Fahrer gehörten der Brauerei Strohmeier in Billingen, die beides zur Verfügung gestellt hatte, sowie einige Fässer Bier und Quartier in ihren Räumen, für das Treffen, vorigen Abend in Billingen. Bei dem Treffen waren Reden gehalten worden von Doktor Döbritz, der extra deshalb gekommen war, von dem Landwirt Feder aus Billingen und von Heinrich Breideis vom Milchverband. Für die Menschen, die jetzt auf dem Lastwagen fuhren, waren alle drei Reden von geringer Bedeutung, mit dem einzigen Satz verglichen, den Christian Kunkel gesprochen hatte, ein junger, fünfundzwanzigjähriger Bauer aus Oberweilerbach, der jetzt vorn neben dem Fahrer saß. Mit erhobener Hand hatte Kunkel auf dem Podium wiederholt, was ihm Breideis eingeprägt hatte: »Heute bin ich aus meinem Dorf allein hier. Komm ich wieder, werden wir zwanzig sein, zwanzig mindestens, ja, bei Gott, das verspreche ich.« Kunkel hatte dabei seinen kleinen Bruder Gottlieb verschwiegen, der eingeklemmt in einer seitlichen Reihe saß und mit gerunzelter Stirn und zugepreßten Lippen seinen Bruder droben betrachtete. Jetzt saß er hinten im Auto zwischen zwei starken Burschen eingeklemmt und betrachtete ebenso den Rücken seines Bruders.

Christian neben dem Fahrer war vergnügt und schweigsam. Die Felder waren übersät mit gleichmäßigen, glänzenden Gesichtern, die ihn mit offenen Augen und Mündern von unten anstarrten. Für Kunkel war der vergangene Abend der zweite große Abend seines Lebens. Der erste schloß den Beerdigungstag seines Vaters. Die Mutter saß noch und wischte an den Augen herum. Bruder und Schwester sahen ihn merkwürdig an. Da begriff er, daß er der Älteste war. Er hatte es damals sofort ausprobiert. Er sagte zu seinem kleinen Bruder Gottlieb: »Los mal, Rüben durchdrehen!« Gottlieb hatte etwas mit den Brauen gezuckt, sonst nichts. Er hatte die Rüben durchgedreht.

Später, wenn Leute den Kunkel fragten: »Wie geht's, wie steht's?« erwiderte er auf jeden Fall: »Ich kann nich klagen.« Das Ansehen der Leute war doch Mörtel, der einem den Bau zusammenhielt. Er rackerte sich ab. Er zwang seine drei Helfer, Mutter, Schwester und Bruder, sich abzurackern. Es kam ihm zustatten, daß es auf seinem Boden nur solche gab, die für ihn arbeiteten, keine, für die er arbeitete. Er dachte wohlweislich nicht ans Freien. Da war kein Blutstropfen in Christian, der sich nicht den Umständen gefügt hätte.

Er hatte eigene Gedanken. Er probierte mal Tomaten auf einem Acker, er baute sich ein Treibhaus, das erste am Ort. Er zog Blumenkohl und Salate in ungewohnten Monaten. Er dachte nach, wie er das Zeug ohne Bahn nach Billingen kriegte. Aus Billingen kamen: der Milchverband, der Jude, das Brauereiauto. Er setzte auf das letzte und machte sich an den Fahrer. Der fuhr doch immer leer zurück, der sollte seine Ablieferung vor den Markttag setzen. Mit so viel Beharrlichkeit wäre Kunkel in guten Zeiten vorangekommen. Jetzt gelang es ihm, sich im

Gleichgewicht zu halten. In seine Hände kamen Zeitungen und Flugblätter. An seinen Augen wurden Fahnen vorbeigetragen. In seine Ohren wurde »Verrecke!« und »Heil!« und »Rot Front!« und »Nieder!« gerufen. Dazu sagte er überhaupt nichts. Doch dachte er, wenn er Zeit hatte, gründlich nach, was ihm nützlich sei. Eines Abends kam Kunkel aus Billingen mit zwei Hakenkreuzfähnchen zurück. Er setzte eins auf die Haustür, eins auf die Treibhaustür. Genau wie jedesmal war Kunkel in der Stadt mit allerlei Leuten zusammengekommen. Er war auf dem Amt gewesen wegen der Gebühren für den Marktstand. Er hatte den Arzt bezahlt, der seiner Schwester das Geschwür aufgestochen hatte. Er war auf den Milchverband gegangen wegen der neuen Preisliste. Überall war Kunkel wie immer ins Gespräch gekommen. Seine Gedanken erreichten diesmal einen Abschluß: Ja, dies war ihm vielleicht nützlich.

Denn Kunkel war vor allem ein Mensch, der fragte, was ihm nützlich sei. Bei der Zucht von Tomaten, Blumenkohl, Radieschen, Salat fragte er sich nach dem Nutzen. Wenn ihm Leute Fahnen, Hemden, Armbinden und Aufnahmescheine anboten, fragte er sich, ob ihm diese Leute und Dinge nützlich seien. In der Nacht auf Montag, weniger müde als in Werktagsnächten, gequält und unruhig durch das nachklingende harte Lachen sonntäglicher Mädchen, gelang es ihm schnell, über dieser Unruhe einzuschlafen; denn sie war ihm unnütz. Die Predigten seines Pfarrers verfolgte er aufmerksam, denn bei einem Mann, der viel und gründlich gelesen hatte, mußte schon etwas abfallen für einen jüngeren, was ihm nützlich war. Legte Kunkel den Kopf in den Nacken nach dem jubelnden Pünktchen von Lerche im unermeßlichen Himmel – Munterkeit durchzuckte ihn und zuckte aus seinen Händen in die Arbeit –, dann dachte Kunkel an diese Lerche genau über seinem eignen Feld als an etwas, das ihm nützlich war.

## II

Das Auto fuhr eine Strecke oberhalb des Flusses, vorbei an Fußgängern und Radfahrern, die der dicken Staubwolke nachfluchten oder lächelten. Alle drehten die Köpfe nach dem Fluß. Über dem Wasser mit den paar Ruderbooten, über dem flachen, teils bebauten, teils bewaldeten Hügel lag der glatte, saubere, etwas langweilige Glanz, den die gewohnte Landschaft sonntags für Menschenaugen annimmt, wenn die Arbeit von ihr abfällt. Im Lastauto bekamen alle Lust zu singen. Sie wollten gerade anfangen, da überholten sie ein Mädchen mit einer Handtasche. Aus dem Auto bückten sich welche und schrien: »Marie, he, Marie!« Kunkel ließ halten, bereute es gleich darauf, konnte aber nicht gut weiter, denn das Mädchen streckte schon seine Hand hinauf. Sie fragte: »Fahrt ihr nach Weilerbach?« – »Wir sind auf der Heimfahrt, wir setzen alle ab. Wir setzen dich auch ab. Steig auf.« Sie packten Marie unter die Achseln und zogen. Das Lastauto fuhr weiter. Auf der Straße hatte Marie nach nichts Besonderem ausgesehen. Jetzt aber, Knie an Knie, waren die Jungens ganz benommen von ihrer Nähe, ihrem Sommergeruch. Marie spürte die Blicke in ihre Brust hineinkrabbeln und machte den obersten Blusenknopf zu. Einer sagte: »Wir werden dir schon nichts abgucken.« Marie erwiderte: »Aber auch nichts dazu.« Ein anderer sagte: »Na, du hast ja auch genug.« Kunkel drehte sich herum und machte scharf: »Psss.« Alle wurden still. Marie hatte schon eine Antwort auf der Zunge, die mußte sie jetzt auch schlucken. Sie sagte: »Ei, Christian, Ihr habt Euch aber gut rausgemacht. Ja, wahrhaftig.« Jemand sagte: »Das nennste gut? Wir werden dir schon mal ganz anders daherkommen.« Kunkel fragte über die Köpfe weg: »Fährste denn noch nicht zurück, Marie? Biste denn immer noch da? Gefällt's dir so gut bei uns?« Marie sagte: »Vorerst mal.« Dann rief sie: »Ach, Gottlieb, du siehst auch gut aus! Wirklich.« Alle lachten. Gottlieb Kunkel wurde rot. In seinem jungen, verbrannten Gesicht war der Blick unentschlossen. Marie hatte schon die Hand ausgestreckt, um durch sein Haar zu fahren, ließ es aber, befühlte den Stoff seines Ärmels. »Wirklich gut.«

Vorne fingen sie wieder an zu singen. Marie sang mit. Die anderen sangen leise, um sie besser herauszuhören. Ihre Stimme war ruhig und tief mit allen Möglichkeiten der Freude und des Kummers und der ganzen Last der Liebe. Als sie fertig war, ließ sie den Kopf hängen. Das Auto hielt mit einem Ruck. Kunkel sagte: »Los, ab, Marie. Das Stück gehste allein.« Marie hüpfte ab, jemand reichte die Handtasche. Sie hörte schon das Lastauto unter kurzen, abgesetzten Heilrufen ins Dorf einfahren.

## III

Sie ging hundert Schritte. Dann begann die Dorfgasse mit Konrad Bastians Garten auf der einen Seite und Kunkels Treibhaus auf der andren. Schon hatte das Auto die Gasse durchfahren und fuhr auf offener Straße gegen das nächste Dorf. Auf der Gasse lagen weiße Zettel herum. Von den Rufen herbeigelockt, standen etliche Männer und Frauen vor ihren Häusern, Zettel lesend. Marie hob einen auf und las gleichfalls, um nicht sofort ins Haus zu müssen. Aus demselben Grund faltete sie das Blatt langsam zusammen und steckte es in die Tasche. Sie seufzte und trat ein. Die Algeiers saßen noch um den Tisch, Vater, Mutter und Paul. Mutter und Bruder waren breit und rund wie Marie, der Vater war dürr, sein Bart war fahrig. Auf dem Tisch stand ein Brotlaib und ein Teller mit ein paar Wurstscheiben. Marie sagte: »Guten Abend«, ohne jemand anzusehen. Sie setzte sich und machte sich ein Brot zurecht. Alle betrachteten mürrisch das große, schwere, kauende Mädchen. Die Mutter fragte: »No, wie is es gegangen?« Marie sagte: »Ich hab meine Klamotten bei Frau Struwe abgeholt. Sie waren dort richtig abgegeben. Mein Dienstbuch auch.« Die Mutter fuhr fort: »Na, und das Geld bis zum Fünften?« – »Ich werd mich doch für die paar Mark nicht groß ins Zeug legen.«

Jetzt jammerte die Mutter aus voller Kraft los: »Das sagste so hin, ein paar Mark, bum, Punkt. Frech biste sicher gewesen, übers Maul biste der Gerber gefahren, wie de's auch zu Haus machst. Warum soll se dir sonst kündigen? Ausgerechnet jetzt nach fünf Jahren? Und haste vielleicht an uns gedacht?

Seit fünf Jahren schickste uns alle Monat deine fünfundzwanzig Mark. Das soll nu aufhören. Und die Abzahlung an Kastrizius, wie soll denn die weitergehen, fünfzehn Mark bis zum ersten Januar, jeden Monat. Und die Lichtrechnung. Du, du, wie denkste dir das? An so was denkste ja nicht, du. Weißt du denn, du Stück, was das ist, fünfundzwanzig Mark?«

Marie sagte: »Soll ich vielleicht nicht wissen, woher es kommt? Hab ich's geschissen all die Zeit?« Die Mutter haute ihr eins, das knallte. Paul drehte sein Gesicht weg. Marie schnuffelte die Tränen. Die Mutter weinte jetzt auch. »Und jetz, was willste jetz? Dich weiter hier herumdrücken? Dich weiter angaffen lassen? Daß alles rumfragt: Die Marie, die Marie, die Marie. Dich vollfressen, mit 'ner rosa Bluse daherkommen. Du Stück du, du Rumdrükkern!« Marie sagte: »An Arbeit fehlt's ja hier nich.« – »Wenn ich nur rauskrieg, warum sie dir gekündigt hat.«

»Jetz sei doch mal still. Sie hat gekündigt, weil ihr Mann gekündigt ist bei der Bank, da guck doch in mein Zeugnis, ›treu und fleißig‹.«

Jetzt stand der Bauer auf. Die Frau schwieg. Es war auf einmal still im Zimmer, schwerer Abend, jetzt, da das Geschimpfe der Frauen abgebrochen war. Der Bauer sagte gar nichts. Auch jetzt sagte er bloß: »Paul, gib den Hut!« Die Frau fragte ängstlich: »Wo willste denn hin?« Der

Bauer erwiderte ruhig: »Man kann das überhaupt nicht aushalten.« Er knickte in den Knien ein, um seinen Hut unter dem Türbalken durchzulassen. »Komm mit, Paul.« Als er draußen war, fing die Frau von neuem an, aber sie kam jetzt nicht mehr in Schwung. Sie schrie bloß: »Tu dies, tu das.« Als die Arbeit fertig war, stellte Marie einen Stuhl an das Sofa und machte sich ihr Nachtlager. Die Mutter fing noch mal an, wie jeden Abend: »Und en Bett is nich mehr da für dich. Da kannste sehen, du dickes Mensch, wie de zurechtkommst.«

Marie zog die Beine an und legte sich krumm.

Sie war noch nicht müd genug, doch so hatte das Geschimpfe ein Ende. Die Dämmerung lag ihr auf dem Herzen, die nach sechs Wochen noch immer ungewohnte dörfliche Abendlangweile. Doch um zu trauern, dafür fühlte sie sich zu gut aufgehoben in ihrem Körper, der bisher alles spurlos überstanden hatte: Schläge, harte Arbeit, die Umarmungen von drei, vier städtischen Liebhabern, die Griffe des kleinen, schmierigen Arztes (den Namen hatte ihre Vorgängerin vorsorglich auf die getünchte Wand der Mädchenkammer geschrieben). Die scharfen Kanten des eckigen, engen Sofas machten ihr nicht das geringste aus, doch jetzt genügte ein wildes Hoho draußen auf der Dorfgasse, das Quietschen einer Ziehharmonika, um ihre Knie locker zu machen, während sie ruhig einschlief.

## IV

Der alte Algeier durchquerte das Dorf, seinen Sohn ein Stück hinter sich. Er kam durch die Länge seiner Schritte sehr schnell vorwärts. Nach ungefähr zehn Häusern erweiterte sich die Gasse und ließ Aussicht zwischen zwei Höfen auf das flache, nach dem entfernten Fluß schwach abfallende Land. Rechts vom Fluß her kam ein breiter Feldweg bis ins Dorf hinein, gesäumt von Gras, Brennessel und Löwenzahn. Eigentlich war es kein Platz, auf den man die Linde gepflanzt hatte, nur eine Erweiterung der Gasse. Die Häuser fanden sich auch gleich wieder zusammen, in zwei regelmäßigen Reihen, die das Dorf zu einem schnellen Ende brachten. Trotzdem war der Stecken mit dem grünen Baumkegel die Achse, um die sich das Leben auf und ab spulte. Der Wirt hatte Ärger mit dem Tüncher gehabt, denn die Wand hatte gelb werden sollen und war durch falsche Mischung orange geworden. Er kelterte dünne, rauschige Obstweine, die in der Umgegend bekannt waren. Gäste waren die Gier seines Lebens. Über dem Schild wehte heute eine schwarzweißrote Fahne und eine mit Hakenkreuz. Der Brauereifahrer hatte versprochen, auf dem Rückweg mit seinen Kameraden einzukehren. Er hätte auch einen Halbmond gepflanzt, wenn es in Oberweilerbach Türken gegeben hätte.

In der Wirtsstube war es voll. Keiner von den Bauern, die heute abend hier saßen, war gestern in der Stadt gewesen. Sie hatten keine Söhne dabeigehabt, sie hatten keinen triftigen Anlaß gehabt, drei Stunden zu Fuß zu gehen oder sich vor aller Augen auf einem Lastauto durchrütteln zu lassen.

Die Gaststube war ursprünglich ein geräumiges Wohnzimmer gewesen. Sein Grundgefüge war geblieben, nützlich für Gäste wie für ständige Bewohner. Um den runden Tisch war eine Holzbank gezimmert. Im Glasaufsatz der Kommode standen rote und grünliche Flaschen, zwischen den Fenstern hing ein gerahmter Hindenburg. Im freien Mittelraum waren ein paar Tische und Stühle geschickt aufgestellt. Auf dem Sofa saßen Konrad Bastian und Michael Merz. Merz hatte einen wuchtigen Bart und dicke Brauen. Sein Mund, seine Augen und seine Nase waren zu klein und eng beieinander. Er war der einzige Mann am Ort, der zwei Pferde hielt. Er hatte zwei erwachsene Kinder, Sohn und Tochter. Konrad Bastian, der ältere Bruder des Andreas Bastian, war diesem sehr ähnlich. Er hatte gleichfalls die Gewohnheit, sein graues Bärtchen zwischen Daumen und Zeigefinger zu zwirbeln. In seiner Haltung und Kleidung lag der Geruch des Mannes, der ein Haus, Land und Vieh besitzt. Er hatte auch nur zwei Kinder, eine Tochter von sechzehn Jahren, blaß und dünnknochig, ähnlich der Dora Bastian, und einen kleinen Buben. Er war in großen Steuerrückständen. Er fürchtete insgeheim, ein Ereignis könnte eintreten, das ihn von dem Platz auf dem Sofa neben dem alten Merz wegdrängte hinüber auf die äußere Eckbank. Bastian und Merz hatten ein Bier vor sich, außerdem einen Teller mit Salzstangen.

An den Mitteltischen saßen ein paar Auswärtige. Sie kamen aus Niederweilerbach, einem Dorf zwischen Billingen und Oberweilerbach. Weil ihr Dorf am Fluß lag, waren sie offener und tranken leichter. Sie hatten Stachelbeerwein vor sich, Johannisbeerwein und vorjährigen sauren Apfelwein. An dem runden Tisch saßen acht oder zehn Bauern zwischen vierzig und sechzig Jahren. Von ihnen hatte keiner ein Pferd, keiner weniger als zwei Kühe und keiner mehr als fünf. Sie hatten Bier vor sich, fast alle hatten gleichviel abgetrunken. Einer der Auswärtigen sagte: »Dem Albrecht Lamprecht haben sie's gestern gut gegeben. Der hat einen Stich weg, der ist im Spital in Billingen geblieben. Seine Mutter flennt den ganzen Sonntag.«

Konrad Bastian fragte: »Ist das dem Berthold Lamprecht sein Ältester? Der mit der Warze?«

»Jawohl, eben der, der hat nicht geruht, der is in die SA gegangen in Billingen.«

»Der Vater hätt die Hand schwerer auf den Jungen legen sollen. Ich hätt's ihm verwehrt.« – »Verwehren. Verwehr mal dem Stier die Hörner!«

Algeier hatte sich mit Paul an den Ecktisch gesetzt. Paul heftete schnell seine runden Augen auf die Redenden. Er war puterrot geworden. Er hatte längst an seinem

Vater gebohrt: Laß mich mit den Kunkels! Der Algeier hatte immer gesagt: Nee, gefällt mir nich.

»No, Algeier. Ihr habt Euern Jungen noch gut in der Zucht!« Paul duckte sich hinter den Tisch. Er kriegte ganz weiche Gelenke vor Scham. Algeier sagte nichts. Er hatte den Hut aufbehalten, weil sein Kopf kahl war. Merz sagte ins Zimmer hinein, ohne jemand anzusehn: »Wo is es denn passiert?« Ihm antworteten alle schnell durcheinander: »Es is in der oberen Eichelgasse passiert. Einer von denen wird's gewesen sein. Vielleicht wird's der Rendel gewesen sein. Wer kreischt, der petzt, wer petzt, der sticht.«

»Ihm zuzutraun!«

Der Wirt entdeckte unter den zehn Bauern am runden Tisch einen, der noch gar nichts bestellt hatte. Er drückte sich heran. Der kleine plattköpfige Neugebauer krümmte sich zusammen und platzte dann heraus: »Kirschwasser!« Er hatte mächtige Gier danach, schämte sich aber, etwas Besonderes zu bestellen. Alle fingen auch gleich zu lachen an. Der Wirt brachte ein Gläschen Kirschschnaps, auf dem eine eingemachte Kirsche schwamm. Neugebauer schnappte die Kirsche hastig mit Daumen und Zeigefinger und zerdrückte sie so lange als möglich im Mund. Er krümmte sich noch mehr zusammen, denn er spürte um sich herum einen stechenden Mückenschwarm von Blicken, Lachen und Anfragen.

»He, Neugebauer, ist dir nicht heiß genug?«

»Hat se dir nich eingeheizt, deine Neue? Brauchst noch von oben was?«

Neugebauer hatte nämlich zum zweitenmal geheiratet, eine Witwe. Alle sahen ihn an und weideten sich. »Na, wie ist's? Habt ihr noch nichts verlernt, ihr beide?« Neugebauers zweite Frau hatte einen schlechten Ruf. Ihr waren kurz nacheinander der Mann, die Schwester und zwei Kühe gestorben. Niemand konnte leiden, wenn sie den eigenen Kindern oder dem Vieh nahe kam. Die letzte Zeit war das Gerede geringer geworden durch eine Fülle allgemeiner, verwickelter Unglücksfälle. Durch die Heirat kam es neu auf. Neugebauer graute es selbst vor der unsauberen, dalbrigen Witwe. Aber er hatte sie genommen, um endlich seine Schulden aus der Mitgift abzuzahlen. Er war froh, als die surrende Wolke von ihm wegging und den Bauer Großmann umschloß, der neben ihm saß.

»He, Großmann, wie geht's deinem Sohn?« Großmann knurrte: »Wie soll's gehen? Fragt 'n doch selbst.« Alle stießen sich an und betrachteten Großmann, der vor Wut zitterte. Sein Sohn hatte einem Mädchen aus Botzenbach ein Kind gemacht. Als der Großmann die Summe erfuhr, die der Vater des minderjährigen Mädchens einklagte, gab er dem Sohn einen Tritt, durch den er zum Krüppel wurde. Alle Bauern am runden Tisch tranken gleichzeitig einen Schluck und betrachteten ihn lächelnd. Dann wurden sie still. Es fiel ihnen nämlich ein, daß dem alten Merz hinten auf dem Sofa etwas Ähnliches geschehen war. Wahrscheinlich hatte der alte Merz scharf zugehört. Er starrte geradeaus. Sein Sohn hatte voriges Jahr von einer Magd ein Kind bekommen. Er hatte seinen Sohn geprügelt und die Magd heimgejagt. Vor dem Gericht aber hatte dieser sein Sohn später erklärt, daß er zwar einigemal bei dem Mädchen gewesen war, aber niemals in dem in Betracht kommenden Monat. Als nun der Richter, die Pfarrer der beiden Ortschaften und die Verwandtschaft des Mädchens merkten, daß dieser Bauernsohn hart und fest war und unter allen Umständen bereit, selbst durch Meineid, die Zahlung zu umgehen, da hatten sie das Verfahren niedergeschlagen. Wohl merkte der alte Merz, wie sich der Mückenschwarm ihm näherte. Er wehrte ihn ab mit einer lässigen Handbewegung. Er drehte sein Gesicht ganz zu Konrad Bastian.

»Ihr habt wohl Verwandtenbesuch, sagt meine Frau?« Bastian erwiderte: »Nicht, daß ich wüßte.«

Merz sagte: »Da ist doch einer eingekehrt, bei deinem Bruder. Meine Frau hat 'n gesehen, wie er's Holz gehackt hat.«

Großmann sagte lächelnd: »'n Knecht wird er doch wohl plötzlich nicht eingestellt haben, der Andreas Bastian.«

Bastian zuckte die Achseln. Er ärgerte sich, daß er nichts davon wußte. Er wandte sich schnell an Algeier: »Eure Marie, die is ja immer noch da? Die is ja wohl gekündigt?«

Alle sahen Algeier an. Paul sah seinen Vater ängstlich an. Der legte den Kopf zurück, daß sein Bart über dem Tisch abstand, sein tabakbeschmierter, fahriger Bart, der immer aussah, als ob der Wind durchblies. Er erwiderte ruhig: »Ja, sie is gekündigt.«

Neugebauer fragte: »Warum denn?« Algeier erwiderte: »Ihr Dienstherr is gekündigt.« Da sagte Großmann: »An deiner Stell würd ich beim Dienstherrn anfragen. So 'n Mädel kohlt dem eignen Vater was vor.«

Zwanzig, dreißig Blicke kribbelten lachend an Algeiers Bart. Der sagte: »Nee, meine nich. Die kohlt nich.«

Großmann sagte schnell: »Wie willste das wissen, daß se nich kohlt?«

## V

Jetzt hörten sie draußen das Auto, Stimmen, Getrampel. Der Fahrer trat ein in seiner Lederjacke, die Kunkels, sechs, acht andere aus fremden Dörfern. Einige Bauern betrachteten sie geringschätzig, viele mißtrauisch, manche belustigt, andere nachdenklich. Christian sah mit seinen eng zusammenliegenden Augen schnell rundum. Unter seinem scharfen Blick wurde jedes Gesicht sofort leer, arglos. Er sagte: »Macht mal 'n bißchen Platz, Wirt!« Der Wirt rückte die Auswärtigen an einem Tisch zusammen und brachte Stühle bei. Das dauerte eine Minute. Während dieser Minute veränderten sich alle Mienen. Die Jungen waren einander ähnlich an Kleidung, Haltung und Auftreten. Algeier behielt den Kopf zurück. Er betrachtete unverwandt die Angekommenen mit zugekniffenen Augen, Paul mit runden, glänzenden. Der Wirt fragte: »Bier? Apfelwein? Kirschschnaps?« Der Fahrer sagte: »Na, heut spendierst du ja mal was. Das is klar.« Der Wirt erschrak, lächelte. »Tu ich, tu ich. Prost, Hähnlein, Prost, Kunkel, Prost, Prost!«

Der Fahrer lachte. »Schenk nur mal voll bis oben hin! Biste denn 'n Jud?« – »Habt ihr schon gehört von dem Lamprecht?« wich der Wirt aus. »Daß es ihm in die Herzgegend gefahren is. Vielleicht stirbt er.« Der Fahrer rief: »So was! Das haben wir noch nicht gehört.« Kunkel sagte: »Wir haben ihn im Spital abgegeben. Das hat kein Mensch geahnt.« Neugebauer fragte: »Wo is es denn passiert?« Kunkel erwiderte: »In der oberen Eichelgasse.« Neugebauer rief: »Seht ihr, seht ihr! Ich hab's gewußt. Knöpft euch mal den Rendel vor!« Kunkel rief: »Wird besorgt.« Er war ganz überrascht über seine eigene Stimme, wie ausgetauscht seit gestern abend. Bastian sagte: »Du, Kunkel, hast wahrhaftig auch 'ne Rede gehalten!«

»Na – nich grad 'ne Rede.«

Neugebauer fuhr fort: »Man sollte doch mal diesem Rendel den Kopf zwischen die Beine stecken und dann drauf! drauf! Und kennt ihr seine Frau?« Die Bauern lachten. »'n Hintern wie 'n Roß! So 'n Weibsstück, da sind zwei beisammen.«

Konrad Bastian sagte: »Sie hat auch immer das große Wort bei Gold & Sohn. Na, wenigstens schafft sie. Der Mann steht in der Gasse rum.«

(Jedes Jahr sagte der Aufkäufer der Konservenfabrik Gold & Sohn, Billingen: »Keinen Pfennig drüber. Rechnet selbst mal aus. Hier ihr, dort die Löhne. Wißt ihr, was die kriegen für die Stunde? Wißt ihr denn, was das kostet, allein die Kerne raus?«)

Neugebauer fing wieder an: »Das is so eine. Die macht Stunk, wo sie hinkommt. Die macht 'ne Hetz bei all den Weibern. Die macht keiner Kirsche 'n Kern raus, ohne 'ne Hetz zu machen.«

Großmann rief: »Was der Mann nicht verdient durch Rumdrücken, das will die doppelt reinkriegen.«

Neugebauer sagte: »Die sitzt wahrhaftig mit auf dem Auto und schreit sich ›Rot Front!‹ ab, und ihre Brust wakkelt.«

Der Fahrer sagte: »Hat bald ausgewackelt.«

Jetzt kamen noch zwei Gäste, Jakob Schüchlin und sein Schwiegervater Schulz. Schüchlin war ein dicker, kurzer, verschwitzter Mann. Seine etwas gestülpte Nase öffnete die großen Nasenlöcher nach vorn. Der alte Schulz war ein zittriges, taubes Männchen, kahl bis auf ein paar Fransen am Kinn. Sein Besitz stand zwischen dem des Konrad Bastian und dem des Merz. Er setzte sich sofort vor den Tisch am Plüschsofa. Schüchlin setzte sich neben ihn, aber nicht genau an den Tisch, sondern gegen das Zimmer. Der alte Schulz hatte ihm, einem geringen Mann, seine älteste Tochter gegeben; denn diese war etwas schwachsinnig und hatte ein Kind gehabt von einem Kriegsgefangenen. Er hatte sie vom Hof weggegeben gegen einen Vertrag, der den kaum zu erwartenden rechtmäßigen Söhnen der kranken Frau das Erbe sicherte und dem Schüchlin die Nutznießung. Die Frau war bestimmt keine langlebige. Aber Schüchlin war stark genug gewesen, auch aus dieser elenden Frau einige schwere Söhne in die Welt zu setzen. Alle wußten, daß Schüchlin die Susann schindete, tags bei der Arbeit, nachts im Bett. Es war nicht jedermanns Sache, in einer solchen Ehe zu stecken. Keiner hätte am Tage des Jüngsten Gerichts in Schüchlins Haut stecken wollen, aber die ganze Frist zwischen dem nahen Beerdigungstag der Frau und der Auferstehung wollte jeder gern mit ihm tauschen.

So trug Schüchlin wie zwei übereinandergestülpte Hüte einen doppelten Ruf: er war ein Satan und ein Schinder, er war ein ordnungsliebender, geschickter Bauer von großem Fleiß und tadelloser Gesundheit.

Der Wirt fragte: »Was gefällig?« Schüchlin packte seinen Schwiegervater beim Kopf und schrie ihm ins Ohr: »'n Helles oder 'n Dunkles?« Der Alte bewegte sein fransiges Kinn und sagte böse: »'n Helles.«

Der Wirt stellte zwei helle Bier auf den Sofatisch. Einer der Auswärtigen tippte Schüchlin an und sagte: »Euer Wirt wird immer dicker. Den trifft mal bald der Schlag. Mittags, wenn's am heißesten ist.«

Der alte Schulze ärgerte sich, weil er nichts verstand, und zerrte Schüchlin am Rock. Der packte seinen Kopf und rief ihm ins Ohr: »Er meint, so Dicke machen's nicht lang.«

Der Wirt, mit dem Gesicht zum Glasaufsatz der Kommode, in dem er Flaschen ordnete, hörte das und erschrak. Bis zu diesem Augenblick hatte er nie an den Tod gedacht. Nun hatten ihm seine Gäste diesen Gedanken angehängt, der ihn nie mehr verlassen wird und den übrigen Teil seines Lebens vergiften.

Am Mitteltisch steckten die Jungens die Köpfe zusammen. »Wir waren bloß, um ihn verbinden zu lassen, am Vincenz-Hospital vorbeigefahren. Beim Abladen war er 'n bißchen blaß geworden.«

Großmann rief: »Das habt ihr nun davon!«

Da wurde der Fahrer wild. »Ihr, ihr? Was haben wir davon? Für wen läßt sich unser Lamprecht anstechen? Zum Vergnügen fahren wir, zum Vergnügen läßt er sich anstechen! Ihr, ihr, ihr! Laßt euch den Herrgott vom Kreuz wegtragen. Sagt, das habt ihr nun davon.«

Einer legte den Arm um den Fahrer. Die Bauern betrachteten sie mit zugekniffenen Augen. Die waren doch ein fester, geschlossener Hauf in diesem Zimmer voll halber Drohungen, geheimer Ängste, Anspielungen und Geflüster. Pauls Herz krümmte sich unter dem Tisch und zerrte hinüber. Gottlieb Kunkel, der mit ihm in die Schule gegangen war, erwischte den Blick und erwiderte ihn kalt. Ein Gefühl von Scham würgte seinen Hals in dem engen Sonntagskragen. Konrad Bastian sagte: »Na, ihr seid ja noch allesamt jung. Ihr könnt euch gut und gern noch allerlei vornehmen.«

Da rief der Brauereifahrer: »Ich bin gar nich mal so jung, ich hab meine drei Kinder. Vorigen Monat bin ich meine dreiundvierzig geworden. Ich hab genug jetz. Meine Kinder, die sollen mal nich den Teller vor der Nase weggezogen kriegen. Die sollen ihre Ordnung haben.« Alle Bauern waren mucksstill und sahen den Fahrer an. Der fuhr wütend fort: »Ihr, na, ihr braucht euch nichts vorzunehmen. Ihr habt euer Auskommen, ihr habt keine Schulden, ihr habt keine Steuern, ihr habt auch keinen Viehjud, keinen, der von eurem Stall bis zum Markt verschluckt, was ihr schlucken wollt. Bei euch kann alles bleiben, wie es is. So, jetz muß ich fort.« Er stand auf, alle Jungens standen auf und drängten ihm nach. Die Bauern saßen wie nach einem Regenschutt. Paul starrte ihnen verzweifelt nach. Die hatten kein dösiges Zimmer vor sich, kein Gejaule, die hatten Fahrt vor sich und offene Nacht.

Der alte Merz, der den ganzen Abend über unbewegt gesessen hatte, als sei sein Bart aus Blei, rief plötzlich dem Fahrer nach: »Macht's gut!« Er beobachtete alle, besonders den Kunkel, scharf, bis zuletzt. Erst als man durch die offene Tür den Motor hörte, kam er zu einem Entschluß. Vielleicht schadete es ihm nicht mal was, was diese Jungens vorhatten. Aber keinesfalls sollte sein eigener Sohn jemals mitfahren und in Messerstechereien, Aufruhr und Kundgebungen verwickelt werden.

Konrad Bastian war noch zu keinem Entschluß gekommen. Er beschloß, es auf alle Fälle so zu halten, wie es Merz hielt.

## VI

Kurz danach ging Algeier auch heim. Er hatte schon vorher gewußt, daß es im Wirtshaus auch schlecht war, aber man mußte manchmal zwischen zwei schlechten Orten hin und her wechseln, damit man es überhaupt ertragen konnte. Kaum waren sie im Freien, fing Paul an: »Hört mal, Vater! Laßt mich da mit dabei. Das sind doch lauter ordentliche Jungens. Ihr habt selbst gesagt, der Kunkel, das ist ein Tüchtiger. Laßt mich dazu.«

»Nee, gefällt mir nich.«

»Was denn nich? Dieser Kunkel, der is doch wirklich recht, das is doch auch wirklich recht, was der Fahrer gesagt hat. Laßt mich doch.«

»Nee, gefällt mir nich.«

»So hört doch mal, Vater.«

»Gib jetz Ruh. Jetz is Nacht.«

Algeier packte ihn unversehens an der Schulter, hart, wütend. Paul sagte nichts mehr, schlupfte an ihm vorbei durch die Tür in die hintere Kammer. Algeier trat ein, ging aber nicht weiter, sondern blieb vor dem Sofa stehen. Er sah auf Marie hinunter. Ihr tiefer, sorgloser Schlaf kränkte ihn, ihn kränkte ihr junger, regelmäßiger Atem. Am liebsten hätte er sie geweckt und in die Stadt zurückgejagt, zu der Vermietfrau, zu der er sie selbst vor fünf Jahren gebracht hatte, als er sie hieß, ihr Bündel zu packen und ihren Zopf aufzustecken, daß sie Lohn heimschickte und von Fremden ernährt wurde. Zwischen der kurzen Nachtjacke und der Decke sah er einen Streifen helles, weißes Fleisch. Da juckte ihn das Gerede der Bauern, er glaubte auf einmal, daß sie recht hatten, daß die Tochter ihn verkohlte. Schon erhob er die Hand, um mit der Schmalseite auf diesen dünnen, hellen Streifen einzuhauen. Der starke, hungrige Körper war ihm zuwider, den er durchfüttern sollte. Dann aber, zu seiner eigenen Überraschung, mit einem Schlage, wie etwas, das von außen über den Menschen kommt, ergriff ihn Gerechtigkeit. Die war schwer zu ertragen. Selbstverständlich hatte ihr Dienstherr gekündigt, denn er konnte selbst nicht mehr zahlen. Sie hatte damals sofort den Brief gezeigt, der in den Ferien nach Hause kam. Er hatte damals nicht viel dazu gesagt, er hatte nicht alles sofort übersehen. Er hatte allerlei angeschafft und ausgebessert gehabt, auf Raten so hoch wie ihr Lohnteil. Er hatte die neue Zentrifuge gekauft. Vor fünf Wochen hatten sie den ersten Mahnbrief geschickt für die fällige Rate, er hatte die fünfundzwanzig Mark zusammengekratzt, da hatten sie ihm zwei Wochen Frist gegeben. Dann war die nächste Rate schon wieder fällig. Die vorige Woche hatten sie geschrieben, sie würden abholen, wenn er nicht bis Samstag nachzahlte.

Er hatte nicht nachgezahlt. Er glaubte nicht an das Abholen. Er glaubte nur an Unglück, das er sich vorstellen konnte.

## VII

Gegen Ende der Nacht wachte Johann auf und lief ganz benommen in den Garten. Wahrscheinlich hatten ihn die kräftig einsetzenden Hähne geweckt, ihre wenigen grellen, unbarmherzigen Schreie verkündeten deutlicher als der Morgenlärm der Stadt die Unentrinnbarkeit des neuen Tages. Sie waren wohl ihrerseits etwas frühzeitig aufgescheucht durch das Lastauto, das von Botzenbach herfuhr. Der Brauereifahrer nämlich und einige Kameraden hatten die Nacht in Botzenbach verbracht. In der dunstigen Gasse flimmerten auf den Metallteilen, auf den Mützenknöpfen die ersten Funken der hinter den Feldern aufgehenden Sonne. Johann beugte sich über den Zaun. Das Auto hielt auf dem Platz, setzte jemand ab und fuhr weiter.

Schläfrig, ohne daß er ganz deutlich sehen konnte, ohne recht nachzudenken, fing Johanns Herz zu klopfen an, wie ein Wachhund losbellt.

Über der Tonne neben der Pumpe hing eine Mähne gelben, feuchten Bastes. Ein paar fertige Bastzöpfe hingen dabei, ein angeflochtener. Johann blieb stehen und flocht ihn zu Ende: Was hätten die noch für mich zu tun? Was kann ich hier noch ausrichten, daß sie mich bei sich halten? Ich bin ausgeruht, ich habe gegessen, ich könnte auch weitermachen. Länger hierbleiben, das wäre besser, sicherer. Hier kennt mich niemand, kein Mensch sucht mich, alles wird sich verlaufen.

Er hing den Bast an der Pumpe auf und hob das Brett ab, das nachts darübergelegt war. Bastian war inzwischen herausgekommen und beobachtete Johann, zuerst insgeheim, dann, als er sich umdrehte, offen. Bastian zögerte zum letztenmal, dann sagte er: »Ich will dir was sagen. Ich hab mir etwas überlegt. Und zwar – hör mal: Ende der Woche, spätestens Anfang nächster Woche wird mit dem Roggen angefangen. Voriges Jahr hab ich schon nicht gewußt, wie das alles rund kriegen. Ich weiß nicht, wie das diesmal werden soll. Du siehst ja selbst – ich, die Margret, von den Kindern höchstens die Dora, und was schon an der dran ist.

Du scheinst es ja nicht besonders eilig zu haben. Etwas Wichtiges scheinst du nicht vorzuhaben. Auf deine Verwandten scheinst du nicht besonders versessen zu sein. Still, du brauchst nichts dazwischenzureden.

Ich sage dir offen, einen Knecht kann ich nicht einstellen. Das kann ich nie und nimmer, ich hab's nicht. Da hab ich mir überlegt: Wenn du's mitmachen willst, gegen Kost und Schlafstelle. Wenn du dafür bleiben willst.«

Johann erwiderte: »Dafür will ich bleiben.«

# Drittes Kapitel

## I

Über der Bank, über den Köpfen der Kinder schlug der Regen gegen das einzige Fenster. Bastian beendete in den Dampf der Kartoffeln hinein den ersten Satz, drohend: » – gib uns heute.« Johann war der einzige, der sich heimlich über den Regen freute. Gestern und heute hatte er den Beginn des Schnitts verschoben, damit auch sein Weggehen. Gestern abend hatte es sich aufgelichtet, heute morgen war die Luft wieder fusselig und die Sonne rostig. Wie im April kamen von Zeit zu Zeit harte Regenfälle, die das reife Korn zu schlagen schienen, mit gezielten Stößen unterhalb der Ähren. Die Kinder sahen Bastian nicht ins Gesicht, weil es schlecht war, einen Vater anzusehen, der dicht am Unglück war.

Bastian sagte: »Ich weiß nich, was noch alles in den Winter rein soll.«

Die Frau erwiderte ruhig, nur in den Brauen ein kleines Zucken von Ungeduld: »Wart doch ab.«

Dora sah schnell ihre Mutter an. Die fütterte das Kind auf ihrem Knie, das inzwischen ebenso still geworden war wie Bastians übrige Kinder. Dora senkte den Kopf. Hinter ihrer Stirn entstand der kommende Winter mit allen seinen Schrecken. In ihre aufgesprungenen Hände schnitten die scharfen, eiskalten Henkel der Milcheimer. In vorjährigen Schuhen quollen ihre Füße im nassen Schnee. Statt von dichtem Brot war ihr Bauch voll von einer dünnen Mehlbrühe. Hungermüdigkeit machte ihre Ohren summen und verwischte die Gesichter der Eltern. Vor kurzem hatte der Vater davon gesprochen, sie zu fremden Leuten zu geben für Dienstgeld. Dora kannte eine Elli, wenig älter als sie, die stand nachmittags bei Merzens hinter dem Zaun, zwei Schüsseln vor sich auf einer Bank, und wusch Strumpfwäsche. So würde sie auch bei Fremden hinter dem Zaun stehen, mitten im Dorf eine Fremde. Ihre Finger spielten unruhig mit einer Brotflocke. Bastian sah es und schlug scharf zu. Dora zog die Hand unter den Tisch. Johann faßte schnell ihre Hand. Sie sah ihn ungeheuer erstaunt an. Bastian geriet in Unruhe. Er sagte: »Du wirst das neue Brot ja nicht mit uns essen, du nicht. Übrigens, da fällt mir etwas ein – du wirst nun ja jedenfalls deine Zeit hierbleiben. Einmal wird man ja an den Roggen gehen. Du bist ja nun deshalb da. Da wirst du dich jetzt anmelden müssen.« Johann verbarg seine Bestürzung. Er sagte: »Wo denn?«

»Wo? Auf dem Amt. Das Amt, das ist der Bauer Merz.«

Johann sagte: »Gut, ich werde nach dem Essen hingehen.«

Bastian sagte: »Du kannst dem Merz einen Gruß bestellen. Du mußt dich aber nicht nach uns ausfragen lassen. Du mußt dir nicht die Zung ziehen lassen, was bei uns geredet wird und was bei uns auf den Tisch kommt und solche Sachen.«

## II

Als Johann später die Gasse hinunterging, drehten hinter ihm die Leute ihre Köpfe aus den Fenstern in die Stuben zurück. »Dem Bastian seiner.« – »Bleibt der?« – »Bleibt und hilft, schafft wie 'n Feind, umsonst.« – »Warum?«

In der vollkommenen Abgeschlossenheit der abendlichen Dorfgasse gab es nur zwei Dinge, die von außen kamen, er selbst und der Regen. Er wich einer ältlichen Frau aus mit einem Tragbalken, an dem zwei Eimer hingen. Sie keuchte übertrieben, indem sie zu jedem Schritt ihren Atem herauspuffte. Sie war auffallend schmutzig.

Ein paar Kinder trampelten um sie herum die Pfützen, hoho. Sie verzog ihr verspritztes Gesicht. Das war Neugebauers hexische Frau, die schmierige, verschriene. Gegen den Platz zu stieg die Gasse unmerklich an. Man konnte sie von hier aus in die Landstraße einmünden sehen. Wie einfach war das, weiterzugehen: Ein Weg über die Erde zwischen Feldern. Auf einmal hatte Johann Heimweh nach der Stadt. Er schloß die Augen. Dahinter brach die Stadtnacht an in allen Farben. Der Lärm rauschte. Er stieß mit der Schulter ins Gedränge. Ob die nach mir fragen, wo steckt er jetzt? Fünfzehn Mark für mich gesammelt, daß ich loskonnte. Ob sie schreiben? Inzwischen ist viel passiert.

Mitten im Regen hinter einem Zaun stand ein Mädchen mit einer Waschschüssel und starrte ihn an. Wenn ich wegbleibe? Vielleicht schicken die Bastians den Landjäger hinter mir. Ich weiß das nicht genau. Ich kenne sie nicht durch und durch. Er suchte sich den Eingang von Merzens Haus. Merzens Haus stand der Wirtschaft gegenüber auf dem Platz. Der Eingang lag auf dem Feldweg, der vom Wald herunterkam. Die Tür hatte einen Messinggriff. Die drei Stufen waren regelmäßig behauen. Die Fenster waren blank. Johann klopfte das Herz. Ich kann jetzt nichts anderes tun. Er wird mich nicht fragen, es wird ihm nichts auffallen. Er wird nicht nach der Heimatbehörde schreiben. Darauf kommt er nicht. Jetzt bleib ich schon. Wo soll ich auch hin in diesem Land ? Ich kann mich nicht gut zu Luft machen. Er wartete, bis sein Herz ausgeklopft hatte, dann machte er auf. Ein Geruch von gebratenem Speck schlug aus der Türspalte und wikkelte ihn ein, bevor er in dem engen, zur Küche offenen Flur stand. Noch saßen alle Merzens beim Abendessen. Eine ältere, dürre Magd, die Nachfolgerin der vertriebenen, kam sofort heraus, dann kam der junge Merz, bartlos, von mürrischem Aussehen. Johann schob seine Mürrischkeit auf die Liebessachen, die er auch schon wußte.

Aber der junge Merz hatte das längst vergessen. Er war nur wegen des Regens mürrisch. Er schüttelte den Kopf und rief seinen Vater. Der Alte hatte Brotkrumen in seinem schweren Bart. Er sagte sofort: »Aha, Ihr seid dem Bastian seiner.« Johann trat beklommen ein. Die Wohnstube war vollgepfropft, unbenützt. Der alte Merz brauchte eine Zeitlang, um sein eigenes Pult aufzukriegen. Johann legte seine Papiere zwischen ein paar Vasen mit Stoffblumen. Der alte Merz holte aus der Schublade Tinte und Feder, Anmeldescheine und einen Stempel. Während Johann ausfüllte, betrachtete er ihn genau, jeden Flicken. Er sagte: »Sie sind ein Verwandter von dem Andreas Bastian? Was?«

Johann erwiderte: »Ich will denen ein bißchen zur Hand gehen.«

Der alte Merz dachte: Der Bastian stellt sich dumm und is 'n Schlauer. Kriegt 'n Knecht ohne Draufgeld.

Er sagte: »Na, gut.« Er hielt den Bogen weit ab und las. Johann betrachtete den alten Merz mit angehaltenem Atem. Der fragte nichts und verglich nichts, sondern stempelte. Dann legte er alles in die Schublade. Johann unterdrückte sein Aufatmen. Der alte Merz ging in die Küche zurück, um alles seiner Frau zu erzählen. Johann ging weg.

Es hatte inzwischen aufgehört zu regnen. Ein warmer Dampf kam aus der Erde. Vor der Tür standen ein paar junge Leute, zwei fremde Burschen, der Sohn des Merz, seine Schwester, ein großes, dunkeläugiges Mädchen und eine kleine Breite. Die Kleine reckte sich auf die Fußspitzen, um der Großen das Tuch im Nacken zu knüpfen. Alle lachten, alle sahen ihn an. Die Mädchen zogen ihr Lachen in die Länge. Johann ging die Gasse hinunter, dampfender, aufgelichteter Abend. Das war fast noch schlimmer. Ich möchte mal lachen und 'n Mädel und 'n Boot, ritsch ins Schilf rein. Ich möchte mal den ganzen Druck weg haben 'ne Minute und bloß so dastehen wie die da, in 'nem runden Abend drin und 'ne richtige Nacht vor mir, mit 'nem richtigen Bett. Na, laß mal. Laß mal, Johann, laß gut. Schluß mit dem Gejaule. Du wirst auch hier deine Leute finden, genau so gute. Du mußt nämlich.

Es war ihm auf einmal leichter. Er fing neu an. Er fuhr mit der Hand im Vorbeigehen über den Zaun, dem kleinen strumpfwaschenden Mädchen übers Haar. Die fuhr bestürzt zusammen. Er ging schnell heim.

Bastian stand vor der Tür, den Kopf im Nacken, und beschnüffelte den Himmel. Auf seinem kleinen, alten Gesicht lag ein Schimmer von Hoffnung.

## III

Eine knappe Woche später, Samstag abend, saß der Bauer Jakob Schüchlin, der Schwiegersohn des tauben Schulz, seiner Frau Susann gegenüber beim Abendessen. Sie hatten zwei Schüsseln vor sich, eine voll Sauermilch, eine voll Kartoffeln. Schüchlin schimpfte fortwährend, weil die Milch nicht abgerahmt und die Kartoffeln nicht gar waren. Die Frau erwiderte nichts. Auf ihrem Teller lagen drei Kartoffeln. Ihre langen Hände lagen unbewegt neben dem Teller, wie aufgenagelt. Sie konnte nicht ganz dicht vor dem Tisch sitzen, weil ihr Leib schon sehr hoch war.

Die drei kleinen Söhne rollten im Zimmer durcheinander, zerdrückte Kartoffeln in den Fäusten. Der Fliegenfänger an der Lampe war schwarz von Fliegen. Fliegen strichen die klebrigen Backen der Kinder, die Schüsseln auf dem Tisch, die Milchtöpfe auf dem Schrank, die unbewegten, trüben Hände der Frau.

Der Mann fuhr sie an. »Iß!«

Sie griff hastig zu und schluckte. Der Bauer konnte es auch nach sieben Jahren noch nicht fassen, daß die Frau war, wie sie war.

Er hatte als erster im Dorf mit dem Schnitt begonnen,

heute nacht um drei. Er fürchtete immer, nicht zu Rand zu kommen, ohne Hilfe, wie er war, auf nichts gestellt als seine eigne, freilich unglaubliche Kraft. Er hatte fast ohne Unterbrechung fünfzehn Stunden durchgearbeitet. Er war durchnäßt, aber sein Herz klopfte nicht anders als sonst. Er nahm sich vor, morgen nach dem Gottesdienst weiterzumachen. Er wußte, daß das alle Menschen mißbilligen würden und der Pfarrer ihn zur Rede stellen. Doch alle Menschen mißbilligten ihn sowieso. Beim Pfarrer würde er sich mit der Schwangerschaft entschuldigen. Er könnte in der Roggenernte kein Kindbett brauchen. Er wußte allerdings, daß die Geburt noch einige Wochen dauern könnte.

Er sagte zu der Frau: »Haste Wasser geholt?«

Die Frau schluckte erschrocken. Dann lief sie erstaunlich schnell hinaus. Der Mann aß allein weiter, gründlich, regelmäßig. Nach einer Weile hörte man draußen Eimer aufstellen. Die Frau kam zurück und setzte sich, ihr Unterkiefer hing hinunter. Der Mann fuhr sie zum zweitenmal an: »Iß!«

Die Frau stopfte erschrocken eine Kartoffel in ihren ohnedies offenen Mund. Der Mann fragte: »Haste vier Eimer geholt?« Die Frau stand schnell auf und lief hinaus. Es wiederholte sich die Reihenfolge der Geräusche: Schritte, Tür, Eimer aufstellen. Die Frau kehrte zurück, diesmal mit zugepreßten Lippen. Der Mann bekam Lust, sein Hemd auszuziehen, das steif von Schweiß war. Er sagte: »Gib ’n frisches Hemd raus.«

Jetzt erschrak die Frau so, daß sie am ganzen Leib zitterte. Der Bauer schrie: »Du hast keins!« Er beugte sich über den Tisch und schüttelte die Frau, indem er mit dem Daumen ihr Schlüsselbein eindrückte.

Er ließ sie los. Beide stöhnten. Der Bauer dachte: Morgen soll sie mit in den Roggen, wie sie ist. Sie muß. Er kippte sich den Rest Dickmilch in den Teller. Er verstand jetzt selbst, daß er ihren Tod wünschte. Er wünschte ihn auch nicht irgendwann, ungefähr, sondern morgen bei der Roggenernte. Sie war bei der letzten Geburt fast verblutet. Häufig setzen doch die Wehen auf dem Feld ein, unter dem Drang der Arbeit. Dann war die Hebamme weit. Er erschrak über seinen Gedanken. Dann geriet er in Wut. Wie man das Loch verflucht, über das man stolpert, fluchte er über sein Schicksal. Warum war es mit ihm so bestellt, daß er so im Dreck steckte, daß er nur durch diese Ehe herauskam? War sie einmal zu Ende, dann würde er seine Schulden abbezahlen, seine Söhne reinlich kleiden und lernen lassen, eine richtige Frau nehmen. Die brauchte dann nicht hart zu arbeiten, die brauchte dann nicht mehr zu gebären. Für sie würde er dem Arzt in der Stadt bares Geld hinlegen. Er hatte ja Söhne genug. Höchstens sollte sie noch eine Tochter bekommen, die würde er herausputzen, Staat mit ihr machen, die sollte keinen Mann bekommen, stinkend von Schweiß, der sie anfuhr wie ein Vieh, der würde er einen anderen Freier aussuchen. Diese ungeborene Tochter einer ungefreiten Frau sollte es auf Erden gut haben.

Er setzte den Teller an den Mund und trank. Aber er spürte den Geschmack nicht und nicht die Kühlung. Er sah über den Rand weg nach der Frau. Da begriff er auf einmal, daß er wirklich dem Ende seiner Ehe nah war. Unverkennbar war das breite, in aller Unbewegtheit niemals wahrhaft ruhige Gesicht der Frau vom Tod gezeichnet. Dunkelgrau über und unter den Lidern, war es von etwas Unsichtbarem beschattet, nur es allein im Zimmer. Sieben Jahre waren die Augen der Frau glanzlos gewesen, sie hatte ihn nie voll angesehen. Die letzten Wochen – Schüchlin dachte, seit der Siebenmonatsgrenze – kam zuweilen in ihre Augen ein scharfer, trockener Glanz. Als gäbe ihr das selbst eine ungewohnte Sicherheit, sah sie ihm immer grade dann hart ins Gesicht.

Auf dem Teller der Frau lagen noch immer zwei Kartoffeln. Der Bauer fuhr sie an: »Iß!«

Die Frau hob den Kopf und blickte ihm mitten auf die Stirn. Ihre starren Züge regten sich in einem Ausdruck von Erstaunen: Warum soll ich essen?

Der Bauer rief: »Fertig? Dann räum ab.«

IV

»Er hat immer noch Licht. Was sagste dazu?« Die Mutter des Kunkel drückte ihr Gesicht ans Küchenfenster. Von hier aus konnte sie den kleinen Schuppen betrachten, der an das Treibhaus angebaut war.

»Laß doch, er steht zur Zeit auf.«

»Zahlen wir 's Petroleum oder er?«

»Willste still sein. Is 'n ordentlicher Jung.«

Gottlieb Kunkel in der Tür beobachtete den Streit zwischen Mutter und Bruder mit übertriebener Aufmerksamkeit. Sein Gesicht war gespannt und zuckte.

»Wer's zahlt, frag ich.«

»Still!«

Er schrie. Die Frau zog sich unter der scharfen Stimme zusammen, ihres toten Mannes Stimme. Sie sah an dem langen Sohn hinauf, auf den sie eigentlich stolz war. Christian fuhr jetzt den Bruder an. »Leg dich, hopp. Mußt bald auf.« Er ging in den Schuppen hinüber. Zwischen Bastschwänzen, Tonscherben, Geräten und Säcken lag ein Strohsack, auf dem ein lesender Junge saß. Er trug eine kurze Unterhose. Sein Oberkörper war glatt und nußbraun. Neben ihm auf dem Boden stand eine Petroleumlampe. An der Wand hingen nebeneinander ein Arbeitskittel und eine Windjacke mit ordentlich glattgezogenen Ärmeln. Darunter standen ein Paar Strohschlappen und ein Paar Stiefel. Der Junge legte das Buch weg. Sein ruhiges, helles Gesicht war offen; Kunkel drückte die Augen zu, als er ihn anblickte. »Bißchen eng hier, Kamerad.« Der Junge erwiderte: »Macht doch nichts, zum

Schlafen.« Kunkel hatte sich mit dem Kößlin in Billingen angefreundet. Als er herauskriegte, daß er ein stellungsloser Gärtner war, hatte er ihm zugeredet, sich nach Oberweilerbach umzuschreiben. Kößlin half mal vorerst über die Ernte gegen Kost, wenn Christian aufs Feld mußte. Christian hatte sich aber nicht entschließen können, ihn ins Haus zu legen. Das Gedalber der Schwester, das Geschimpfe der Mutter, Gottliebs hin- und herlaufende Augen – überhaupt war es besser, im Hause unter sich zu sein!

Kunkel hob das Buch auf. Er sah hinein und setzte sich neben Kößlin auf den Sack. Sie betrachteten Kopf an Kopf die Bilder, Fahnenweihen, Beisetzung eines Toten zwischen Fahnen, Bildnisse von Männern. Kunkel sagte: »Unsereins kommt da nich dazu.« Kößlin sagte: »Ich hab mir's angewöhnt, mal 'n Buch. Was soll man das ganze Jahr über machen.«

»Na, hier vergeht dir die Zeit.« – »Gut, gut, so einer wie ich verlernt auch nichts. All die Jahre hab ich gedacht: Bloß mal wieder 'n paar Sämlinge zwischen die Finger. Bloß mal wieder 'ne Riefe über den Daumen von 'ner krummen Schere.«

Kunkel sah ihn erstaunt an. Er lachte. »Na, morgen abend wirste die Riefe haben.« Kößlin sagte: »Ja, das hat sich gut gefunden.«

»Wie lange biste schon da dabei?« – »Im zweiten Jahr. Und du?« – »Kurz.« – »Seid noch allein, dein Bruder und du?« – »Na, mein Bruder, der Gottlieb, der is ja noch ein Rotz. Hör mal, Kößlin, hilf mal. Mir ist so mulmig. Mit zwanzig komm ich, hab ich gesagt. Aber wo sind die siebzehn? Du, ich, Gottlieb.«

»Müssen wir einen nach dem andern durchgehen, bei jedem einhaken.«

»Da sind welche, aber die trauen sich nicht. Ihre Alten haben sie am Wickel. Da is der Paul Algeier, der stiert uns immer an, aber er sagt, sein Vater sagt, wo schon 'n Häufchen is, macht noch ’n Hund dazu, aber für uns springt nie was raus.«

»Sag ihm, daß nur was rausspringt, wo was reinspringt, und er selbst muß rein.«

»Der junge Merz, der is nicht dagegen, aber sein Vater sagt, nich um alles, wenn ihr sie auch schön eingemummelt habt, die drei Buchstaben, ›Soz‹, wenn ihr sie auch gut eingewickelt habt, nicht um alles, wo die drin sind.«

»Mußt ihn fragen, ob er sie auf russisch haben will: seine zwei Pferde zuschanden ziehen, reihum vor allen Pflügen. Das, was geplant ist jetzt, ’ne Versammlung rundum, in jedes Dorf, wo ein Stützpunkt is, da mußt du auch reden. Hast ja auch Sonntag deinen Mund aufgemacht.«

»Es is aber was Komisches dran, vor den eigenen Leuten.« Kunkel bereute sofort, daß er das zugestanden hatte. Er fürchtete bloß, Mühe an etwas Überflüssiges zu geben, mitten in der Ernte. Er dachte an das unbewegte Gesicht des alten Merz über seinem schweren Bart, an die großen, haarigen Nasenlöcher des Schüchlin, an den spitzigen Algeier. Unbehagen ergriff ihn, diese Versammlung könnte für ihn zumindest nutzlos verlaufen. Kößlin sagte: »Oberweilerbach liegt doch in Deutschland, nicht?« Kunkel sagte ganz erstaunt: »Ja, doch, dadrin liegt’s.« – »Schulden habt ihr hier nicht?« – »Doch, un ob.« – »Steuern keine?« – »Doch, un ob.« – »Juden habt ihr keine ?«– »Doch, zwei von außerhalb. Den Naphtel und seinen Schwiegersohn.« – »Rote habt ihr keine?« – »Nee, das haben wir nicht. Rote haben wir nicht. So richtige Rote wie in der Stadt und wie in Botzenbach der Ibst, das haben wir hier nicht.«

Auf einmal dachte Kunkel, daß seine Mutter bestimmt noch ihr Gesicht ans Küchenfenster drückte. Er stand vorsichtig auf, um nicht an der Decke anzuschlagen. »Wir müssen morgen weiterreden. Man muß jetzt schlafen.«

Kunkel ging hinüber. Seine Mutter stand wirklich noch am Fenster. Er rief ihr zu: »Nu rechne schon mal aus, den

Stundenlohn, und dagegen das Petroleum.« Er fuhr seinen Bruder an: »Was stehste immer noch rum?«

Gottlieb rührte sich langsam mit einem schiefen Blick. Frau Kunkel seufzte. Drüben war endlich das Licht ausgegangen.

Kößlin reckte sich im Dunkeln. Es war heiß im Schuppen. Er aber freute sich auf den Tag, auf den Acker, auf zweihundert unbeschnittene Tomatenstauden. Er war froh, alles in allem, daß er aus der Stadt umgeschrieben war. Er hatte gehofft, es könnte vielleicht ein Taschengeld herausspringen. Jedenfalls ließ ihn Kunkel doch wenigstens eine Gärtnerei riechen. Die immerfort steigende Angst der letzten Jahre, im Leben drin zu sein wie in einem Sack, hatte plötzlich aufgehört. Kößlin wäre auch mit dem Teufel gegangen, wenn er ihm erlaubt hätte, in der Hölle Holz zu hacken.

## V

Die Leute, die sich nach und nach vor Algeiers Haus versammelt hatten, kamen auf ihre Kosten. Sie hörten Fäuste aufschlagen, Drohungen, Flüche. Sie wollten gar nicht glauben, daß diese schrille, abgeschriene Stimme, die immer neue, vertracktere Flüche hinausschleuderte, dem alten Algeier gehörte. Sie hatten ihn sein ganzes bisheriges Leben nur dann und wann ein paar Worte brummeln hören. In nassen Kleidern und Schuhen, wütend über die kurzatmigen, häufigen Regenstöße, die sie zwangen, in einem fort das Korn zu wenden, hungrig auf Suppe, standen sie im Regen vor Algeiers Haus und horchten. Neben ihnen stand ein großes graulackiertes Warenauto mit der Aufschrift: Kastrizius. Landwirtschaftliche Maschinen. Algeier war vor einer halben Stunde vom Feld heimgeholt worden. Die Leute vor seiner Tür errieten ungefähr den Zusammenhang. Sie konnten den Vorgang auskosten, ohne sich viel mit Erraten plagen zu müssen.

Der Bauer Schüchlin kam rotgequollen vom Feld, auf der andern Seite der Straße. Er erblickte den Auflauf und rief hinüber: »Was is los?« – »Man holt die neue Zentrifuge.«

Schüchlin überquerte die Straße. Er betrachtete das Fenster mit zugepetzten Augen und geblähten Nasenlöchern. Aus entgegengesetzter Richtung kamen der junge Merz und Christian Kunkel. Kunkel redete heftig auf den Merz ein. Sie erblickten die Leute, fragten und stellten sich dazu.

Endlich wurde die Tür aufgemacht. Der Fahrer brachte die Zentrifuge mit vorgedrückten Knien. Er sagte über die Schulter weg: »Sie sind wohl nicht bei Groschen? Was kann ich denn da dafür? Hier ist meine Order. Schluß für mich.«

Er drückte den Algeier mit dem Hinterteil ins Haus. Algeier kam dann heraus, er schrie und rüttelte unsinnig. Dabei verlor er seinen Hut. Einen Augenblick sahen alle seinen kahlen Kopf. Während Algeier seinen Hut langte, packte der Fahrer die Zentrifuge und stellte sie hoch. Algeier richtete sich auf und schrie: »Festhalten! Festhalten!« Der Fahrer hielt mit dem Ellbogen die Wagenklappe zurück. Er drückte mit der Hüfte nach im Anheben. Die Leute sagten nichts und regten sich nicht; die Wagenklappe schlug zu. Algeier starrte sprachlos die Leute an. Er hatte zu schreien aufgehört. Er kehrte langsam in die Tür zurück.

Das Auto war abgefahren, die Leute drückten sich zusammen und blieben stehen. Sie starrten Algeier an, er starrte zurück. Sie hatten ihn noch nicht fertig angesehen. Sein Gesicht veränderte sich, wie sich das Gesicht eines Mannes verändert, der plötzlich merkt, daß er sich in höchster Gefahr befindet, schwerlich zu erretten. Er begriff erst jetzt, daß viele Leute vor seiner Tür standen, und warum. Er erkannte seine Nachbarn, den Schüchlin, den Merz, den Kunkel, die hexische Frau des Neugebauer, die Zähne offen in ihrem trüben Gesicht. Auf einmal kam es Algeier sonderbar vor, daß er hier geboren war und sein ganzes Leben unter diesen Menschen gelebt hatte. Es kam ihm sonderbar vor, daß diese Menschen seinem Sarge folgen sollten. – Er blickte über ihre Köpfe weg, über die Hofmauer des Bastian, über die Ziegeldächer. Von Abend und Regen war der Himmel zweifach grau. Auf einmal kam es ihm sonderbar vor, daß er unter diesem Himmel lebte. Er ging ins Haus, er setzte sich nieder und dachte nach. Ihm fiel es ein, die Leute warteten jetzt vor der Tür seine Frau und seine Kinder ab, um zu sehen, welchen Eindruck die Nachricht auf sie machte. Er fluchte leise in seiner gewöhnlichen, in die Kehle verwürgten Sprache; es war kein wilder Fluch, sondern ein ruhiger, einer von denen, die wirklich die treffen, auf die sie gemünzt sind. Er sagte: »Ihr alle sollt verflucht sein!«

Nach einer Weile kamen Algeiers Frau, Sohn und Tochter. Sie waren ein wenig verängstigt, weil man den Bauer heimgeholt hatte. Sie waren naß und kalt und hundsmüde. Sie erschraken, als sie die vielen Leute sahen. Die riefen ihnen sofort zu: »Man hat eure Zentrifuge weggetragen!« Marie fühlte eine Schuld. Sie runzelte die Stirn. Sie blickte niemand an. Ihr Gesicht war frech und dunkelrot.

Drin im Haus zog sie der Bauer an die hinterste Wand. Sie flüsterten. Die Frau zischte auf Marie los: »Da siehste's.« Als die Leute draußen keine Stimmen hörten und nicht einmal Licht anging, so daß man kein Gesicht unterscheiden konnte, merkten sie, daß sie im Regen standen, und gingen heim.

## VI

Als der junge Merz heimkam, saßen alle bis auf seinen Vater in der Küche beim Abendessen. Frau Merz sagte: »Der Herr Rifke is da. Er bringt dem Vater das Bienenbuch.« Der junge Merz sah schnell seine Schwester an, die nacheinander die Stirn runzelte und lächelte. Es fiel ihm auf, daß sie ein gutes, städtisches Kleid anhatte. Sie war ein schönes Mädchen mit langsamen Bewegungen und herausgedrückter Brust. Aus den Mienen seiner Schwester, der Mutter und der Magd merkte der junge Merz, daß die lange geplante Angelegenheit heute ihren Abschluß erreichte. Er aß hastig und lief hinaus. Er stieß im Flur noch mit Herrn Rifke zusammen, dem Schullehrer, einem kleinen beweglichen Mann über vierzig Jahre, mit einem kurzen, schon grauen Spitzbart. Sie gaben sich die Hand und sahen sich kurz in die Augen mit einem schwachen Gefühl von Abneigung. Der alte Merz wollte zur Küche. Der Sohn schnitt ihm grob den Weg ab. »Halt mal, Vater. Laßt Euch mal sprechen.« Der Alte sah ihn starr an. Dann sagte er: »Na, komm rein.« Der junge Merz setzte sich auf den Stuhl, der noch warm war. Sie betrachteten einander, als sähen sie sich keineswegs Tag für Tag, Stunde für Stunde, sondern zum erstenmal richtig. Schließlich ließen sie voneinander ab mit einem Ausdruck von Geringschätzung. Der Junge begann widerwillig: »Ich muß da was mit Euch reden.« Der Alte runzelte die Stirn. Gleich würde der Sohn ihm mitteilen, daß er bei dem Kunkel eingetreten war. Die Wut stieg ihm. Gleich würde der Stuhl mitsamt dem Burschen knacken, in diesem Zimmer, das seine Amtsstube war.

Der Sohn fuhr fort, gepreßt, mürrisch: »Ich hör, Ihr wollt die Schwester verheiraten; schnell, bald. Nun gut. Ich will nur sagen, ich will auch heiraten, auch bald, schnell. Gebt mir 'ne Frau.« Er hielt den Kopf gesenkt und sah ihn von unten an, mit bösem, sogar drohendem Blick. Der Alte betrachtete ihn mit vor Vergnügen funkelnden Augen, vollkommen erleichtert. Er rechnete nach, wieviel Zeit vergangen war seit dem Vorfall mit der Magd. Er hatte den Jungen gezwiebelt, gehörig knappgehalten. Die ganze Zeit hatte der Junge nie mehr allein mit ihm gesprochen. Jetzt mußte er beigeben, jetzt lief ihm der Mund über. Er sagte, ein Lachen hinter der Stimme: »Hast's ja eilig.« Der Sohn sah ihn offen an und erwiderte laut: »Ja.«

Der Alte unterdrückte ein Lachen so schlecht, daß der Bart davon zuckte. »Bist ja scharf hinterher.«

Der Junge machte eine Bewegung, als ob er seinen Vater beim Bart packen wollte, drückte aber nur die Finger in eine leere Faust zusammen. »Ich will keinen Tag später heiraten als die Schwester. Sucht sie aus, mir is egal, wie sie ist, wer sie ist, das geht mich nichts an. Sie soll da sein.« Dem alten Merz gelang es, sein Lachen völlig zu verschlucken. Er betrachtete den Sohn ernsthaft. »Du, hör mal, das ist nich mal Zwicken zwischen Tür und Angel, wie's deine Fasson is, das is in 'nem eigenen Bett mit Federn, das is fürs ganze Leben.« Der Sohn hämmerte mit der Faust aufs Knie, sein Gesicht blieb finster, fast drohend. In diesem unerträglichen Augenblick erschien es ihm ein Spott, ihm vom ganzen Leben zu sprechen. Der alte Merz betrachtete ihn, mit den Augen lächelnd, und sagte: »Laß doch mal nachdenken. Daß deine Schwester den Rifke kriegt, das wird die Leute fuchsen. 'n Arschklopper, werden sie sagen. Weil's kein Hiesiger is, weil's ein gebildeter Mann is, weil's ein Mann mit Pension ist. Da wär's nicht schlecht, mein Sohn könnte 'ne Hiesige nehmen, eine, die nicht anstößt, daß alle sagen: Grad das rechte, und: So 'n Paar war schon lange nicht –

Pah, sei nicht ungeduldig, das is schnell geschafft. Da kommt nicht viel in Betracht. Der alte Schulz hat keine Tochter, das sei Gott gedankt. Wär kein Spaß, den Schüchlin zum Schwager kriegen.

Konrad Bastian, ja, der hat eine, ja, was sagste dazu, der hat eine, gar nich übel, die wird auch soweit sein! Sie heißt, glaub ich, Sophie!«

»Ist denn die auch wirklich soweit?« Er versuchte angestrengt, sich das Mädchen vorzustellen. Er sah sie vielleicht täglich, aber jetzt fiel ihm nichts ein als was Blasses, Dünnes.

»Du willst ihr doch nicht gleich Drilling machen?«

»Nein, aber ich hab Euch gesagt, Ihr sollt mir 'n Weib aussuchen, keine Groschenpupp. Wie alt ist sie denn?«

»Sie wird ins siebzehnte Jahr gehen.«

Der junge Merz dachte wieder scharf nach, als gäbe es eine Möglichkeit, die genannte Summe der Jahre an seiner Lust zu berechnen. »Gut, ich werd sie mir ansehen.«

Er stand auf, der alte Merz stand auch auf. »He, he, Jung, ich werd sie mir erst ansehen. Ich werd schon sehen, ob das Mädchen seine Siebensachen an sich beisammen hat. Dann kann man weiterreden.«

## VII

Als das Vieh versorgt war, gingen die beiden Bastians, die zwei älteren Kinder und Johann aufs Feld zurück, das Korn umzubinden. Der schwere Himmel stand tief. Unter den gewaltigen aufgerissenen Wolken waren die kleinen sauberen Kegel von sinnloser Regelmäßigkeit. Über dem rechten Flußufer erhöhten und verflüchtigten sich die Wolken zu einem entfernten, weniger drohenden Himmel. Johann fing an, Korn um die Zwetschgenbäume zu binden. Bis jetzt hatte er einfach drauflos gearbeitet, was grade von ihm verlangt wurde. Jetzt sprang die Angst der andern auf ihn über. Er erschrak über die neuen schweren Regentropfen auf seinem Hals. Alle hielten ein und sahen hinauf, auch die Kinder: der Himmel auf fünf Gesichtern. Die letzten Wochen im Schlafen und Wachen hatte Johann immer nur an eins gedacht, er vergaß es vielleicht jetzt zum erstenmal, in dem Augenblick, in dem man die Luft schon rauschen hört, bevor der Regen fällt.

Sie waren dann sofort bis auf die Haut durchnäßt. Johann fiel alles wieder ein, er fluchte. Bastians kleiner

Sohn fing zu weinen an. Minutenlang war die Gegend von Regen verhängt. Alle warteten. Es ließ dann schnell nach, es gab sogar noch etwas Abendlicht. Sie arbeiteten verbissen in dampfenden Kleidern, in einer Nässe, die ins Fleisch ging. Johann sagte: »Das unter den Bäumen hält sich gut, wir wollen auch da drüben ran.«

Bastian sagte: »Das kann man doch nicht. Du kannst doch nicht um fremde Zwetschgenbäume unser Korn aufbinden. Das is doch dem Schüchlin seins.«

Johann sagte: »Der is doch fertig, der hat doch alles drin. Was schadet das? Und wieso hat er überhaupt schon seins drin?«

Bastian sagte: »Das muß man ihm lassen, daß der Mann hinter seiner Sach her ist wie der Teufel hinter 'ner armen Seele. Der schafft viel allein, das muß man ihm lassen. Ich weiß nicht, was der in seinen Knochen drin hat. Kommt vom Feld, wie er rausgegangen is. Das ist schon ein Paar, der und seine Frau.«

Johann fragte: »Is das die nebenan, die ein Kind kriegt?«

Bastian erwiderte: »Ja, ich hab da zwischen den Zwetschgenbäumen durchgesehen, wie er die Frau gestriezt hat. Die hat keinen Schnaufer tun dürfen. Ich sag dir, in so 'nem dürren Stecken is mehr von 'nem Christenmensch drin als in dem Schüchlin. Ich aber denk mir mein Teil. Er hat sie gestriezt, er hat sie so furchtbar gestriezt, damit sie hier auf dem Feld umkommen soll. Denn das Kind kann ihr ja jeden Augenblick aus dem Rock herausfallen.«

Johann wunderte sich, daß Bastian, der sonst nie über Nachbarn redete, mitten in der Arbeit bei ihm stehenblieb, um von Schüchlin zu erzählen.

»Bei uns sagt man sonst: Der nimmt's von den Lebenden, die Toten geben's nicht. Bei dem Schüchlin ist's umgekehrt. Wenn die mal tot umfällt, is er gut dran. Sie is aber nich umgefallen. Sie is mit ihrem großen Bauch hinter ihrem Mann her heimgegangen. Das muß ein zähes Kind sein, das hält inwendig fest, denk mal.«

Er brach ab, sah über das nasse Feld weg, geriet plötzlich in Verzweiflung und schrie: »Dora, Dora, bück dich, so bück dich doch! Hast 'n Löffel geschluckt?«

Dora, dicht bei der Straße, hob schnell ihr Gesicht, aber nicht zu ihrem Vater, sondern zu Johann. In der grauen Luft schien ein Loch zu sein, durch das ihr weißes, vor Erschöpfung glänzendes Gesicht sah. Sie hatte kein Tuch auf, ihre dünnen, naßglatten Zöpfe glitschten im Bücken mit dem Korn zusammen. Bastians Frau arbeitete, ohne sich im geringsten um jemand zu kümmern, nicht grade schnell, aber auch ohne zu stocken. Der Abend war längst da, grau, unsommerlich.

Später, als sie die Straße hinuntergingen, sagte Bastian: »Gut, Johann, daß du dageblieben bist. Wir wären ohne dich steckengeblieben.«

Dora fing plötzlich an, gegen die Lichter zu rennen, die unten im Dorf angegangen waren. Bastian schüttelte den Kopf. »Die rennt sich ihr bißchen Kraft weg.« Johann sagte: »Im Osten, wißt Ihr, gehört einem Mann so viel, wie dem Dorf bei Euch. Alles verkauft er.« Bastian sagte ruhig: »Ich weiß schon, ich bin ja rumgekommen. Das ist ein andres Land. Bei uns hat noch nie ein Mensch an Brot verdient. Brot, das ist zum Leben. Nich mal die Merzens verdienen dran. Ja, die haben es dick, die machen in guten Jahren oft Wecken, Nudeln, Klöße. Denen kommt es nicht auf das Schmalz an oder ein paar Eier in den Teig geschlagen. Bei uns, wenn da 'n Ei 'nen Sprung kriegt und ausrinnt, das bedeutet gleich 'ne Prise Salz weniger, 'nen Zwirn weniger, 'ne Nähnadel weniger.« Johann sagte: »Manche freut der Regen, die haben noch Korn vom vorigen Jahr, die brauchen keins.« Bastian sagte: »Ich sag dir ja, das sind andere Menschen.«

Dora war am Eingang des Dorfes stehengeblieben, bei ihrer eigenen Tür. Sie sah bestürzt aus, als hätten sie falsche Lichter in ein falsches Dorf gelockt. Hinter der Tür hörte man das ineinander verschlungene Weinen von drei kleinen Kindern. Sie durften kein Licht anknipsen, bevor die Eltern vom Feld kamen.

Die Bastian machte auch jetzt kein Licht an, sondern Feuer im Herd. Die Kinder schlürften die letzten Tränen. Alle drängten sich um den Herd und warteten auf etwas Glut. Johann zog sein nasses Hemd aus – er hatte keins zum Wechseln. Vielleicht weil sie das merkte, fing auf einmal die Margarete Bastian zu fragen an: »Was macht er eigentlich, der Schulz, dein Vater?« – »Was soll er machen? Er sitzt rum.« – »Und du, was haste eigentlich gelernt?« – »Ich, stempeln. Na, ich war mal Hilfsarbeiter in einer Gießerei. Das sind auch jetzt schon drei Jahr her. Meine Schwester macht den Haushalt soso.« Bastian sagte: »Wir kommen wohl gleich weit voran. Wir sind alle noch am Leben.«

Johann dachte auf einmal, wenn er ihm alles erzählte, er würde wohl erschrecken, aber ihn keinesfalls fortschikken. Er sagte: »Fragste mal, warum? Was kriegste zur Antwort? 'n Tritt.« Bastian sagte: »Man braucht gar nich zu fragen. Man hat, was einem gehört, im Bauch und auf dem Buckel.« Johann biß sich auf die Zunge.

# Viertes Kapitel

## I

Man fing an zu dreschen. Jakob Schüchlin war einer von den ersten. Die Dreschmaschine stand auf Merzens Hof. Der hatte damals den Hauptteil anbezahlt. Der übrige Teil war zu Lasten der Gemeinde bezahlt worden, die sie nach einer bestimmten Ordnung benutzte.

Susann Schüchlin hatte Kopftuch, Wimpern und Kleider voll Spreu. Ihr Hals war rauh, ihr Leib war noch immer dick. Schüchlin ließ die Frau Arbeiten machen, wo sie auf dem Boden rutschen, und solche, wo sie Lasten schleppen mußte. Aber Bastian hatte recht gehabt, als er zu Johann sagte: ein zähes Kind, bleibt fest. Schüchlin konnte das alles befehlen, die Frau gehorchte – das Kind blieb.

Eines Morgens fing es an, auf dem Weg zur Milchsammelstelle. Die Schüchlin war schon fast mit ihren Eimern angelangt, als sie in ihrem schwachen Kopf begriff, daß es immer so anfing, bevor sie Söhne zur Welt brachte. Das waren dieselben eintönigen, mit Schüchlins Fäusten verglichen, ziemlich geringen Schmerzen. Das dauerte noch. Sie wollte die Eimer abgeben.

Viele Frauen warteten. Sie gaben nicht auf die Schüchlin acht, die doch nie antwortete. Die Frau stellte sich an und setzte die Eimer auf die Erde. Niemand merkte, daß sie stöhnte. Die Frauen drehten sich erst um, als sie schrie. Als die Schüchlin ihren eigenen Schrei hörte, duckte sie sich zusammen und drückte die Augen zu vor Schreck. Sie erwartete einen Schlag auf den Mund. Als nichts kam, machte sie die Augen auf. Da erblickte sie eng um sich herum einen Kreis von runden, von Neugierde übermäßig glänzenden Blicken. Sie fürchtete sich und zerriß ihn mit der Hand und machte ein paar Schritte heimwärts. Dann schraubte sie sich gegen die Erde zusammen. Sie begann zu merken, daß diese Schmerzen doch andere waren als alle täglichen, auch als die, die sonst ihren Geburten vorausgingen. Sie wollte noch ein Wort hervorbringen, aber ihre Stimme war vom Dreschen stockheiser. Sie sah sich verzweifelt um, als hätte sie etwas Unentbehrliches vergessen, ohne das man nicht leben und nicht sterben kann.

In diesem Augenblick drückte sich Marie Algeier mit den Ellenbogen durch die Frauen, um zu sehen, was es gäbe. Sie begriff, daß das Wort, mit dem die Schüchlin nicht fertig wurde, Eimer hieß. Sie faßte daher die Eimer, trug sie in den Hof und ließ sich abfertigen. Inzwischen kamen die Frauen überein, die Hebamme zu holen. Das verzögerte sich aber, weil die Schüchlin zu dem Vorschlag nicht ja, nicht nein sagte. Marie kam zurück, es war grade Abrechnungstag, sie stopfte der Schüchlin das Geld in die Schürzentasche. Die Schüchlin krümmte sich wieder zusammen, aber sie schrie jetzt nicht mehr. Das war längst nichts mehr zum Schreien – die Frauen starrten sie reglos an, verzaubert von dieser Geburt, die nicht die ihre war, berauscht von solchen unerträglichen Schmerzen, die sie gar nicht spürten. Doch für die Schüchlin waren nicht die Schmerzen das Unerträgliche, sondern die Pause zwischen den Schmerzen. Bisher hatte sie nur Schlechtes gekannt, ohne Atem, ohne Unterbrechung. Jetzt gab es sinnlose Ruhepunkte, da lichtete sich ihr Kopf für alle Menschengedanken, um sich im nächsten Augenblick vollkommen zu verdunkeln. Zwischen zwei Wehen, inmitten der atemlosen Frauen, deren Blicke vor Neugierde leuchteten, weitete sich ihr Kopf zu dem furchtbarsten und wildesten Gedanken, den Menschen ausgedacht haben: die Hoffnung auf den Tod.

Marie Algeier faßte die Schüchlin unter den Achseln.

Das uferlose Gesicht der Schüchlin spiegelte sich in Mariens rundem, festem Gesicht, in ihren klaren und sanften Augen. Und doch enthielt dieses Spiegelbild nur den einzigen heißen Wunsch, ewig lange auf Erden zu leben.

Marie hängte sich die eigenen und die fremden Eimer in den einen Arm und führte mit dem anderen die Schüchlin. Sie kamen grade recht. Wenige Minuten später hörten Schüchlins Nachbarn, die Bastians, das wütende Geschrei eines gesunden Knaben.

Der Bauer Schüchlin kam mittags heim. Er fand alles in Ordnung.

Er war bestürzt, doch konnte er zunächst den allzu beharrlichen Gang der Dinge nicht abstellen. Er ging also zum alten Merz und meldete sein Kind dem Staat an. Dann ging er zum Pfarrer und meldete das Kind zur Taufe an. Am zweiten Tag hatte die Schüchlin die Brust voll Milch, am dritten Tag stand sie auf zur Hausarbeit, am vierten Tag besorgte sie alles. Sie hatte genau wie ihr Mann die Hoffnung aufgegeben und vergaß sie.

## II

Algeier hätte vielleicht mit dem Milchauto in die Stadt fahren können, aber er ging lieber zu Fuß. Er wollte kein Gefrage, am wenigsten nach seiner Rückkehr.

Der Regen war endgültig vorbei. Algeier selbst hätte Staub und Hitze für Sommer gehalten, wenn er nicht gewußt hätte, daß das Korn eingebracht war. Seine Beklommenheit legte sich, er wurde müde. Er lief über die Landstraße zwischen den Feldern von zwei Gemarkungen. Er wurde wieder erregt, als die Felder aufhörten und Bauplätze anfingen und eingezäunte leere Sandbrüche. Er hätte sich gern in das erste Wirtshaus gesetzt, an dem schmalen, öligen Kanal, der Schuhwichsfabrik gegenüber. Aber er wollte das erst tun, wenn er seiner Sache und seiner Groschen sicher war, wenn er den Atem nicht einzuziehen brauchte, sondern ihn herausstoßen konnte.

Er überquerte die Eisenbrücke über dem Kanal. Ein paar Burschen mit Schirmmützen kamen von der Fabrikseite. Die überlegten sich nicht die Groschen fürs Bier; ihre Blicke kamen ihm dreist vor. Er spürte zum erstenmal, daß sein Hut übermäßig groß und am Rande zerfranst war. Sein Herz war schwer. Er kam auf eine glatte Straße. Seine Zweifel wuchsen, glücklich aus der Stadt herauszukommen, als er an den weißen, kirchensauberen Häusern dieser Straße hinaufsah. Er ging in die Anlagen hinein, über zwei mit Kieseln bestreute Wege. Er erblickte Männer in Arbeitskitteln, damit beschäftigt, Hekken zu stutzen. Er näherte sich dem Stadttor, in die klotzige Mauer hineingehauen, die die alte Innenstadt umgab. Er packte erschrocken seinen Hut mit beiden Händen; denn jetzt war er nur noch fünf Minuten vom Marktplatz entfernt, an dem das Geschäft von Kastrizius lag. Er erblickte die eisernen Ringe, die in das Mauerwerk geschlagen waren. Sie hatten ihn schon erstaunt, als er zum erstenmal an der Hand seines Vaters durch dieses Tor gegangen war, der in die Stadt zum Anwalt ging, um das Testament seines Bruders anzufechten. Dieser Prozeß war übrigens schlecht ausgegangen, er hatte mit all seinen Verästelungen Algeiers Jugend bis ins vierzehnte Jahr beschattet. Genau wie damals mit seiner kleinen Hand, so schnickte er jetzt mit seiner großen, harten den Eisenring und ließ ihn auf dem Stein klirren. Heute wie damals ärgerte er sich über den lockeren Rost, der an seinen Fingern hängenblieb. Wie viele Städte er im Krieg gesehen hatte, nur diese war für ihn der Inbegriff aller Städte. Der Kirchturm über den Dächern, den er in dem hellen Ausschnitt des inneren Torbogens erblickte, kein anderer in der Welt war der Wohnsitz Gottes.

Als er aus dem dumpfen Tor auf den Marktplatz herauskam, mußte er den Hut loslassen und die Brust um sein Herz zusammendrücken. Obwohl kein Markttag war, war der Platz ungewöhnlich voll. Er erkannte mit weitsichtigen Augen das Firmenschild Kastrizius über den Köpfen der Menschen. Er verstand, daß es für ihn ein böser Abrutsch war, wenn er sein Eigentum nicht zurückbekam. Niemals war der Platz an einem gewöhnlichen Wochentag so schwarz und unruhig gewesen. Aber Algeier wunderte sich gar nicht, denn auch er war unruhig. Es war richtig, daß alles Leben aus den Gassen auf dem Platz zusammenströmte, nach seinem eigenen verstörten Herzen. Die Menschen standen in vier oder fünf dichten Klumpen. Arbeiter aus der Schuhwichsfabrik, Frauen und Mädchen von Gold & Sohn, einzelne schwarzröckige Kaufleute, Handwerker, ein Bündel Blechröhren unter den Arm geklemmt oder ein Paar Reitstiefel. Ein kleiner Lehrling hatte sich einfach auf einen frischgeflochtenen Stuhl gesetzt, den er abliefern sollte. Wenn er auch den Mittelpunkt seiner Gruppe nicht sah, so hörte er doch die hartnäckige, sich vor Wut überschlagende Stimme. In dem freien Raum zwischen den Gruppen pickten Tauben den Kot, der vom gestrigen Viehmarkt noch nicht weggekehrt war. Zwei dicke Haufen von Menschen standen mit dem Rücken zum Platz, vor den Plakaten, die am roten Stadthaus angeschlagen waren. Zettelverteiler liefen herum und stopften Algeier Flugblätter in die freie Hand und in die Rocktasche. Algeier machte dasselbe wie seine Tochter Marie vor drei Sonntagen. Nur um seinen Gang zu verzögern, faltete er sie zusammen und steckte sie ungelesen ein. Nach zwei Spiralen um die Menschenhaufen kam er auf die dem Stadthaus gegenüberliegende Seite vor die Geschäftshäuser. Zu seinem Erstaunen waren die meisten Geschäfte geschlossen. Die Milchhandlung Straub war offen. Lüdeke von der Milchsammelstelle stand in der Tür mit verschränkten Armen. Er rief ihm etwas zu. Kastrizius war auch noch offen, jedoch bemühten sich ein Mädchen in weißer Schürze und ein Lehrling, die eisernen Läden herunterzulassen. Der Verkäufer stand in der Tür, sein Gesicht war rot und ängstlich. Algeier trat auf den Verkäufer zu. Der streckte die Arme weg. »Schluß, wir machen zu.« Algeier sagte: »Ich muß noch rein, ich bin extra gekommen, das ist schnell gemacht.« Der Verkäufer sagte: »Schluß, Schluß.« Sein Blick über Algeiers Schulter wurde starr. Algeier drehte sich um. Auf einmal standen ein Dutzend Burschen hinter ihm und schrien: »Als rein! Als rein!« Algeier blickte erschrocken hin und her, zwischen dem Verkäufer und diesen ihm fremden Burschen, die merkwürdigerweise »Rein! Rein!« riefen und aufstampften. Auf einmal sprang der Verkäufer neben den ungeschickten Lehrling und drehte die eiserne Kurbel an. Algeier trat rasch durch die Tür.

Der Verkäufer kam hinter ihm her und schloß ab. Er versuchte Algeier nach der Hintertür zu drängen, durch den Hof auf die Straße. »Herr Algeier, jetz is Schluß bei uns. Ein andres Mal, Herr Algeier.« Draußen schnurrten die Läden herunter. Es wurde plötzlich dunkel. Der Verkäufer knipste Licht an. Algeier zog schnell seinen Hut ab und setzte ihn seines Kahlkopfes wegen schnell wieder auf. Er sah sich um, über die im künstlichen Licht glänzenden Metallteile und gewachsten Hölzer von Eimern, Bottichen, Zentrifugen, elektrischen Schälern. Er fing jetzt zu klagen an. Aus dem Nebenzimmer rief eine Stimme: »Was gibt's denn noch, zum Kuckuck?« Algeier klagte weiter. Jetzt kam der Besitzer selbst, er hieß nicht Kastrizius, sondern Baum, die kleine Treppe aus dem Büro herunter. Er legte seine Hände auf Algeiers Schultern, blickte ruhig unter Algeiers Hut, der etwas in die Luft stehende Bart berührte sein eigenes Kinn, und sagte leise, friedlich, wie er vier-, fünfmal im Monat mit Bauern sprach, die ihm in Ratensachen einen Prozeß andrehten: »Lieber Herr Algeier, ich kenne Ihre Sache ganz genau. Sie sind mir lieb und wert. Es tut mir leid, wie's ist. Ich muß mein Geschäft bald selbst zumachen, mir hilft niemand, ich kann Ihnen nicht helfen. Es gibt eine Auskunftsstelle, drüben auf dem Stadthaus, Zimmer 2, Landwirtschaftliche Beratungsstelle, wenn ich nicht irre, fragen Sie lieber noch mal.« Er öffnete mit der einen Hand die Tür und knipste mit der andern das Licht aus. Algeier trat unwillkürlich in den hellen Hof.

Er ging zwischen aufgestapelten Kisten durch das Hoftor auf die Straße, von der Straße auf den Platz zurück.

Das Stadthaus war nach dem Krieg aus rotem Sandstein neu gebaut worden. Es hatte zwei einstöckige Flügel, einen für Polizeisachen und einen für Zivilsachen. Im Tor stand ein Polizist. Er schickte Algeier an den Aufsichtsschalter. Algeier ging nicht an den Schalter, er suchte selbst die Nummer. Er verirrte sich in den Gängen, kehrte auf die Treppe zurück und suchte von neuem. Diesmal kam er an. Der Tür gegenüber war eine Bank, auf der die Leute warteten. Algeier wußte nicht genau, wozu dieses Zimmer bestimmt war. Er setzte sich hauptsächlich, weil er müde war. Jetzt hatte er keine Angst mehr, nichts zu erreichen. Es war sinnlos gewesen, in die Stadt zu gehen, und sinnlos war es, hier herumzusitzen. Ihn dauerte die Zeit, während daheim sein Junge pflügte. Paul pflügte das abgemähte, von den Kühen vollends kahlgefressene Feld. Er pflügte zum erstenmal allein. Als er selbst seinerzeit zum erstenmal allein gepflügt hatte, da hatte ihm sein Vater auf die Schulter geklapst, und seine Mutter hatte durchs Fenster gerufen: »Mach's gut!« Bei ihm heute morgen war alles in Hast geraten, Paul hatte mürrisch gesagt: »Na, dann mach ich's eben allein.« Alles fiel unter den Tisch. Es gab keine Feste mehr auf Erden. Das ganze letzte Jahr hatte es immer bloß Verdruß mit Paul gegeben wegen der Kunkels. Algeier wußte genau, daß Paul zum Schluß nach eigenem Kopf handelte; grade deshalb weigerte er sich zu sagen: Tu's in Gottes Namen. Noch gestern abend hatte dieser zähe, lustige Paul richtig losgeflennt. »Warum wollt Ihr nich, Vater?« Da hatte er gesagt: »Ich will das nich, daß mein Jung dient. Es geht uns schlecht, aber nicht, daß er dienen muß.« Da hatte Paul geheult und gestampft. »Was? Dienen? Wo?« – »Hinter dem Breideis herrennen, sich seine Kleider von Fremden bezahlen lassen, damit man für sie – « – »Damit man was?« – Algeier hatte gesagt: »Still, still!« Er hatte nicht gesagt: Tu's in Gottes Namen. Im Grunde seines Herzens hing er mehr an Marie als an Paul. Die war so gleichmütig, immer bei der Hand. Er wußte nicht, was das war, was seine Kinder gegen ihn stellte und ihm alles zwischen den Fingern wegzog.

Er hörte auf zu denken, er blickte sich um. Der Mann neben ihm, ein kleiner Alter mit einem farblosen Bärtchen, blickte sich gleichfalls um, sie trafen sich in einem schiefen, traurigen Blick. Der Mann erzählte sofort von seinem Schrebergarten, der plötzlich in ein Baugelände fiel. Dann erzählte er, daß man in Preußen einen Mann eingesetzt hätte, mal wieder einen Adligen. Algeier zuckte die Achseln. Um etwas zu fragen, fragte er, ob dieser Neue auch katholisch sei. »Ja, auch.« – »Ob der's schafft?« Sie waren sich beide einig, nein, auch nicht. Jetzt waren noch vier Leute vor ihnen dran, um ein Uhr wurde geschlossen, um drei Uhr wieder aufgemacht. Er hätte ebensogut in der kleinen Schenke am Kanal sitzenbleiben können. Er saß bloß herum, weil er sich fürchtete, heimzugehen. Er stand jetzt gleichwohl auf. Er lief nach der verkehrten Seite. Statt ins Treppenhaus, kam er in einem Halbkreis nach dem linken Flügel. Er wollte schon hinuntergehen. Da fiel sein Blick auf ein großes rotes Plakat. Fünfhundert Mark Belohnung. Die Größe der Summe verblüffte ihn. Er trat näher, um zu erfahren, wodurch sie zu verdienen sei. »Der oben abgebildete zwanzigjährige, in Leipzig zuständige Hans Schulz hat am 3. April daselbst bei einem sogenannten Hungeraufmarsch einen Polizisten durch Messerstich getötet. Der flüchtig gegangene H. S. trug ein blaues Hemd, eine kurze Hose, eine

Windjacke und eine Schirmmütze. Für seine Ergreifung oder zu seiner Ergreifung zweckmäßige Angaben ist obige Belohnung ausgesetzt.«

Algeier trat einen Schritt zurück und betrachtete das Bild eingehend. Je schärfer er zusah, desto deutlicher wurde es. Er packte seinen Hut mit beiden Händen und legte den Kopf in den Nacken. Sein fahriger Bart sträubte sich, als ob ein Wind durchbliese. Algeier machte eine Bewegung, um die nächste Tür aufzureißen und zu rufen: Ich hab ihn! Dann aber kam es ihm vor, er müßte vorher mal richtig Atem schöpfen, im Freien. Er ging die Treppe hinunter. Noch immer standen die Menschen auf dem Platz gedrängt, hartnäckig, atemlos. Algeier hatte Angst, er könnte verlieren, was ihm zustand. Vielleicht war es besser, ins Dorf zurückzukehren und seine Entdeckung dem Bauer Merz anzumelden. Der würde die Landjäger holen. Sie würden den Jungen überraschen, binden und durch das ganze Dorf führen. Algeiers Angst wuchs, es könnte jemand dazwischenkommen, der ihn ums Geld brachte. Er geriet ins Nachdenken. Er umkreiste den Platz. Er durchquerte das Stadttor, er schnickte einen Eisenring. Die vorige Woche hatte er den alten Merz gebeten, seine Frau an die Hackmaschine zu lassen, bis seine alte repariert war. Er hatte unter einem Vorwand abgesagt. Konrad Bastian hatte Vergütung verlangt. Algeier hatte nichts übrig für die Roten. Er hatte für niemand was übrig. Sie hatten ihm bis jetzt nichts gebracht. Ihm brachte niemand was. Eins aber war sicher, daß dem alten Merz alles Rote mehr zuwider war als Pest und Cholera, mehr als hunderttausend Kunkels. Er würde sich einen Mordsspaß draus machen, diesen Jungen durch das Dorf Spießruten laufen zu lassen. Wie Algeier zu dem alten Merz gelaufen war, um seine Bitte vorzubringen, war's Mittagszeit gewesen. Schon durch den Türspalt hatte es nach Speck gerochen, wie zu Weihnachten. Hatte dieser Junge denn keinen Vater, der ihm den Hintern versohlte, weil er auf die Gasse lief und Hunger! krisch? Der alte Merz hatte dem Schäfer Geld gegeben, damit er die Herde auf sein Feld trieb, damit der Dung es fruchtbar machte. Algeier hatte die Anlage hinter sich, er lief über die glatte weiße Straße. Er hatte Angst, es könnte ihn etwas auch um dieses Geld bringen. Seine Frau mochte flennen, seine eigenen Kinder hinter seinem Rücken quengeln. Wenn er zum alten Merz nicht sofort ging, seinen Anspruch anzumelden, dann würde er überhaupt alles für immer bei sich behalten. Im ganzen Dorf war diese Entdeckung nur bei ihm sicher aufgehoben. Andreas Bastian wußte bestimmt gar nichts, der würde ja Krämpfe kriegen. Er, Algeier, würde weder dem Andreas Bastian noch dem Hans Schulz selbst etwas sagen. Der sollte dann endlich in Frieden sein Brot essen und auf dem Feld seines Verwandten arbeiten. Er würde auch dem Pfarrer nichts sagen. Wozu, Gott weiß es ohnedies. Er würde seiner eigenen Frau und seinen Kindern kein Wort sagen. Ein Glück für diesen Jungen, daß grade er das Schild gelesen hat.

Seine Füße waren schon ausgeleiert, aber er war froh, daß er noch eine Stunde Weg vor sich hatte. Er mußte noch viel nachdenken. Als er die schmale Eisenbrücke über dem Kanal betrat, sagte er vor sich hin: »Das würde euch so passen.«

Er wußte selbst nicht genau, wen er mit euch meinte.

## III

»Na, Amen«, sagte Breideis. Er stellte das Radio ab. Kunkel stellte es flink wieder an, um die Wetternachrichten zu hören. Sie saßen, acht Mann, in Kunkels Schuppen zusammen. Breideis war im Auto seines Verwandten Heinrich Breideis unterwegs, um die Neueinteilung durchzuführen. Breideis hatte das spitze Kinn und die eng zusammenliegenden Augen der meisten Männer dieser

Gegend, doch sein junges Gesicht war übermäßig gespannt vor Ehrgeiz. Er hatte sich vorgenommen, einen Aufenthalt einzuschalten, wo es ein Radio gab, um die Papen-Rede abzuhören. Jetzt stand sein Auto vor Kunkels Treibhaus. Er saß auf einer gestrichenen Kiste in dem Schuppen, in dem vor einer Woche Kößlin und Kunkel zusammengehockt hatten.

Kößlin hatte inzwischen aus alten Kisten einen zweiten Geräteschuppen angebaut. Aus dem alten Schuppen hatte er einen Wohnraum gemacht. Er hatte die elektrische Leitung herübergelegt, ein Radio montiert. Er hatte einen alten Sack eingefärbt und sein Bettzeug überzogen. Er hatte aus illustrierten Zeitungen Bilder ausgeschnitten und an die Wand genagelt. Kößlin wußte zwar, daß er wahrscheinlich nicht länger als bis Oktober hierblieb, über die Rübenernte. Das hinderte ihn nicht, sich alles einzurichten wie für immer. Wenn Kößlin ein schadhaftes Werkzeug in die Hand bekam, er legte es ausgebessert zurück. Wo Kößlin war, da schienen sich alle Fugen zu schließen, herausgefallene Nägel in ihre Löcher zurückzuspringen. Unbegreiflich, was Kößlin all die leeren Jahre über gemacht hatte, mit solcher Art von Händen. In dem Mann war eine große, nützliche Kraft gestaut, den Zerfall des Lebens aufzuhalten in kleinen Dingen, Brettern, Sämlingen, Stoffzeug, Schindeln.

Breideis sah unwillkürlich oft den Kößlin an, den er von der Stadt her kannte. Er hatte sich richtig hier auf dem Lande ausgewachsen. Sein braunes, ruhiges Gesicht enthielt nichts mehr von Spannung. Breideis sagte: »In acht Tagen habt ihr wieder Uniform.« Kößlin erwiderte langsam: »Das ist zweischneidig. Wir kriegen von Papen unsere Uniformen zurück. Was kriegt er dafür von uns?« Der Gruppenführer von Niederweilerbach – die Jungens saßen um ihn herum auf dem Fußboden – sagte: »Quatsch. Wir lassen uns keinen Rotz ums Maul schmieren.«

Breideis sagte: »Schnell, weiter. Ich muß weg. Ihr in

Oberweilerbach werdet im Lauf des Monats eure Achtergruppe fertigkriegen. Was? Fertig. Schluß. Gruppenführer wird Kunkel.«

Kößlin spürte eine winzige Enttäuschung. Er hatte Zug in den Ort gebracht, alles getan, was zu tun war. Er hatte vorige Woche den kleinen Algeier auch erfaßt (Paul hatte sich nach dem mißglückten Stadtgang seines Vaters endgültig überreden lassen). Nach außen war es vielleicht wirklich richtig, einen angesehenen, einheimischen Bauern zu nehmen mit Anhang, als ihn, der für die Leute nur eine Art Knecht war. Breideis hatte wohl recht.

Alle sahen Kunkel an. Kunkels Gesicht verriet nichts. Breideis fuhr fort: »In nächster Zeit werdet ihr hier die erste Versammlung durchführen. Ihr müßt vorbereiten. Ich werde nicht bei euch bleiben. Ihr werdet jetzt von Billingen unabhängig werden. Niederweilerbach, Oberweilerbach, Botzenbach, Beuren werden zusammen den Sturm stellen. Sturmführer wird Zillich aus Botzenbach.«

Kößlin gab es wieder einen Zug. Alle Mienen zeigten Überraschung, aber zufriedene. Kößlin sagte sich selbst, daß er Zillich wenig kannte. Zillich hatte in Botzenbach, obwohl das früher ein Rotfrontkämpfer-Stützpunkt war, überraschend schnell eine Achtergruppe aufgebracht. Er hatte eigentlich auch die Beurener Gruppe aufgebracht. Zillich war ein schwerer, gedrungener Bauer, nicht ganz jung, bartlos, kahlgeschoren, die Leute sagten, weil er rothaarig war. Er war von großer Körperkraft und bekannt als gewalttätig. Vor zwei Monaten, beim Roten Sportfest in Billingen, als ein Fichte-Auto erwartet wurde, hatte er über die Straße einen Draht gespannt. Er hatte dem Bauer Ibst, der früher zu den Roten Frontkämpfern gehörte, kürzlich ein Auge ausgeschlagen. Die Gerichtsverhandlung stand noch aus. Kößlin fragte sich, warum grade Zillich mit seinen sechs Kindern, dem es vorn und hinten nicht langte, den Ibst so wütend haßte. Kößlin dachte, Zillich haßte die Roten, weil sie ihm das Land zerschlagen wollten, nach dem sich Zillich sehnte. Er haßte sie, weil sie ihm das Vieh wegtreiben wollten, das er im Traum besaß. Er haßte sie, weil sie ihm den Herrgott auspfiffen, vor dem er manchmal die furchtbare, ihn selbst plagende Bürde seiner Gewalttätigkeit ablegte.

Breideis sagte: »Das war unter uns gesagt. Vorbesprechung. Die Besprechungen zwischen den Gruppenführern sind in Niederweilerbach. Mittwoch abend. Material geht an euch ab.« Breideis stand auf. Alle standen auf und richteten sich. Den Leuten, die draußen vor dem Treibhaus um das Auto herumstanden, schuckerte das scharfe »Heil!« durch und durch.

Als Breideis abgefahren war, fingen die Jungens über das Gehörte zu sprechen an. Kößlin war nachdenklich. Alles in allem konnte er Zillich doch gut verstehen. Sie hatten ihm selbst immer daheim furchtbar zugesetzt von rechts und links, auf der Straße, in der Familie, auf der Stempelstelle. Er hatte sich entschlossen. Er hatte ja nicht mit hinein gewollt in den großen Sack, sondern heraus. Drüben bei den anderen war das Schwere noch viel schwerer, noch viel verzwickter, keine Heimat. Kößlin glaubte fest, das sei seine Heimaterde, der sandige, zertretene Boden des Treibhausschuppens zwischen den Kisten.

## IV

Nach der Kirche gingen Luise Merz und der Lehrer Heinrich Rifke in das Pfarrhaus, sich als Brautpaar vorzustellen. Frau Merz ging heim, um das Mittagessen fertigzumachen, kein Verlobungsessen, aber die erste Mahlzeit, die Rifke mit der Familie aß. Der alte Merz und der junge folgten der Einladung des Konrad Bastian.

Luise Merz trug einen Hut und ein dunkles städtisches Kleid. Sie war fast einen Kopf größer als ihr Bräutigam. Sie gingen noch nicht Arm in Arm. Aber die Bauern betrachteten sie schon einschätzend, wie man Brautpaare betrachtet. Rifke sah verlegen vor sich hin. Luise Merz erwiderte ruhig die etwas spöttischen Grüße, wobei sie die Brust herausdrückte und sich mit ihren dunkeln, glänzenden Augen stolz umsah. Die Bauern sagten: »Ist doch ein schönes Weib.« – »Die kommt eher zu ihrer Pension, als ihr lieb ist.« – »Vielleicht blüht er auf im neuen Bett.«

Sie traten durch den Laubgang in die Pfarrhaustür. Der Pfarrer Braumüller war schon in der Hausjoppe. Man sah ihm an, daß er bei seinem Amt viel Zeit fand für Gartenarbeit und Überlandfahren. Die beiden dünnen Narben auf seinen Backen waren nicht mitgebräunt. Er war noch nicht lange hier. Es hieß, er sei von seiner städtischen Gemeinde weg hierherversetzt worden. Er pflegte seinen Predigten zu viele Betrachtungen einzustreuen über weltliche Angelegenheiten. Aber Braumüller sah ganz zufrieden aus. Er hatte sich mit der Familie Breideis in Billingen angefreundet und wurde oft zu Überlandfahrten abgeholt. Sein Fenster ging nach hinten auf den schmalen Waldsaum. In vielen Vasen standen Dahlien, Goldlack und Sommerastern, an einer Wand stand ein Bücherbord, an einer anderen ein wuchtiger Schreibtisch, und darüber hing ein Bismarckbild und der Dürer-Luther und der Cranach-Melanchthon. Die Pfarrersfrau, sie war klein und kränklich und mitgenommen von drei Kindern, brachte offenen Wein und gerillte Gläser und Sandkuchen. Braumüller sagte: »Sie haben da einen sehr richtigen Entschluß gefaßt, Rifke. Das ist doch mal eine richtige Frau und gesund wie 'n Fisch. Sie waren zuletzt in der Stadt auf der Schule, Fräulein Luise?« Rifke antwortete: »Ja, sie war zwei Jahre in der Stadt in der Frauenschule. Das wär mir auch 'n komisches Gefühl in der Ehe, wenn aus meiner Frau nur rauskäme, was ich selbst in sie reingetrichtert habe.«

Alle lachten, bis auf Luise, die ruhig erwiderte: »Ich habe zwei Jahre Buchführung und Haushalt gelernt.«

Braumüller sagte: »Da hat's wohl früher manchmal 'n paar auf die Finger gegeben vom Herrn Bräutigam?« Rifke erwiderte unruhig: »Aber nein doch, sie war ordentlich.«

Er erinnerte sich gut an Luisens Hände, ordentlich gefaltet, etwas weißer als alle übrigen. Es hatte ihn manchmal in den Stock hineingejuckt, aber er hatte sein Stöckchen gezähmt, er hatte sich wohl gehütet, diesem großen, etwas trägen, früh entwickelten Mädchen auf die Finger zu klopfen. Mit einem Stockausrutsch vertat man sich da ein Honigglas oder einen Zwetschgenkuchen oder 'ne Blutwurst und vielleicht noch ganz was andres. Rifke hatte schon damals seine Pläne, wenn ihm mal die Mutter sterben sollte, die er ernähren mußte, und er hockte dann noch immer in diesem Nest, dann wollte er's wenigstens mollig und bauchvoll haben.

Er erschrak, als Braumüller plötzlich fragte: »Herr Rifke, was sagen Sie denn nun eigentlich zum neuen Mann in Preußen?«

»Was soll man dazu sagen? Man muß erst mal abwarten.«

Da sagte Braumüller: »Na, Rifke, ich glaube, da braucht man mal nicht erst abzuwarten. Auf keinen Fall verbrennt man sich da die Zunge, wenn man brr! macht, weil man den alten los ist.«

Rifke dachte, der Herr Pfarrer müßte selbst am besten wissen, wie weit er sich's leisten konnte, frisch von der Leber weg zu reden – vielleicht, weil er solchen Stadtfamilienanhang hatte. Heute morgen hatte Braumüller in der Predigt von dem Ochsenwagen erzählt, auf dem die Juden ihre Bundeslade mitschleppten – man konnte zur Erntezeit schwer ohne den alten Bund auskommen. Der Wagen war auf den Stoppelfeldern ins Holpern gekommen, hatte Braumüller den erstaunten Bauern erzählt, und die Bundeslade war gerutscht, und ein Mann hatte sie festgehalten. Der Himmel aber hatte ihm diese Vorsicht schlecht gelohnt, er hatte ihn auf der Stelle mit dem

Blitz erschlagen. »Diesen Mann nennt die Heilige Schrift als Beispiel für einen, der sich ein Amt anmaßen wollte.«

Rifke sagte: »Daß das auch wieder ein Katholischer sein muß.«

Er fischte ein weißes Dahlienblättchen aus seinem Weinglas. Luise stieß ihn an. Daheim verkochten die Kartoffelklöße im Salzwasser.

»Es ist ja auch keine Heirat, Rifke. Nich wie bei Ihnen. So is das ja auch gar nicht gemeint. Bloß wie 'n Schemel vorm Brautbett.

Herr Rifke, Ihnen und Ihrer Luise brauche ich keine Vorträge zu halten wie sonst meinen Brautleuten. Sie haben den Ernst in sich. Sie wissen Bescheid. Grüßen Sie Ihre Eltern.«

Sie kamen aber noch zu früh heim. Konrad Bastian hatte nämlich inzwischen seine Gäste auf die neue Gartenbank gesetzt, die er zu diesem Zweck gestern aufgestellt hatte. In der Küche richteten sie der Sophie auf einem Teller drei Gläschen mit selbstgebranntem Zwetschgenwasser. Sophie Bastian war ähnlich der ältesten Tochter des Andreas Bastian. Auch ihre Brauen waren farblos; doch in dem blassen, vor Angst jetzt glänzend weißen Gesicht standen die Schatten dunkler Wimpern. In ihrem dünnen Hals und ihren bis zu den Ellenbogen bloßen Armen waren die Adern sichtbar. Sie trug ein weißes Sommerkleid.

Der junge Merz starrte mürrisch in die blaue Glaskugel über dem Dahlienbett. Als er Schritte hörte, drehte er den Kopf und sah dem Mädchen gespannt entgegen. Sie kam steif und langsam näher, um nichts zu verschütten. Der junge Merz war außerordentlich enttäuscht. Je näher das Mädchen kam, desto enttäuschter wurde er. Er verbarg seine Enttäuschung nicht, sondern sah sie finster an, griff eins der Gläschen vom Teller, schluckte und verzog das Gesicht. Bastian sagte unruhig: »Gib schon die Hand, Mädel.« Sophie gab erst dem alten Merz die Hand, dann dem jungen. Ihre Hand war kalt vor Angst, der Puls schlug in die Fingerspitzen. Der junge Merz drückte die kalten, dünnen Finger in seiner Hand zu einer kleinen Faust zusammen. Sein Gesicht veränderte sich langsam, er lächelte schließlich – zum erstenmal seit einem Jahr. Sein Vater lächelte hinterher, verbarg es schnell. Bastian merkte, daß in der Stimmung seiner Gäste ein Umschwung eingetreten war, und seufzte erleichtert. Der alte Merz stieß den Sohn an, die Hand des Mädchens endlich loszulassen. Im Grunde seines Herzens gefiel ihm der Sohn jetzt und belustigte ihn. Er hatte Konrad Bastians Vater gekannt, der nicht viel mehr gewesen war als ein Schlucker. Im tiefsten Grund seines Herzens dachte der alte Merz, die Bastians könnten froh sein, daß ihr Kind dem seinen Lust bereitete.

Der junge Merz hatte das Mädchen losgelassen. Er starrte sie unverhohlen an. Ihr weißes Gesicht wurde noch weißer. Ihre Schultern zitterten. Wie Pendel schwangen leise die schwer gewordenen Arme in den Achseln. Der alte Merz wurde ein wenig ungeduldig. Konrad Bastian war zufrieden. Dem Gesicht des jungen Merz war unschwer der glückliche Ausgang der Brautschau anzumerken. Bastian wunderte sich, denn er hatte immer gefürchtet, für das kränkliche, blasse Mädchen sei ein ordentlicher Freier schwer zu finden. Er sagte schließlich: »Nu, geh schon zur Mutter, Mädchen.«

Sophie gab noch einmal den beiden Gästen die Hand. Der junge Merz faßte sie ums Handgelenk. Dann lief sie in die Küche.

In der Küche saßen wartend ihre Mutter, ihre Großmutter, ihre Patin aus Botzenbach und die Magd. Sie riefen: »Wie war's? Wie war's?« Sophie drückte sich ans Fenster und bedeckte ihr Gesicht mit den Händen. Die Mutter packte sie, riß ihr die Hände vom Gesicht und rief aufgeregt: »Na, red doch schon!« Sophie weinte. Die Frauen riefen: »Je! Je!« Die Großmutter lachte, das leise, rasselige Lachen alter Leute. Die Mutter sagte: »Na, wenn du jetzt schon flennst!«

V

»Damals hab ich auf meine Raten ausgerechnet, was aus den Schweinen, aus den Hühnern, aus den Äpfeln rausspringt auf die Pumpe. Nun aber is 'n Apfeljahr, und Gold & Sohn gibt fürs Kilo sechs Pfennig sage und schreibe. Die Schweine haben ihren Verdienst selbst aufgefressen. Nur die Raten sind eisern geblieben.« Auf Bastians Gesicht lag eine tiefe Verwirrtheit, der Widerschein baren Geldes auf dem Tisch.

»Kastrizius, am Markt. Merk dir's. Hör mal, wie das kam. Damals hat der Heisler nebenan seine Pumpe gebohrt. Sein Niklas heiratet doch. Die Schwiegereltern sagten, Wasser soll sie nich tragen. Ich hab den Heisler gefragt, ob ich mein Rohr anschließen kann. Er hat aber nein gesagt – «

Johann sagte: »Jetz is schon bald vier. Das brauch ich doch jetz nich zu hören.« Er hatte vor allem begriffen, daß er endlich in die Stadt konnte. Wie ein Stein hing das Dorf an seinem Fuß.

»Freilich brauchste, wenn du's abgibst. Mußt doch wissen, woher's kommt. Wie er nein gesagt hat, da hab ich gesagt, jetzt gerade, jetzt bohr ich allein, ich tu's. Einmal hab ich gesagt, jetzt grade. Siehst du wohl. Wo is sie denn, unsere Dora? Soll sie das Geld sehen, daß sie's weiß.«

Die Frau sagte: »Sie hat doch die Küh auf den Acker gebracht.« Johann sagte: »Kann ich mir nich vom Niklas ein Fahrrad leihen?« – »Kannst du nich. Du sollst nicht gefragt werden.«

Johann strich das Geld ein. Auf einmal sagte Bastian: »Nein, gib noch mal her. Red mit den Leuten. Du kannst doch reden. Red, du bringst in vierzehn Tagen die andere Hälfte. So.«

Als Johann draußen war, fuhr Bastian zusammen. »He, Margret, so viel Geld dem fremden Jungen!« – »Der gibt's ab. Der kommt wieder. Auch seine Jacke hängt da noch. Auch sein Rucksack.«

Als Johann die Zauntür hinter sich zudrückte, dachte er froh: Jetzt bin ich soweit. Eine halbe Stunde in der Stadt, und ich find meine Leute – wetten.

Susann Schüchlin stand am Fenster, ein winziges Kind in einem dicken, schmutzigen Tuch, und starrte ihn an mit hängendem Kiefer. Er nickte ihr zu. Wieder stieß er auf die hexische Neugebauer. Diesmal zog sie einen lärmigen Karren voll Gras und Löwenzahn und Brennessel. Ein Rudel jaulender Kinder umkreiste sie, rupfte ein paar Hände voll aus dem Karren, so daß sie halten mußte und auflesen. Johann wich ihr unwillkürlich aus. Das war wirklich eine säuische Person. Er half ihr dann doch schnell auflesen. Wo der Waldweg in den Platz hineinlief, stand ein alter, kleiner Mann mit einem Regenschirm. Er war dorffremd, aber die Leute grüßten ihn. »Tag, Herr Naphtel.« Das war wohl der Jud. Er sah Johann an, dachte wohl gleichfalls: dorffremd. Am Ausgang des Dorfes traf er Algeier, mit langen Armen gegen seinen Sohn fuchtelnd. Algeier sah ihn scharf an. Johann grüßte.

Er kam auf die offene Straße. Schon war alles eingebracht bis auf Kartoffel und Rüben. Fast sehnte man sich danach, die unruhigen, grünen, winzig gewellten Flächen der Rübenfelder möchten verschwinden, damit alles klar und fertig sei und erdfarben. Auf dem gelben Stoppelfeld gegen den Fluß zu lag die blaßgelbe, dreifach geteilte Wolke einer Schafherde. Auf dem schon dreiviertel braunen Acker ging ein Bauer in gelassener, ausholender Ruhe hinter seinem von zwei Pferden gezogenen Pflug. Mit seinem großen Bart sah er aus wie Gottes pflügender Sachwalter. Johann erkannte ihn: der alte Merz. Über die Wiese, aus einer in den Waldrand gekerbten Rodung kamen Axthiebe. Das war der Nachbarssohn Niklas. Johann lief. Niklas Heisler hatte ihm erzählt von seinem Besitz und von seiner geplanten Heirat. Er war in Kunkels Ortsgruppe eingetreten. Er und sein Vater erhofften sich etwas davon. Sein Vater hatte vom Krieg eine angeschossene Hand. Er hatte eine kleine Rente. Niklas hoffte, seinem eigenen Sohn das Erbe unverschuldet zu hinterlassen. Johann hatte gedacht, sein Vater würde ihm mal hinterlassen: einen Geburtsschein, eine Stempelkarte, ein Mitgliedsbuch der SPD, das seit zwei Jahren nicht mehr geklebt war. Jetzt waren rechts und links Felder mit Rüben. Die Landstraße lief über den Fluß, der leer und sonnig war. Johann pfiff. Das Gepfiff war noch immer in ihm. Alle hatten gepfiffen, obwohl ihre Backen starr waren. Er hatte selbst vor Frost gezittert in seiner Windjacke. In vielen Fenstern war das unruhige, flimmrige Licht der Weihnachtsbäume. In der Luft war der schwere, tausendjährige Ton des Weihnachtschorales. Sie pfiffen. Er bekam damals zum erstenmal auf den Kopf. Das erstemal war er stehengeblieben. Das zweitemal war er weitergegangen. Das drittemal hatte er zurückgeschlagen.

Er kam jetzt durch das Waldstück. Das tat einem gut, das abgedämpfte, zittrige Sonnenlicht. Er lächelte, weil er an Niklas dachte. Der hatte noch nicht mit seiner Frau geschlafen und dachte schon an den Erben. Er selbst wird wohl nie einen Sohn haben. Er hatte in der Stadt eine Hertha gehabt. Er hatte vor dem Fortgehen zu ihr gesagt: »Geh ruhig mit dem Otto. Er wird's ja werden. Geh nur ruhig gleich mit ihm. Das macht mir nichts aus. Ich meine, das macht mir schon nichts aus, ob du morgen oder übermorgen mit ihm gehst.«

Er kam aus dem Wald heraus. Wieder Kartoffeln, dann unbebaute Flächen. Er überholte ein ziemlich dickes Mädchen in einer rosa Bluse. Sie gingen minutenlang nebeneinander. Er hätte sie gern angeredet. Da redete sie ihn von selbst an: »Sie sind doch den Bastians ihr Verwandter?« – »Jawohl.« – »Ich bin die Marie Algeier. Da hätten wir den ganzen Weg zusammen machen können.« Sie erzählte ungefragt, warum sie in die Stadt ging. Sie wollte ab ersten Oktober wieder in Stellung. Sie ging zur Vermietfrau.

»Das wird schwerhalten.« – »Ach, warum. Wenn ich im Zimmer von der Vermietfrau sitze, und es sitzen noch sechs, sieben neben mir auf der Bank, und es kommt 'ne Herrschaft rein und guckt uns alle an, dann wählt sie mich raus; denn das sieht sie mir schon an, daß ich Kraft habe und daß ich sauber bin.« Johann sah Marie schnell an, beide lachten. Sie gingen den Bretterzaun entlang durch den Sandbruch. »Ja, warum nich? Man kann sich zum Beispiel in Niederweilerbach treffen. Dort kann man rudern. Dort gibt's immer mal 'n Boot.«

Johann hatte lieber magere, hochbeinige Mädchen, braune oder weiße. Die da war rund und rot. Sie war auch sicher älter als er, aber ihr Blick gefiel ihm, und von unten nach oben, ruhig, so ruhig. Er dachte, es könnte ihm niemand nachtragen, nicht einmal der allerstrengste Mensch könnte ihm nachtragen, wenn er jetzt eine winzige Pause in allem Grübeln machte, eine Pause von zehn Minuten höchstens, und dann das Leben weiterleben ließ. Er hatte nur noch ein paar Groschen in der Tasche. Am Kanal vor der Eisenbrücke stand ein Wirtshaus. Marie sagte, es sei schon reichlich spät. Er sagte, die Hauptsache sei, daß man pünktlich an Ort und Stelle sei. Marie dachte, sie sei etwas schnell eingeladen worden und etwas schnell mitgegangen, aber die letzten Wochen waren schlecht gewesen, schlecht war der lange, vergrübelte Weg allein gewesen. Da war es schon besser, einfach mitzugehen, bevor einen die Traurigkeit verzehrte. Vor dem Wirtshaus war ein winziger Garten mit drei Platanen, unter jeder Platane ein Tisch. Sie tranken langsam aus ihren Gläsern. Sie wußten, ihre Zeit dauerte genau so lange, wie sie tranken. Johann hätte am liebsten gar nichts gesagt, aber er konnte Marie ja nicht einfach bitten, ihren überaus ruhigen Blick auf ihm zu lassen. So fragte er dann und wann etwas. Sie hatte auch wohl schon einen Freund gehabt. Er merkte das daran, wie sie die Hand für ihn hinlegte und ohne verkehrtes Lächeln antwortete. Es war kein aufgeregtes Gezuck an ihr, alles still. Er nahm ihre Hand. Er wußte, er war jetzt genau in der Mitte der Pause angekommen. Sie sahen einmal in die Luft. Da hingen in den Platanen komische, stachelige Knöllchen. Ein paar Bläuer fielen herunter, noch keine welken, nur schwer gewordene. Marie betrachtete ihn jetzt genau, froh, aber ohne Lächeln.

Ein Dutzend Arbeiter kam aus der Schuhwichsfabrik über die Brücke. Sie traten ein und setzten sich an die freien Tische. Johann ließ Mariens Hand los und versuchte zu verstehen, wovon sie redeten. Sie redeten über alles, über die Regierung Papen, über den kommenden Winter, über die Wahlen, über Gold & Sohn. Marie ließ ihre Hand liegen, aber Johann beugte sich zurück, er war unruhig geworden. Plötzlich ergriff ihn eine gewaltige Angst, furchtbarer, als er je eine Angst gekannt hatte, der Todesangst verwandt. Er war wild geflohen, jetzt fürchtete er wirklich, sein eigenes Leben zu verlieren und nicht mehr wiederzufinden. Er mußte sofort in die Stadt, er brauchte Anrede und Anschluß. Er stand auf und ließ für Marie das Geld zum Zahlen zurück. »Es ist wirklich spät geworden. Wir können uns ja immer sehen.« Marie sah ihm erschrocken nach. An den Tischen lachten sie und riefen ihr zu: »Fräulein, Ihrer hat's ja eilig!«

## VI

Johann kam auf eine asphaltierte, sauber gekehrte Straße. Er ging durch die Anlage in das Stadttor. Der Marktplatz sah in seiner Leere unverhältnismäßig groß aus. In der Mitte blühten zwei rote Schirme von Obstständen. Johann überquerte den Platz. Hier lag alles dicht beisammen, was in seiner eignen großen Stadt vervielfältigt durcheinander lief: Kirche und Markt und Geschäfte und ein Knäuel verwickelter Gassen. Im Geschäft wollten sie die halbe Rate nicht annehmen. Aber Johann sagte: »Lassen Sie doch den Mann in zwei Raten zahlen. Da kommen Sie doch noch besser weg als mit Pfändung.« Der Inhaber sagte: »Und nächsten Monat?« Johann dachte: Da wird der Bastian schon dran glauben müssen. Aber er sagte: »Da ist die Ernte drin.« Der Inhaber sagte: »Sie haben 'ne Ahnung. Da merkt er erst, was nich drin is.« Johann zuckte die Achseln. Er stand auf einem Fuß. Er quetschte die Quittung aus dem Mann heraus. Er rannte los, um die Kirche herum, eine Gasse hinauf, eine hinunter. Zwei Hakenkreuzfahnen hingen vor einem Haus, in dem die Zeitungsauslage war. Vor dem aufgeschlagenen Doppelbogen des »Angriff« drückten sich Menschen, ihre Gesichter waren starr, gequält.

Johann stellte sich dazu, las drei Sätze, ging wieder, in tiefem, quälendem Nachdenken. Über die ganze kleine Stadt weg pfiff die Sirene von Gold & Sohn – sie machten im Obstmonat Überstunden , so daß Johann zusammenfuhr. Schon spürte man in den Gassen den Menschenzuschuß aus der Fabrik, Frauen hauptsächlich, die schnell vor Ladenschluß in die Geschäfte liefen. Johann dachte, in einer so kleinen Stadt, wo eine Schicht Frauen die Gassen eng machte, müßte auch rasch zu finden sein, was er brauchte. Er wagte niemand zu fragen. Vielleicht hätte er nur die Frau anzureden brauchen, die eben, zwei Brote im Arm, aus der Bäckerei kam, eine vor Müdigkeit gelbe, kurzhaarige, dunkle Frau. Vielleicht hätte sie ihn einfach zu ihrem Mann nach Haus geschleppt, vielleicht hätte sie ihn auch zum Teufel geschickt. Er konnte nicht sehen, was für ein Abzeichen sie in ihrer umgeknöpften grünen Jacke trug. Johann blieb schließlich vor einem kleinen Laden stehen; eigentlich war es kein Laden, sondern das Fenster eines ehemaligen Wohnraumes, in dem allerlei Wandervogelkrimskrams lag, blaue Hemden und Ledergürtel, aber auch Fichte- und Antifa-Abzeichen. Auf der

Rückwand war die AIZ mit Reißnägeln angeschlagen. Johann wagte nicht hineinzugehen. Er wartete, bis jemand herauskam. Heraus kamen zwei Männer, beide nicht sehr jung, beide klein. Der eine trug das Antifa-Abzeichen an der Monteurjacke, der andere trug nichts, legte aber seinem Begleiter die Hand auf die Schulter. Johann lief hinter ihnen her. Sie gingen in einen Hof, in eine Fahrradreparaturwerkstatt. Johann trat hinter ihnen ein. Fast gleichzeitig kam aus dem Küchenzimmer hinter der Werkstatt dieselbe kurzhaarige, vor Müdigkeit gelbe, mürrisch blikkende Frau in grüner Jacke, zwei Brote im Arm. Sie fragte ihn zuerst, was er wollte. Johann erwiderte, er sei ein Genosse aus Leipzig. Die Frau fragte, ob er mitäße. Der Monteur, er hieß Wolf, sagte: »Freilich ißt er.« Der andere wollte zu seiner eigenen Frau, setzte sich dann auch dazu. Sie schlossen die Werkstatt ab und setzten sich an den kleinen Ladentisch. Es gab Tee, frisches Brot, Margarine, Landleberwurst. Johann wollte sich vorsichtig durchfragen; der Monteur fragte ihn nach Leipzig aus, wo er sich von früher auskannte. Er fragte ihn, ob er in der Partei sei. Johann erwiderte, nein, aber er wollte gern mit jemand von der Partei sprechen, jetzt. Der Monteur schlug dem andern auf die Schulter und sagte: »Da hast du sie.« Es stellte sich jetzt heraus, daß das der Rendel war, von dem Johann schon im Dorf gehört hatte.

Er fragte Johann, was ihn herführte. Johann fing stokkend zu erzählen an. Obwohl er dabei in seinen Teller sah, spürte er, wie sich die Gesichter veränderten, die Blicke härter wurden. Schließlich sagte Rendel: »Du wirst dich in acht nehmen müssen, auch wenn du zu uns gehst. Du kannst gleichwohl für uns manches tun.«

Johann sagte: »Es ist doch alles sehr schwer für mich. Geh ich bloß die Gasse hinauf, dann klappen schon alle Fenster auf. Sie glotzen mir aufs Maul, was für ein Wort rausspringt – ich bin wie eingespannt.«

»Man muß doch mit den Menschen auf jede Art reden

können, gut, daß du das lernst, beklag dich also nicht. Um die Menschen dahin zu bringen, wo sie hingebracht werden müssen, mußt du so oder so mit ihnen reden können, versteckt und offen, und du mußt manchmal auf sie schlagen können und manchmal sachte mit ihnen reden können wie mit kranken Kindern. Ja, Johann. Ich muß jetzt weg«, sagte Rendel, »ich muß meine Frau bei den Kindern ablösen. Sie ist bei Gold & Sohn im Betriebsrat.«

Als Rendel gegangen war, sagte die Frau mürrisch: »Mit unserer ganzen Arbeit sind wir eigentlich nicht über Niederweilerbach herausgekommen.« Wolf sagte: »Wir fahren jeden Sonntag aufs Land. Wir haben aber selten ein Auto, wir bringen hart unser Geld zusammen. Die Nazis haben hier drei Autos, eins von der Brauerei, eins von der Schuhwichsfabrik, eins von Breideis.« Die Frau stand auf und drehte Licht an. Johann blickte schläfrig in ein Gewirr von zerbrochenen Stangen, Rädern und Drähten. Wahrscheinlich war es schon spät. Er stand auf. Die Frau sagte zurückkommend: »Rendel hat recht, du kannst auch so dies und jenes für uns machen, du steckst ja mittendrin – «

Als Johann aus dem Hof in die Gasse trat, war er ruhiger. Die Stadt war mit Lichtern gesprenkelt. Keine Schwärme von Lichtern wie in der eigenen Stadt, nur die notwendigen, jedes für einen wachen Menschen. Der weiße Marktplatz schien sich zu seinen äußersten Grenzen gedehnt zu haben. Das schwere Stadthaus schmolz mit der Mauer in eins zusammen. Auf seinen beiden flachen Dächern lag ein schwaches Mondlicht. Johann war bald auf der Landstraße. Der Weg ins Dorf – ein Sprung. Unterwegs fiel ihm Marie ein. Er hatte sie, seit er aus dem Wirtshausgarten gegangen war, vollkommen vergessen. Jetzt war sie für morgen da, etwas winzig Gutes zum Leben dazu, das ihm etwas leichter vorkam. Obwohl es schon spät war, standen die Bastians beide hinter dem Zaun und warteten. »Siehste, er kommt doch.« – »Was soll los sein? Ich hab einen Brief heimgeschrieben, hab ihn an die Bahn getragen.«

## VII

Der junge Merz kam aufs Feld, um seinen Vater beim Pflügen abzulösen. Der kleine Hund, der beständig links neben dem Pflug herlief, knurrte und stemmte sich, als sei der Sohn in böser Absicht gekommen. Der junge Merz brachte, eingewickelt in ein reines weißes Tuch, wie es ihm die Mutter mitgegeben hatte, belegte Brote und Bierflaschen. Er trat hinter den Pflug, aber der Alte hatte grade genau so viel fertig, wie er beabsichtigt hatte. Er begann die Pferde auszuspannen. Der Sohn verstand sofort und half. Er hatte bis jetzt mit der Magd zusammen die Wiese gemäht, oben bei der Rodung. Er trieb die freien Pferde mit einem leisen Zuruf über den Rain auf ungepflügte Stoppeläcker. Es war hierzulande sonst kein Brauch, Pferde frei weiden zu lassen.

Vater und Sohn ließen sich in den Rain nieder, nicht nur den Hintern, sondern sofort auch das Kreuz fest eindrükkend, auf lange Rast berechnet. Die Pferde standen zuerst erstaunt, fast reglos, dann trabten sie im Kreis. Die Männer kauten und sahen zu den Pferden hinüber. Es machte ihnen Spaß, daß diese Pferde die einzigen waren, die rundum frei weideten. Die Erde war trotz des Spätjahrs noch gründlich durchgewärmt. Auf einmal sagte der alte Merz: »Du, das mit deiner Sophie Bastian, das wird wohl nichts.« Der Sohn zog die Brauen hoch, aber er wehrte nicht ab, er lächelte. »Ihr könnt Euch, Vater, darauf verlassen. Das wird.«

»Nun nimm mal Vernunft an. Wir haben doch wunder gedacht – aber da ist der Sohn, der kleine Rotz, und der Alte gibt nich mal 'ne Mitgift, nichts, nur das Weißzeug.«

»Ach, und?«

Der Blick des Jungen wurde starr, wie immer, wenn er an das dachte, woran er seit dem vorigen Sonntag Tag und Nacht dachte. Von den Stoppelfeldern herüber kam der nur Pferden eigentümliche Schrei zarter Wildheit. Unabhängig von ihrem Gespräch zeigte sich auf den Gesichtern beider Männer ein Anflug von Entzücken.

Der Sohn sagte gelassener, als es sonst seine Art war: »Dann können wir gleich aufhören zu reden. Hat sie was, gut. Hat sie nichts, um so besser.«

Er wußte zwar nicht, was daran besser sein sollte, aber vielleicht war es für das, woran er unaufhörlich dachte, wirklich besser: Dieses Mädchen, barhäuptig, in dem einzigen engen, weißen Kleid, ohne Geld, ohne Brautschmuck, ohne Verwandtschaft, völlig ihm anheimgegeben. Er fuhr fort: »Der Herbst geht nicht rum, und ich hab sie. Ja, dann hab ich sie.« Der Sohn machte eine Bewegung mit beiden Händen. Der Alte begriff die Drohung in dieser Bewegung für das Mädchen und für sein eigenes Ansehen. Bis jetzt war er an Verstand, sogar an Kraft dem Sohn überlegen gewesen. Aber der war doch jung.

»Willst du selbst was zugeben? Hör mal, dann gib selbst zu. Ich werd's dir abziehen. Ich muß sowieso das Haus verkaufen.«

Jetzt war der Sohn selbst erstaunt. Nicht mal am Ort wußten die Leute, daß das Haus von Kastrizius am Markt dem alten Merz gehörte. Er hatte es im Jahre dreiundzwanzig gekauft, damals war Kastrizius in Pfundschulden steckengeblieben, an die Maschinenfabrik Whiteman. Damals hatte der alte Merz in sich hineingeprahlt: Er kauft dem Kastrizius den Laden aus und das Dach über dem Laden. Der Junge fragte: »Warum grad das Haus?«

Der Alte sagte: »Haste schon mal 'nen Arschklopper gesehen, der 'ne Mitgift will?« Der junge Merz sagte verwirrt: »Na wieso denn, wer denn?«

»Deiner Schwester ihrer, natürlich. Weißt du, was er

sagt? ›Hören Sie, Vater, wenn Sie wollen, Vater, daß Ihre Luise in ihren vier Wänden –‹« Um den Rifke nachzuahmen, knäulte der Alte, in Wut geraten, seinen großen Bart zu einem kleinen Bart zusammen, den man zupfen konnte.

»Ich werd mir den Rifke mal vorknöpfen.«

»Kannste das denn?«

»Freilich kann ich. Heut werd ich.«

»Ja, ich werd mal, sobald ich mit dem Pflügen durch bin, in die Stadt müssen. Ich werd mir mal den Naphtel ins Café Krall bestellen, mal hören, was der so meint.«

Wenn alles so weiterging, dachte der alte Merz, würde der Sohn wenig Freude an diesen Pferden und diesen Äkkern erleben. Er würde dann nicht mehr denken: Um so besser. Er würde mit Wut an den Sonntagmorgen in Bastians Garten zurückdenken.

Der Sohn war jetzt ganz wach, ganz bei der Sache. »Wie kommt er denn dazu, der Rifke?«

»Frag ihn. Er will's gut haben. Die sind doch alle faul. Der will in uns rein wie die Laus in den Pelz. Die Verlobung läßt man nicht gern zurückgehen.«

Der junge Merz lachte. »Der steckt Geldröllchen in den hohlen Rohrstock. Weißt du, was der Lump denkt? Wenn ich in den sauren Apfel beiß und beim Bauer einheirat – «

Er stand auf. Der Alte sah ihm zufrieden nach. Merkwürdigerweise hatte sich bei diesem unergiebigen Gespräch das gegenseitige Vertrauen wiederhergestellt.

Der junge Merz war in zehn Minuten daheim. Er ging in den Garten. Rifke half seiner Schwester ein Wäscheseil aufknüpfen.

»Guten Abend, Rifke. Einen Augenblick mal.« Der junge Merz hatte noch kein Wort seit der Verlobung mit seinem Schwager gesprochen. Rifke bekam sofort das Unbehagen, das er immer spürte, wenn er mit seinem Schwager zusammentraf.

»Hört mal, Rifke, Ihr kommt immer nur sonntags zu

uns. Ihr müßt mal werktags kommen – Weckklöß und Zwetschgen, Zwetschgen und Weckklöß.«

Rifke sah sich unruhig nach Luise um. Er sah zurück in das breitnasige, von Schweiß und Hitze verquollene Gesicht des jungen Merz mit dem schwärzlichen Kinn. Der junge Merz sah in das knifflige, bläßliche Gesicht des Lehrers. Auf einmal sahen sich beide mit offenem Haß an. Der Lehrer fragte leise: »Von was reden Sie eigentlich?«

»Ich red von der Mitgift.«

»Mitgift? Ich hab Ihren Vater gebeten, er soll uns tausend Mark geben, damit alles instand gesetzt wird, damit – «

Dem jungen Merz fuhr es durch den Kopf: Hui, wegen tausend Mark muß der verkaufen. So steht's.

Er sagte: »Hier bei uns kostet allein die Hochzeit den Brauteltern viel Geld.«

Der Lehrer sagte einlenkend: »Ich weiß wohl. Bin doch sozusagen auch vom Ort. Ich freilich würde meinerseits auf den Trubel verzichten – «

Der Junge rief: »Luise!«

Luise stellte sich zwischen die Männer. Sie war heute bäuerlich gekleidet, ein Tuch ums Haar. Der Lehrer war hemdärmelig, mit Kragen.

»Luise, hör mal. Du willst doch eine Hochzeit haben, eine richtige, wie alle hier – «

Luise sagte erstaunt: »Nun ja, gewiß.«

Der Bruder sah plötzlich starr vor sich hin, denn er dachte an das, was ihn selbst erwartete. Er hatte jetzt erst richtig auf den Lehrer einreden wollen, statt dessen sagte er freudig: »Ja, gewiß. Wir werden eine große Doppelhochzeit feiern.«

# Fünftes Kapitel

## I

»Warum seid Ihr eigentlich ins Dorf zurückgekommen?«

»Das verstehste nich, wenn ich's dir auch erklär.«

»Doch, doch.«

»Pflügst du, dann denkst du, darunter liegst du mal. Das ist dann wenigstens mir. Das ist ganz mir.«

»Was hast du davon, daß es dir ist? Und dann, es ist auch gar nicht dir.«

»Ich hab's dir ja gleich gesagt, du verstehst es nicht. Ein Mensch muß was haben, was ihm ist. Was er hat, das is er, sonst wird nichts draus, wenn er nicht weiß, für wen er's macht.«

Johann fragte: »Hab ich denn schlecht für euch gearbeitet?«

Bastian sah ihn erschrocken an. In seinen grauen, versteckten Augen war Überraschung, sogar Angst. »Das hab ich nicht behauptet. Du bist ein guter Arbeiter.« Sie hatten vor sich auf dem Tisch eine Menge Kleinwerkzeug, um mal alles durchzusehen. Dora stopfte, der Junge sortierte Nägel in Streichholzschachteln. Johann war sehr geschickt im Reparieren. Sie hörten die Zauntür klappern. Jemand stieß mit dem Schuh an die Tonne, schwerer, knalliger Gang, drei Stimmen. Es wurde hart geklopft. Bevor man »Herein!« rief, wurde aufgemacht. Bastian, Johann, die Kinder sahen erschrocken aus.

Dann aber war es für Bastian eigentlich nichts zum Erschrecken, höchstens zum Kopfschütteln. Zu den glänzenden Stiefeln und ledernen Gürteln, zu den knalligen Schritten und Stimmen gehörten bekannte Gesichter:

Gottlieb und Christian Kunkel und Kunkels ordentlicher Knecht, der Kößlin. Sie klapperten mit der Sammelbüchse.

Gottlieb Kunkel blieb in der Tür stehen. Er war im letzten Monat durch die Erntearbeit stark und fest geworden, nicht mehr schlaksig. Wie immer, wenn er untätig war, beobachtete er seinen Bruder mit schwerem, argwöhnischem Blick. Kunkel benutzte die Gelegenheit, mit seinen scharfen Blicken das fremde Zimmer abzusuchen, das Werkzeug auf dem Tisch.

Kößlin aber schichtete auf ein freies Tischeck die mitgebrachten Flugblätter. Er sagte: »Bastians, gebt fünfzig Pfennig für den Wahlfonds der Nationalsozialisten. Ich weiß, das kommt euch hart an. Aber bedenkt, wem ihr's gebt. Ihr gebt's in die Hand von Adolf Hitler. Dort ist es gut aufgehoben. Er wird euren Kindern Land und Brot dafür schaffen.«

Bastian unterdrückte ein Lächeln. Wenn er lächelte, dachte Johann, so hat er früher ausgesehen, bevor er ins Dorf zurückgekehrt ist. »Lieber Jung, wenn ich fünfzig Pfennig übrig hätt, würd ich meinen Kindern jetzt schon was dafür kaufen.«

Kößlin fuhr fort: »Wenn Sie schon nichts geben können, Sie können eine Stunde Zeit drangeben. Sie kommen morgen abend auf unsere Versammlung. Das werden Sie tun. Das versprechen Sie.« Bastian hörte zu lächeln auf. Es war ihm unbehaglich. Versprach er, war's versprochen. Versprach er nichts – er hätte gern gewußt, wieviel Familien im Dorf eigentlich hinter diesen dreien standen. Er sah Johann ängstlich an.

In diesem Augenblick wandte sich Kößlin, der Bastians Gesicht genau beobachtete, an Johann. »Sie werden ja kommen. Sie nehmen ihn mit.« Sie sahen einander an, vielleicht dachten beide im Augenblick dasselbe: Du siehst nicht schlecht aus. Dein Blick gefällt mir. Zuerst hatte Johanns Herz geklopft. Er war aber jetzt ganz ruhig. Ihre Blicke ließen sich nicht sofort los, unabhängig vom Willen, als hätten sie sich ineinander verhakt. Kunkel unterbrach die dadurch entstandene Pause, indem er mit der Büchse klapperte. Bastian krümmte sich zusammen unter Kunkels scharfen, eng zusammenliegenden Augen. Ob der einem schaden konnte? Er holte seufzend zehn Pfennig und warf sie in den Spalt. Sie dankten. Sie zogen dann gleich mit »Heil!« ab.

Johann und Bastian setzten sich an ihre alten Plätze. Sie nahmen ihre Arbeit wieder auf. Schließlich fragte Bastian: »Hältste was davon?«

»Was haltet Ihr denn davon?«

»Ich halt von gar nichts was.«

»Warum habt Ihr zehn Pfennig reingeworfen?«

»Hab mir's nicht verderben wollen.«

Die drei gingen zu den Schüchlins. Aber Schüchlin hatte sie schon kommen sehen. Er schickte die Frau. Die Schüchlin hatte ihr Kind in ein großes Tuch gewickelt. Sie hatte den Arm so gebogen, daß das Kind, während sie ging, weitertrinken konnte. Sie seufzte und öffnete. Sie sagte undeutlich, weil sie im Sprechen die Kiefer schlecht zusammenbrachte: »Niemand zu Haus.« In Kößlins eben noch klarem Gesicht zeigte sich sofort ein Ausdruck von Schreck und Widerwillen. Sie gingen schnell weg.

Bei Niklas' Eltern rief die Frau aus dem Stall: »Keine Zeit. Unser Niklas hat schon gesagt, daß ihr kommt. Da liegt 'n Groschen auf 'm Küchentisch. Wenn's durchaus sein muß, nehmt ihn halt. Nehmt ihn halt mit, wenn's sein muß.«

Sie gingen zu Algeiers. Alle vier saßen um den Tisch, auch Paul. Er wurde knallrot. Auch seine Mutter und seine Schwester wurden rot. Algeier aber sagte ruhig: »Kann ich nich. Ich bin arm. Ich hab nichts. – Ihr habt ja meinen Jungen.« Kunkel sagte: »Da habt ihr ja schöne Tänze getanzt, bis wir den gehabt haben.« Kößlin zupfte Kunkel am Ärmel. »Laß.«

Algeier erwiderte: »Ich bin ein alter Mann. Für Politik bin ich nich. Ich bin nich für euch, ich bin nicht gegen euch.«

Kößlin sagte: »Sie kennen doch das Wort: Wer nicht für mich ist, der ist gegen mich.«

Algeier drehte die Zunge in den hohlen Backen. Merkwürdigerweise entstand dadurch ein Ausdruck: Siehst du, mein Sohn, genau das hab ich auch gemeint.

»Heil, Paul. Auf morgen.«

»Heil«, sagte Paul schüchtern, krebsrot. Er fürchtete sich, was man ihm sagte, wenn seine Kameraden die Tür zumachten. Aber nur die Frau erstaunte sich. Sein Vater drehte weiter die Zunge und sagte gar nichts.

Die drei gingen zu dem Lehrer Rifke. »Herr Rifke, geben Sie 'ne Mark oder zwei für den Wahlfonds der Nationalsozialisten.«

»Kann ich doch nich, Jungs. Das wißt ihr doch.«

»Herr Rifke, es kommt aus diesem Zimmer nicht raus, Ehrenwort.«

Rifke krümmte sich. Gab er was, schadete er sich vielleicht für heute. Gab er nichts, schadete er sich vielleicht für morgen.

Aber heute war unzweifelhaft heute.

»Jungs, 'n andres Mal. Nichts für ungut. Nach dem Fünfzehnten hat ein Beamter auch nichts übrig. Guten Abend, Jungs. Heil!«

Sie gingen zu Merzens. Bevor sie noch geklopft hatten, kam der junge Merz den Feldweg herunter. »Halt, halt! Zu meinem Vater braucht ihr gar nicht erst reinzugehen.« – »Und du?« – »Nach der Hochzeit. Nach der Hochzeit, da bin ich mein eigner Herr, da bin ich euer Mann. Nach der Hochzeit.«

Sie gingen weiter. Im ersten Haus hatten die Menschen noch bei Tageslicht gearbeitet, in der Mitte der Gasse hatten sie gegessen, im letzten Haus deckte die Bäuerin schon ihre Kinder zu.

## II

Auf dem Platz vor dem Wirtshaus standen Frauen, Kinder und ganz wenige Männer, weil fast alle Männer drin waren und der Rest nicht gesehen werden wollte, um die zwei großen Lastautos und Breideis' Privatauto herum. Vor der Tür hing eine mächtige Hakenkreuzfahne, mit ihrem untersten Eck die Erde berührend, während sie mit dem obersten über das Dach hinausragte. Der abendlichen Dorfgasse waren klitsch, klatsch drei Fahnen aufgestempelt. Für die Augen der Kinder, die erstaunt in das plötzlich veränderte Dorf hineinsahen, hatten die großen Kreuze etwas Zupackendes, Einschnürendes, Hände an den Armen.

Drin hatte der Wirt die Tür zu seinem eigenen Zimmer zuerst nicht aushängen wollen – dann aber hatte ihm Breideis zwei Mark gegeben.- Der war auf die Minute pünktlich, eine Viertelstunde vor Anfang. Kößlin erklärte ihm schnell alle für seine Rede notwendigen, das Dorf betreffenden Punkte. Manchmal hob Kößlin den Blick und sah in die Wirtsstube, in der die Stühle reihenweis standen. Es war gedrängt voll. Seine Vorbereitung war richtig gewesen: Die Fahnen, die Plakate, die Flugblätter, die Sammlung gestern abend, wo sie alle noch mal durchgerüttelt wurden, der Name des Abends: »Wer hilft dem deutschen Bauern?«, die Wahl der Redner, der alte Breideis aus der Stadt und Zillich aus Botzenbach. Viele Bauern waren schwarz wie zur Beerdigung, manche hemdsärmelig. Die aus den übrigen Dörfern zugezogenen Jungens füllten einen großen Teil der Wirtsstube. Die Bauern waren aus Neugierde gekommen, jetzt waren sie benommen. Es mußte doch hinter diesen Jungens eine ordentliche Macht stehen, die sie in solchen schweren Zeiten also einkleidete und fest beschuhte. Schon bei diesem Anblick dachten manche, ob es ratsam sei, den Söhnen etwas beharrlich abzuraten, was ihnen vielleicht Nutzen brachte. Es waren wenig Frauen da. Niklas' Braut war gekommen und Kunkels Schwester, außerdem die Marianne Seidel – sie war Hebamme, sie hatte vor zwei Jahren einen Entbindungskurs in der Stadt mitgenommen. Außerdem war zufällig die Neugebauer gekommen. Die andern rückten von ihr weg. Schon hatte jemand aus Versehen oder mit Absicht Bier über ihr Kleid geschüttet.

Kunkel trat neben den Breideis. Er hatte sich zuerst vor der Versammlung gescheut. Da aber nun Breideis selbst der Wahlkampagne wegen auf die Versammlung gekommen war, wußte er, daß sie ihm, wenn er so neben dem Heinrich Breideis stand, zumindest keinen Schaden brachte. Er begrüßte ruhig die Ortsansässigen mit Sätzen, die er sich vorher mit Kößlin zurechtgelegt hatte. Er merkte wohl, daß manche Bauern lächelten. Dem alten Merz zuckte der Bart. Kunkel fuhr es durch den Kopf: Wird der aus meinem Treibhaus zur Hochzeit bestellen?

Breideis trat schnell neben ihn. Er fuhr in seinem Auto jeden Abend über Land. Sie hatten sich auf Kurzreferate festgelegt. Auf diese Weise sprach er an jedem Abend auf mindestens fünf Dörfern. Er war seit zwanzig Jahren durch den Milchverband gewöhnt, mit Menschen zu reden. Er war übrigens aus dem Milchverband ausgetreten zu Beginn der Wahlkampagne. Sein linker Arm war steif durch einen Oberarmschuß, so daß er redend nur den rechten bewegte. Er schlug mit der rechten Faust in kurzen Abständen die Programmpunkte auf den Tisch, so wie er es fünfmal hintereinander heute abend in fünf Dörfern tat. Sooft er schlug, zuckten die Bauern. Die Punkte fielen wie Nägel in ihre Stirnen. Als Breideis fertig war, hob er die Hand und lief querdurch hinaus. Man hörte in der Stille, die dem Heil! folgte, den Motor anlaufen.

Dann schob sich aus der Ecke, in der er hinter dem Rücken seiner Kameraden gestanden hatte, der Bauer Zillich aus Botzenbach nach vorn. Sofort wurden alle unruhig. Sie witterten eine Kraft. Zillich war schwer und breit. Von seinem geschorenen Haar waren auf den Schläfen zwei rötliche Flecken übrig. Auf dem großen Klotz seines Rumpfes saß ein kleinerer Klotz von Kopf. Wenig Gesicht, aber kein törichtes, auch mehr als ein bloß schlaues. Zillich stemmte sich nach vorn. Seine gespreizten Finger drückten sich auf dem Tisch platt, seine kleinen, tiefliegenden Augen schnurrten reihauf, reihab, Mükken, die jedem ein Tröpfchen Blut abstachen. Er redete die Bauern an: »Ho, ihr Leute aus Oberweilerbach! Ihr Volksgenossen aus Oberweilerbach! Nun denkt ihr: Was will denn der alte Zillich hier? Was will denn der hier? Den kennen wir doch, was will denn der uns Neues sagen? Ja, denkt einmal, warum der Zillich hier steht, warum er den Rock von Adolf Hitler angezogen hat, warum er heimgekommen ist von der Arbeit und doch nicht daheimgeblieben ist. Warum ist der Zillich unter die SA gegangen? Ja, warum?

Ich will euch sagen: Der Zillich ist unter die Nazis gegangen, weil es so nicht weitergeht. Er ist unter die Nazis gegangen, weil er vier Kinder zu Hause hat und kein sattes, und weil es so nicht weitergeht. Weil er ein deutscher Bauer ist, der Zillich, und weil sie sein Land verschandelt haben. Und was der Feind gelassen hat, das saugen die Juden innen aus. Schon mal im Leben hat der Zillich 'ne Knarre genommen, und nun nimmt er sie wieder. Und wer keine Knarre hat, der hat doch eine Mistgabel, welches keine schlechte Waffe ist, um Juden und rotes Pack aus einem deutschen Dorf hinauszujagen.

Ihr habt doch jetzt alle gehört, welches die Punkte sind, nach denen uns Adolf Hitler heißt, unsere Sachen in Ordnung zu bringen. Der Zillich will euch was sagen: Bis jetzt hat man immer den Falschen die Schulden bezahlt, jetzt aber wird gesorgt, daß sie den Richtigen bezahlt werden: nicht, die die feinsten Zungen haben, sondern der Armut. Und solche, die mehr Land für sich haben, als wir hier alle zusammen, und all ihr Land doch bloß mit den Augen kennen, die wird man es jetzt bald kennenlernen machen mit den Fäusten und mit Schwitzen und mit krummem Nacken, verlaßt euch drauf! Kommen wird der große Pflug über solchem, was deutsches Ackerland ist, und er wird die Raine frisch ziehn, verlaßt euch drauf.

Und wenn ihr wollt, daß nicht der Jud euren Verdienst frißt, sondern eure Nachkommenschaft, und daß eure Schulden weggenommen werden, und daß ihr zu Land kommt, und daß ihr zu Vieh kommt, und daß ihr zu Werkzeug kommt, und daß eure Kinder vorankommen, dann sorgt, daß ihr den Rock ankriegt, den der Zillich am Leib hat. Ja, diesen Rock.«

Er ließ den Tisch los, packte seinen Rock vorn und riß. Der Stoff aber schien aus Bronze zu sein. Zillich machte eine Bewegung des Atemholens. Da drängten sich welche von hinten an, es wurde geflüstert, es entstand eine Unruhe bei der Tür. Zillich machte mit dem Fuß einen Tritt in die Luft wie ein Pferd, das ausschlägt. Er redete weiter, aufgestemmt, mit unbewegtem Körper. Die Bauernschaft war starr. Als Zillich plötzlich fertig war, fingen die Jungens sofort zu singen an. Das war wie am Karfreitag, das lief ihnen frostelig den Rücken herunter. Zillich brachte das »Heil!« aus, die Bauern blinzelten, die Versammlung wurde ziemlich plötzlich geschlossen. Die Jungens liefen nach den Autos, bevor die Bauern richtig zu sich kamen, waren drei Lastautos voll davon. Sie ließen das Dorf aufgerissen zurück.

## III

Nämlich, die Unruhe war entstanden, weil man in Zillichs Rücken gemeldet hatte, ein rotes Landagitationsauto sei von Beuren gegen Botzenbach gefahren. Nach kurzer Fahrt ließ Zillich halten und stieg mit einem Teil seiner Leute in das beste Auto um, das der Brauereifahrer führte. Sie ließen die beiden andern Autos hinter sich zurück. Sie kamen so schnell vorwärts, daß sie das entgegenfahrende Auto bereits kurz nach seiner Ausfahrt aus Botzenbach, noch vor der Mühle, sichteten. Zillich erkannte in dem dichtbesetzten Auto zwei Köpfe an den bloßen Umrissen: Rendel, der war geschoren wie er selbst, sein Nachbar Ibst, dem er ins Auge gestochen hatte, der trug einen Verband.

Ibst hatte den roten Stützpunkt seit vielen Jahren ordentlich gehalten, einen der wenigen in dieser Gegend. Außer ihm selbst gab es nur noch welche in Niederweilerbach dicht bei der Stadt, und in Beuren, wo früher Sandgruben waren. Auch Ibst war aus Beuren zugezogen, in die Familie seiner Frau, als die Gruben geschlossen wurden. Mit ruhiger, gleichmütiger Hartnäckigkeit dämpfte er die zuerst offene Feindschaft der Bauern; manche redeten nach und nach mit ihm, fragten, wurden zugänglich. Mit Zillich hatte er übrigens all die Jahre wenig geredet, weder feindlich noch zugänglich, er hielt ihn für einen schweren, gedankenlosen Mann. Dann war Zillich Nazi geworden, über Nacht, wie es Ibst vorkam, jedenfalls war ihm die Folge von Zillichs Gedanken bis zum Entschluß unbekannt. Er war überrascht gewesen, als er den stummen Zillich im Wirtshaus losreden hörte, wild, außer sich. Er hatte ein Wort gerufen, ohne Verachtung, wie er glaubte. Da hatte Zillich wild gestochen.

Zillich hatte wohl im Grund geglaubt, Ibst ließe sich nun nicht mehr im Dorf blicken, aber Ibst hatte sich nicht nur von seinen Genossen am Spital abholen lassen, er machte mit seinem verbundenen Auge gleich die ganze rote Landfahrt mit.

Als sie in den beiden Lastautos begriffen, wer da zusammenprallte, klopften die Herzen, die Fahrer fuhren unwillkürlich geschwinder. Einen Augenblick sah es aus, als sollten die beiden Autos nur scharf aneinander vorbeifahren, als brüllten sie nur – aber Zillich hatte plötzlich im Vorbeifahren den kleinen, leichten Ibst um die

Hüften gepackt, seine Genossen konnten ihn nicht festhalten, weil er sonst zerrissen wäre. Zillich hielt ihn unter seinem Arm über der Erde, ließ ihn dann in voller Fahrt fallen. Das rote Auto wendete. Zillichs Auto hielt, indem es sich schräg zur Straße stellte. Alle sprangen heraus, um übereinander herzufallen. Es sah sofort nach viel Blut aus. Da rief Rendel: »Zillich! Zillich!« Rendel war klein wie Ibst, seine Stimme aber war mühelos. In diesem Augenblick war sein kleiner, etwas schwächlicher Körper nur der Klöppel seiner alle überraschenden Stimme. Zillich rief mit ebenso starker Stimme, die aber bei ihm nicht überraschte: »Kannst mich haben!« Es gab eine Stokkung, um sie aufeinanderzulassen. Rendel schrie: »Drei Fragen: Zillich!« – »Red los!« Sie hielten ihre Leute hinter sich zurück. Ibst wurde schnell aufgehoben. Er war nicht bei Bewußtsein, doch atmete er schwer. Hinter den Männern war vollkommene Stille. Es war zwischen acht und neun Uhr abends, im Freien war noch alles gut zu erkennen. Über der dunkeln Erde lag streifenweise der etwas metallische Glanz, der Stoppelfeldern eigen ist und das Vorgefühl von Herbst gibt. Die beiden anderen Lastautos kamen mit Lichtern nachgefahren. Da niemand ein Kommando gab, hielten sie und warteten. Zillich und Rendel traten aufeinander zu, aber nicht mehr in Kampfesabsicht, sondern um sich deutlicher zu sehen, ein Mann den anderen. Zu seinem Erstaunen entdeckte Rendel in Zillichs Gesicht eine Spur von Trauer, er dachte später oft daran. Er sagte: »Bei euch in Botzenbach haben wir und ihr den Bauer Gräwes drängen wollen, daß die Gebühr für die Dreschmaschine gestaffelt wird. War das richtig?« Zillich sah Rendel erstaunt an. Er dachte nach, dann sagte er: »Das war richtig.« Rendel fuhr fort: »In Niederweilerbach bei Albrecht Osig, da waren wir und ihr gegen die Pfändung. War das richtig?« Zillich senkte seinen großen Kopf, als könnte er wie ein Zyklop Rendel besser mit seiner flachen, rechteckigen Stirn ansehen. Dann sagte er: »Auch richtig.« Rendel sagte, er sagte jeden Satz leiser als den vorherigen: »Jetzt das letzte: Ihr habt Mittwoch Versammlung in Botzenbach. Gebt mir freies Geleit.« Zillich erwiderte: »Das kann ich dir jetzt nicht geben. Da mußt du warten.« – »Bis wann?« – »Bis Dienstag.« Rendel sagte: »Gut.« Er drehte sich um und kletterte wieder hinauf. Zillich schrie: »Durchlassen!« Er spuckte aus und kletterte gleichfalls hinauf.

## IV

Als Schüchlin ins Holz gegangen war, legte sich die Frau noch einmal im Kleid aufs Bett. Das Kind gluckste und zuckte; sie streckte den Arm aus, hakte den Zeigefinger in die Wiege und rüttelte. Dann schlief sie ein. Dann schrie es wieder draußen: Susann, Susann. Sie rückte hoch, doch war der Mann gar nicht zurückgekehrt, nur seine ständigen Rufe waren in ihren Ohren eingenistet. Vor Schreck war ihr die Brust ausgelaufen, und das Hemd war naß. Da langte sie sich doch das Kind. In ihr fahles Gesicht, aus zu wenig Strichen gemacht, um richtig das Gesicht einer Frau zu sein, kam noch ein Strich von Verzweiflung zwischen die Brauen dazu; da war es auf einmal vollständig. Sie öffnete ihr Kleid. Das Kind war ein rotes borstiges Bäuerlein mit Falten im kurzen Nacken. Seine Fäuste waren geballt, um das Letzte aus der Erde herauszuquetschen. Seine Kiefer waren vorgeschoben, um den letzten Tropfen zu saugen. Sie fürchtete sich auch vor dem Kind. Sie machte die Brust frei. Zum letztenmal verwandelte sich in ihrem Gesicht die Verzweiflung in einen Ausdruck von Geduld.

Als das Kind fertig war, starrte sie einen Augenblick vornübergebeugt in die Wiege, einer gewöhnlichen Mutter ähnlich. Schon entstand hinter ihrer flachen Stirn ein Wirbel, eine Unruhe, die juckte. Seit der Geburt tat es ihrem Kopf noch weher als vorher, einen Gedanken herauszuzwängen. Endlich war er ganz klar da, und sie seufzte. Sie gehorchte, bückte sich und zog ganz behend ihre Stiefel an. Dann zog sie über ihre Schürze aus gewürfeltem Kattun eine zweite Schürze aus Wachstuch. Am Morgen vor dem Weggehen hatte der Mann gesagt: »Was kommste immer noch nich raus auf den Acker?« Da hatte sie gesagt: »Ich muß mal zuerst die Wäsche rund kriegen.«

Sie schüttelte also ihre Röcke und Schürzen auf und band ihr Haar fest in das Tuch ein. Sie sah ebenso aus wie die beiden Nachbarsfrauen, die gerade vorübergingen, als sie unter das Vordach trat, und: »Wie geht's? Wie steht's?« riefen. Unter dem Vordach neben der Tür stand die Wäsche im Kübel eingeweicht. Sie griff einen Besenstiel und drückte die überhängenden Stücke in die Brühe. Einen Augenblick starrte sie in die Bütte, wie sie vorher in die Wiege gestarrt hatte. Schon zog es ihr aus dem Leib in die Knie und wehrte sich, gequält zu werden. Zuerst wollte sie ein paar Stücke in den leeren Eimer wringen. Aber dann besann sie sich anders und zerrte die ganze Bütte unter dem Vordach heraus, um das Haus herum, bis zur Pumpe. Von dem Gezerre klopfte ihr Herz. Sie wartete und fürchtete sich vor ihrem Herzen, wie sie sich vor ihrem Kind gefürchtet hatte. Sie hing sich an den Schwengel und ließ die einmontierte Tonne vollaufen. Sie sah geradeaus, dorthin, wo sie an gewöhnlichen Wäschetagen die Leine zu spannen pflegte, zwischen Haus und Apfelbaum. Einige Sekunden lang erfüllte sich der leere Zwischenraum mit einem Trugbild gewaschener Wäsche, mit einem Haufen weißer, blauer und rotgewürfelter Fahnen, in einem glücklichen Winde flatternd, rein und heiter. Nicht ihr schwacher, einschlafender Verstand, sondern ihr Herz drohte ihr, daß diese Wäsche niemals flattern sollte, daß das, was sie da vorhatte, eine Arbeit von der Sorte war, mit der der Mensch nie fertig wird. Sie bückte sich trotzdem und stieß die oberen Stücke in das frische Wasser, zwei große Hemden ihres Mannes. Sie wollte sich danach aufrichten; sie merkte gut, daß es nicht reichte zum Aufrichten und Wiederbücken, so stützte sie sich nur auf den Rand der Tonne. Unter ihrem dicken blauen Kleid war ihr Körper schon in eine beißende Lauge gebadet, und diese Lauge war eine teure Flüssigkeit aus Milch und Schweiß und Blut.

Sie warf einen schnellen, beinahe listigen Blick in die Richtung zwischen Haus und Apfelbaum, als hielte sich dort jemand versteckt, um im letzten Augenblick hervorzutreten. Niemand trat vor; so hatte sie als Kind Versteck mit anderen Kindern spielen wollen; aber die hatten sich gar nicht versteckt, sondern waren, um sie zu verspotten, einfach ganz fortgegangen. Da machte sie sich von neuem an die Wäsche, Kinderzeug bis zum Samstag. Das alles war nur aus Unordnung obendrauf geworfen. Denn was jetzt kam, das war die richtige Wäsche, sinnlose Stücke mit roten und schwarzen Flecken von der Geburt her. Ihre Mutter war lahm, Schwestern hatte sie keine, Nachbarinnen halfen nicht, Geld, das er wohl auch gar nicht hatte, gab der Mann dafür nicht her. So mußte sie diese Wäschestücke selbst waschen. Sie langte sich eins und rieb. Sie rieb mit der Bürste und auf dem Waschbrett, auf dem rauhen Rand der Tonne und auf dem Stein neben der Tonne. Aber selbst in diesem ersten Stück wurden die Flecke nicht blasser; sie wurden nicht bloß nicht blasser, auch die Oberfläche des klaren Wassers, auch ihre Hände und Arme und die Mauer und die Luft zwischen Haus und Apfelbaum bedeckte sich mit roten und schwarzen Flecken. Sie stellte sich zum zweitenmal auf. Sie zog die Brauen zusammen. Wieder in die Richtung zwischen Haus und Apfelbaum warf sie einen finsteren Blick, als fordere sie Gott auf, weil es höchste Zeit sei einzuschreiten. Sie wartete ein wenig in die niedrigen Baumkronen hinein, aus der die grünen, glasigen Äpfel zurückglotzten. Ein Gedanke kam ihr, ins Haus zurückzukehren und sich einfach wieder aufs Bett zu legen. Ihr Herz wußte schon, daß das keineswegs einfach war, und ihre Arbeit hoffnungslos, aber unentrinnbar. Währenddem war furchtbar viel oder furchtbar wenig Zeit vergangen, in wirklicher Zeit ungefähr drei Stunden.

Vor dem Haus gab es plötzlich Wagengerassel und Rufe: »Susann, Susann!« Sie erschrak. Sie zuckte mit den Brauen und Schultern und wurde ganz fahl. Eine Menge kam ihr halb in den Sinn, so daß sie wirklich einige Minuten lang durch viele kleine Ängste vor der ganz großen Angst bewahrt war. Ihr Mann war heute zuerst ins Holz gefahren und wollte auf dem Rückweg etwas Warmes aufs Feld mitnehmen. Sie lief in die Küche und wühlte im schmutzigen Geschirr nach einem Kartoffelstampfer. Ihr Mann stand schon in der Tür, schnipste mit dem Finger und klapperte mit dem Absatz. Heute hatte alles sein letztes Maß erreicht, aber merkwürdigerweise war ihre Angst vor dem Bauern auf einmal geringer. Der war auch gleich wieder beim Wagen und schrie: »Susann, kommste abladen, kommste, kommste abladen!« Sie saß auf einem Hocker hinter dem Herd, klemmte den Kartoffeltopf zwischen die Knie und stampfte. Draußen schrie der Bauer ihren Namen, denn er wußte, daß er sie mit seiner Stimme heranholen konnte, woher immer, solange sie noch Füße hatte. Sie wußte, daß sie nicht mehr konnte, und sie wußte, daß sie kommen mußte, da stand sie auf und kam. Ihre Brust war jetzt wieder voll. Vielleicht, wenn sie das Kind jetzt gleich noch einen einzigen Zug tun ließ, kam für diesen Mittag noch einmal alles in Ordnung. Sie stand jetzt schon beim Wagen, und der Mann rief herunter: »So faß doch. Is ja gleich gemacht.« Die Frau stand neben der Kuh. Sie legte eine Hand auf die Deichsel; unten trächtige, oben abgeschabte Kuh, die Kuh des Mannes, der kein Pferd hatte. Die Frau trat zurück. Der Bauer schmiß seine Klötze. Er hatte es eilig, aufs Feld zu kommen, ihm war es ein Dreck, diese Arbeit mit dem Holz. Für die Frau war es eine von solchen Arbeiten, die alles auslöschen. Doch ihre Arme schwangen, die Klötze fangend, weiter wie die Flügel einer morschen, eingerissenen Mühle. Der zweitjüngste Sohn, rot und borstig, gleichfalls dem Vater nachgeschlagen, bis auf die Fältchen im Nacken, bis auf die kleinen runden Schweißperlchen in den Fältchen, schleppte die Klötze unter das Vordach, wo die Bütte gestanden hatte.

Dann zogen sie ab, die Kuh mit dem Wagen, der Mann und das Kind. Der Mann schnipste noch einmal mit dem Finger, weil ihm etwas einfiel, drehte den Kopf und rief. Die Frau versuchte zu begreifen, was von ihr verlangt wurde: auf den Holzplatz gehen, wo etwas liegengeblieben war, oder wo jemand wartete, dem etwas auszurichten war. In der Stube schrie jetzt deutlich das Kind, wütend und beharrlich. Die Kraft, die ihre Brust sofort noch heftiger spannte, kam doch nicht aus ihr, sie war ja todesschwach, die sauste nur durch sie durch. Der Holzplatz war nicht weit, eine Viertelstunde höchstens. In ihrem Kopf, der sonst zu eng war für einen kleinen Gedanken, entstanden mühelos zwei klare Gedankenreihen: auf den Holzplatz gehen und zurück und das Kind stillen und die Wäsche waschen und das Essen kochen und melken und die Kinder legen und das Vieh füttern und abspülen und wieder stillen oder: fortlaufen und nie mehr zurückkehren.

Sie glaubte wohl eine Weile, sie könnte beides tun, wie sie beides denken konnte. Jedenfalls lief sie ins Haus zurück. Sie schüttelte ihren Rock auf, band ihr Kopftuch straff. Wie sie durch die Dorfgasse ging, rief es drei-, viermal durch die Türen und über die Zäune: »Wie geht's?« Und sie erwiderte ruhig: »So« und: »Danke«. Zum erstenmal war die Gasse ohne Schrecken, seit dem Tag, da sie allein entlang gemußt hatte, und sie war dick geworden, und man hatte es gemerkt. Diesmal war es, als stünde sie selber still, und Häuser und Scheunen und Zäune müßten an ihr vorbeilaufen. Dann bog sie bei Merzens

Haus auf den Weg ab, der den Berg hinaufführte. Inzwischen hatte sie jeden Gedanken an den Holzplatz vergessen. Sie lief geradezu in den Wald hinein, sie kam ganz flink voran; denn wenn nichts mehr zurückgehalten zu werden braucht und alles verausgabt, dann ist immer noch ein Rest von Kraft da. Sie kam an eine Rodung. Zwischen den Baumstümpfen war der Boden mit Heidekraut bedeckt, das die Wärme gut hielt. Sie setzte sich hin. Auch im Sitzen konnte sie über die niedrigen Buchen weg ins Tal sehen. Tiefe grüne Stille erfüllte dieses Tal bis zu ihren Füßen, bis zum gewellten Rand der gegenüberliegenden, ebenfalls waldigen Hügel, die schon da und dort braun gestreift waren. Helles, aber nicht grelles Mittagslicht verwebte und verflimmerte alles. Über dem Fluß verdichtete sich die Helligkeit zu einem kräftigen Glanz, in dem die kleinen Häuser am Ufer glücklich aussahen, und die beiden Boote, die darauf trieben. Die Frau sah auf den Fluß hinunter. Sie stand auf und ging ein paar Schritte weiter. Sie kam an den Bach, der an dieser Stelle durch eine Baumröhre geleitet war. Sie setzte sich zum zweitenmal. Sie konnte auch von hier aus den Fluß sehen, sogar etwas näher. Sie sah auch ein Stück des Dorfes. Dort hinter irgendeinem Haus stand der Waschtrog, unter irgendeinem Dach schrie das Kind. So viel und so wenig hatte das Kind mit ihrer Brust zu tun, wie der Fluß mit dem Strich zwischen ihren Brauen. Sie rupfte mit der Hand etwas Heidekraut, während sie in ihrem trüben Gedächtnis nach einem Halt suchte, wie man im Sumpf nach festen Brocken sucht. Sie fand gar nichts. Auf einmal faßte ihre Faust kräftig einen Büschel Heidekraut, dann schließlich fand auch sie etwas. Ganz verschüttet, zehnjährig, aber doch etwas: helle Punkte in den ruhigen grauen Augen des fremden Knechtes, und sie hatte lachen müssen und mit der Hand danach greifen, und er hatte sie unter die Achsel gegriffen, und auch die gute Dunkelheit zwischen zwei Gesichtern hatte die hellen Punkte in seinen Augen nicht ausgelöscht. Einzige jemals auf Erden für sie angesteckte Lichter. Sie richtete sich ein wenig auf. Sie wartete hockend in der mit hellen Punkten besäten Luft, bis alles verblaßt war. Sie spürte wieder ihren jetzigen Körper mit allen seinen Schrecken. Wie konnte sie überhaupt noch bis zum Fluß hinunterkommen? Auf einmal kam ihr ein Einfall. Sie dachte nach. Neben ihr durch die Baumröhre lief das Wasser, flink, wenn auch ziemlich flach. Sie steckte ihre Hand hinein, haarscharfe Eisschneide. Sie zuckte, wischte die Hand schnell an der Schürze ab. Sie seufzte und zog ihre Schuhe aus, denn die dauerten sie. Sie zog ihre Schürze aus Wachstuch aus, und auch die aus Kattun, denn die dauerten sie auch, und sie glaubte, das Kleid sei mehr wert als der Leib. Sie schlug ihre Röcke nach innen, klemmte sie mit den Knien zusammen und rutschte in die Baumröhre. Eine Sekunde lang staute sich das Wasser auf ihrem Scheitel. Dann floß es spritzig, schon gewöhnt, seine neue Bahn über ihr Gesicht, ihre Brust. Denn sie drückte sich fest längelang ein. Um bis zum Fluß hinunterzugehen, hätte sie eine halbe Stunde gebraucht auf ihren unbrauchbaren Füßen. Um hier zu sterben, brauchte sie nur ein wenig Geduld, und das war es nicht, was ihr fehlte.

Als der Bauer nachmittags heimkam, und das Kind war hart und blaugeschrien, und keine Frau da, als er ein paar Lumpen spitz zusammengedreht und in einen Rest aus Milch und Gerstenbrühe im Futtereimer getaucht, und als sich das Kind daran vollgelutscht hatte, weil es ein Kind war, das leben wollte, einerlei wovon, und aus dem Schreikrampf in den Schlaf gefallen war, satt und locker, als die größeren Kinder nach Essen graunsten und sich fürchteten, und die Frau war immer noch nicht da, da spürte der Bauer, daß sich sein jahrelanger, geheimer Wunsch erfüllte. Er ahnte aber auch, daß er sich etwas über alle Maßen Furchtbares gewünscht hatte. Jetzt, mitten in der vollen Erfüllung, erschien es ihm unfaßbar, daß sich ein Mensch etwas so Schreckliches wünschen kann, und daß er selbst dieser Mensch sein sollte. Weil es eben dies ist, was man Reue nennt, glaubte er gar nicht mehr, daß so ein furchtbarer Wunsch je in ihm entstanden war, und er konnte dadurch die Erfüllung mit unbeschwertem Herzen und ruhigem Verstand hinnehmen, wie ein Ereignis, das von außen über einen kommt, und das man so oder so zum Leben benutzen muß.

Am späten Nachmittag war ein Regenfall gekommen. Da war die Frau ein wenig bergab getrieben worden, dem Flusse näher. Der die Schuhe und Schürzen fand, fürchtete sich, herumzusuchen, und war froh, daß nichts Totes dicht dabei lag.

Niklas vom Hofplatz brachte die Sachen zusammen mit dem neuen Brotmesser, das der Bauer auf dem Holzplatz liegengelassen hatte. Das war es, was er damals der Frau zurief. Niklas hatte die Sachen vom Wald her die Dorfstraße entlang geschwenkt. Bei ihrem Anblick ging es dem Bauern noch mal durch und durch. Ein Mann kann sein Maul zusammenreißen, daß die Zähne krachen, er kann die Fäuste ballen, die Hosen zuknöpfen. Doch er kann es nicht hindern, wenn sein Herz vor Freude aufzuckt. Der Bauer erschrak und schnaufte. Er wußte nichts zu sagen, da sagte er: »Komm rein.« Niklas war es unbehaglich, daß sich der Ältere vor ihm schämte. Er selbst war vierundzwanzig Jahre alt, lang und hager. Es war Kraft in ihm, aber nicht zusammengeballt, sondern die Glieder entlanggezogen. Der Bauer hatte schon Reue, daß er ihn reingeholt hatte, aber jetzt mußte er sagen: »Setz dich.« Niklas schlang die Beine um die Stuhlbeine. Er legte die Hand auf den Tisch, da wo die Decke aus irgendeinem Grund umgeschlagen war, und befühlte die Politur mit dem Daumen. Mitten in seiner großen Verwirrung ärgerte sich der Bauer, als hätte sich Niklas auf den Boden setzen sollen, statt mit seinem fremden Hintern den Stuhl abzunutzen. Jetzt spürte der Bauer schon keine Freude mehr, auch kein Leid – Unbehagen. Er sagte: »So was, so was.« Niklas sagte: »Was soll man da sagen?« Der Bauer klapperte mit dem Absatz. Er blickte mit zusammengekniffenen Augen in das Gesicht des Jüngeren, das pfiffige, betrübte Gesicht des Dorfes. Beide dachten, und mit ihnen dachten im gleichen Augenblick alle Denkenden des Dorfes, durch das Niklas das nasse Zeug geschwenkt hatte: Wirklich ein Unglück. Wenn auch aus ihm letzten Endes ein Erbe kommt, ein gutes Stück Land, ein neues Haus, vielleicht sogar ein Pferd. Zwar bleibt Unglück Unglück und zeichnet den Mann für immer. Aber anderseits wäre es auch unsinnig, deshalb sein Stück Land nicht zu pflügen, nicht in das neue Haus einzuziehen und nicht das Pferd statt der Kuh einzuspannen.

Der Ältere seufzte erleichtert. Der Jüngere sah aus dem Gesicht des Älteren weg, in dem es überhaupt nichts Neues mehr gab. Er sah das Plüschsofa an, das räudig geworden war, seit der jüngere Sohn darauf schlief, die Uhr und die Kommode. All diese Möbel hatte der Bauer hereinbringen lassen, damals, als er sich vor dem Spott eines öffentlichen Brautzuges fürchtete. Sie wußten andere Dinge von ihm als seine Väter. Seine Blicke schnupperten hinter Niklas' Blicken her, scharf und mißtrauisch wie Hunde.

Niklas selbst sollte in diesem Jahr heiraten. Es war schon beschlossen, welche. Deshalb schätzte er den Besitz des andern genau ein, so wie die Lust und Sorgen, die daran hingen. Die Seine freilich war sauber, ihre Eltern waren ordentlich, die Äcker lagen geschickt. Wenn man ihr von hinten nachsah, wackelte sie ein bißchen auf etwas zu kurzen Beinen. Ihre Backen waren rund und glänzten. Trotzdem: Um eine abzupassen und sie zu packen und mit ihr ins Korn zu fallen, ach, hätte er die nicht gegriffen, die nicht.

Der ältere Bauer, in seiner eigenen großen Verstörtheit,

wunderte sich, warum der Jüngere auf einmal die Lider zudrückte. Dann fiel es ihm ein, daß der Jüngere dieses Jahr heiraten sollte, und wen, und daß die Äcker geschickt lagen und das Paar soso zusammenpaßte. Niklas stand plötzlich auf. Der Bauer sagte: »Wart doch, ich geh mit. Man muß doch suchen.« Er bekam jetzt erst richtig Angst.

Die Frau wurde nicht vom Dorf aus gefunden, sondern von Forstknechten. Sie wurde deshalb dort abgeliefert und eingetragen, wo die Försterei zuständig war, auf dem Amt in der Kreisstadt Billingen. Der Bauer wußte das alles längst, als er seine Zustellung bekam, in welcher geschrieben stand, er müßte sich vormittags auf dem Amt einfinden, um die Frau als die seinige anzuerkennen.

Inzwischen hatten sich Nachbarn seiner häuslichen Angelegenheiten angenommen. Ein Dutzend Hände teilten sich zwischendurch in die Arbeit, die die toten Hände gelassen hatten. Neugierige Griffe in die Kommode, in die Betten, in die Polster des Sofas. Die Kinder wurden versorgt, das Essen gekocht, zwischen Haus und Apfelbaum flatterte die Wäsche, in Wirklichkeit, kein Trugbild. Einzig und allein die Frau selbst war das Hindernis gewesen, daß alles seinen Gang ging in vernünftiger Aufteilung. Denn den Toten kann und darf man die Lasten abnehmen, nicht den Lebendigen.

# Sechstes Kapitel

## I

Der Bauer Schüchlin wartete bei der Milchsammelstelle, bis Lüdeke fertig war, der ihn im Milchwagen mit in die Stadt nehmen wollte. Im Innern seiner guten schwarzen Kleider, seines festen Körpers fürchtete er sich sehr. Der steife Hut machte um seinen Kopf einen Reifen, in dem die Gedanken knirschten. Er drehte den Leuten den Rükken, aber er spürte ihre bei seinem Anblick erschreckten, fast verstörten Blicke. Er war ein wenig erleichtert, als er oben auf der Bank neben dem Lüdeke saß. Lüdeke, von Kopf bis Fuß in Leder, war die rechte Hand von Straub, Milch-, Butter-, Eierhandlung in Billingen am Markt. Er hatte von morgens bis abends eine Unmenge von Sachen zu erledigen, die alle klappten, weil sie durch ihn erledigt wurden. Verheiratet war er nicht, denn er hatte immer mit so viel Frauen und Mädchen zu tun, daß sie ihm in ihrer gestreiften und karierten Sauberkeit zum Hals heraushingen und seine Ohren von ihrem schüchternen und bissigen Gefeilsche ohnedies voll waren. Jetzt auf der Fahrt zwischen Stadt und Land, in der grauen Staubwolke, die sie alle beide einhüllte, packte Lüdeke eine Gier, die in ihm steckte und ihn allerlei praktische Dinge vorteilhaft betreiben ließ, aus diesem kleinen Bauern mit dem unheimlichen Reiseziel ein Schuldbekenntnis herauszuzwingen. Sie kamen an die kurze schattige Strecke im Buchenwald. Da fragte er: »Nu sag mal einer, wie is denn das passiert mit der Frau ?«

Der Bauer erwiderte ruhig: »Wie soll's passiert sein? Die Milch is ihr in den Kopf gestiegen.«

Sie kamen aus dem Wald heraus. Kühles, flaches Sonnenlicht über kahlen Feldern. Lüdeke dachte, daß er wohl mehr erreichte, wenn er dem Bauer ein richtiges, deutliches Bild vor Augen stellte, darum fragte er: »Wo habt ihr sie denn gefunden?« Der Bauer erwiderte kurz: »Weiß ich nich, bin nich dabeigewesen.«

Sie fuhren jetzt das Ufer entlang, ein paar Häuser standen so nahe am Wasser, daß die Männer mit ihren Angeln über der Hofmauer hockten. Auf dem Fluß trieb unmerklich ein kleines Floß mit einer Hütte, einem Hund und einem Mann, der nackt bis zum Gürtel auf dem Rücken lag. Dem Bauer war der Fluß fremd, er liebte ihn nicht. Überdies lagen seine Äcker hügelaufwärts, er kam das ganze Jahr nicht ans Ufer. Er warf einen mißtrauischen Blick auf die Mauer, auf das Floß, auf das flimmrige Wasser. Die Beklommenheit war in ihm wie ein dicker, unverdauter Kloß. Der Wagen rüttelte ihn gehörig durch, die Stadt war nah. Hab ich sie geschunden? dachte er. Freilich hab ich sie geschunden, und ob ich sie geschunden habe. Was zwickste mich, und was zwackste mich, fuhr er fort gegen einen unsichtbaren, unermeßlich zähen und unermeßlich gierigen Lüdeke. Wie hätt ich's machen sollen ohne Schinden. Hat ihr der Alte das Gut bei lebendigem Leib gelassen? Gespitzt hab ich auf das Gut, aber nu gib mal genau acht, du, wenn ich auch weniger drauf gespitzt hätte, hätt ich ihr weniger Schinderei machen können? Ein bißchen weniger höchstens. Na also. Es fiel ihm etwas ein, was beim ersten Kind geschehen war. Sie war damals aufgestanden und mit hinausgegangen, Kartoffeln ausmachen. Da war sie noch schwach gewesen und aus den Knien vornübergefallen. Alle Kartoffeln waren ihr weggekullert. Ihr Gesicht war ganz voll Erde gewesen. Du erinnerst dich vielleicht nicht mehr, sagte der Bauer zu seinem bohrigen Lüdeke, ich hab nichts können verfaulen lassen. Dann sagte er noch: Laß mich in Frieden. Lüdeke merkte wohl, daß er gegen ein so zähes Schweigen nicht ankam.

Sie fuhren über die Eisenbrücke, über die asphaltierte Straße, durch das Stadttor. Lüdeke hielt vor Straub, sie verabschiedeten sich. Lüdeke verschränkte die Arme auf der Brust und starrte dem Schüchlin nach. Schüchlin zog die Schultern ein. Der Reifen um seine Stirn drückte, die Stadt lag um seinen Kopf wie ein eiserner Hut. Er war viel eher auf dem Amt, als er gefürchtet hatte. Er wurde an der Tür gefragt, wo er hinwollte, da knöpfte er seine Brust auf und holte seine Vorladung. Er mußte einen langen Gang hinunter. Er krümmte sich vor der Tür, auf der die Zahl Siebenundzwanzig stand. Aber seine Faust war gesund, und sein Klopfen dröhnte. Das Zimmer war kleiner, als er es sich vorgestellt hatte, mit Regalen und einem Tisch. Hinter dem Tisch saß ein verkrumpeltes, bezwikkertes Männchen, von dem man nur die Arme sah, die Schüchlin ungemein lang vorkamen. Hinter dem Rücken des Männchens war eine zweite Tür ins nächste Zimmer. Über der Tür hing ein Bild von Hindenburg unter Glas. Auf einmal durchfuhr den Bauer der Gedanke, daß er in diesem Zimmer etwas beschwören mußte. Was, wußte er nicht, aber er fürchtete sich vor dem Schwur.

»Was wollen Sie denn?«

Schüchlin knöpfte sich wieder auf und legte seine Vorladung hin. Er beobachtete das Männchen, das sie durchlas. Er wurde gefragt und mußte antworten. Das Männchen füllte seine Antworten sorgsam in seinen Bogen ein. In diesem Männchen war nichts von Lüdekes Gier und nichts von Lüdekes Zähigkeit, und doch kam er in Schüchlin hinein, wo Lüdeke nie hineingekommen wäre. Er hatte Macht, den Bauer zu fragen und ihn antworten zu lassen, wessen Eltern Kind er war, wessen Eltern Kind seine Frau gewesen war, wieviel Kinder sie geboren hatte, ja er fragte sogar jenen verstorbenen Sohn heraus, den seine Frau vordem geboren hatte. All das zu fragen, war ihm die Macht gegeben. Aber nicht die Macht, es irgendwie für sich selbst zu verwerten, sonst wäre er wohl nie so dürr geblieben, so blaß und so fadenscheinig. Schüchlins Antworten bereiteten ihm nicht die geringste Genugtuung, doch schrieb er sie sorgfältig auf. Grade darum spürte der Bauer erst jetzt den richtigen Geschmack der Schande. Als man ihm das Papier zur Unterschrift vorlegte, und er zu der gedruckten Stelle kam: »An Eides Statt«, verstand er, daß er eingefangen war, aber er mußte schon bei dem bleiben, was er selbst gesagt hatte, und seinen Namen dazu geben.

»Warten Sie mal.« Der Bauer erschrak. Die ganze Zeit über hatte er vergessen, daß die Frau noch da war, eine Leiche. Er machte den Mund auf und schnaufte. Das Männchen war aufgestanden und ging ins hintere Zimmer.

Kurz danach war der Bauer vollkommen erleichtert. Man zeigte ihm nicht die Tote, nur ihre Photographie. Beim Anblick des gestempelten Bildes der Ertrunkenen packte ihn derselbe Abscheu, durch den er gemußt hatte, um die Frau zu seiner leiblichen Frau zu machen – seinem fleißigen Leben zulieb, seinem Besitz an Feld und Vieh. Er hatte nur den einen Wunsch, die Frau so schnell wie möglich anzuerkennen, damit man Erde über sie gebe, und Friede ihm und ihr. Er sagte rasch: »Das ist meine.«

Es schmerzte ihn nicht einmal, daß er eine Stempel- und Bestattungsgebühr bezahlen mußte. Als er den langen Gang zurückging, frisch und ruhig, fiel sein Blick auf ein rotes Plakat, das einem der Fenster gegenüber angeschlagen war. Fünfhundert Mark Belohnung. Die Größe der Zahl erstaunte ihn. Er trat dicht heran und nahm den Hut vom Kopf. Da war der eiserne Reif weg. Er las und begriff, daß dieses Geld zu verdienen war, wenn man einen Mann herausfand, der einen anderen erstochen hatte, blonde Haare hatte, blaugraue Augen, ein blaues Hemd, eine Windjacke.

Die Photographie des Gesuchten war dabei. Schüchlin betrachtete sie flüchtig. Er hatte sich immer abseits gehalten, die letzte Zeit vor und nach der Geburt war er überhaupt nicht unter Menschen gekommen, er hatte ihnen nicht mehr ins Gesicht geblickt. Schüchlin fragte sich, ob es wirklich jemand gab, an den diese Summe ausgezahlt wurde. Ein solcher Mensch, wenn es ihn wirklich gab, kam zum Geld wie das Kind zur Muttermilch. Mehr als die Person des Mörders und des Ermordeten beschäftigte ihn die Person des Lohnempfängers. Er verglich kopfschüttelnd den Aufwand dieses letzteren, in den Besitz von Geld zu kommen, mit seinem jahrelangen furchtbaren Aufwand an Arbeit, Unglück und Versündigung. Er stieg mit gesenktem Kopf die Treppe hinunter, überquerte nicht den Platz, sondern blieb auf der Stadtmauerseite. Wie er aber dort beim Bier saß, da durchströmte ihn das Gefühl der freien Zeit, das Gefühl, die verabscheute Frau zu Hause nicht mehr vorzufinden, mit tiefem Behagen.

## II

Dienstag frühmorgens kamen zwei Bauernburschen aus Botzenbach mit einer Koppel Hammel in die Stadt. Sie hatten keine Fahrgelegenheit für sich und ihre Tiere gefunden und waren in der Nacht aufgebrochen. Sie kamen nicht durch das Stadttor in die Anlagen; weil diese für Viehtransporte verboten waren, kamen sie von der Straße, die rechts hinter den Sandgruben abbog, über den flachen Erdwall, der seit hundert Jahren in eine Lücke der Stadtmauer eingeschüttet war. Dort gab es ein paar verzwickte Gassen aus neuen und alten Brocken, mit Schimmel und frischem Anstrich, mit Pfefferkuchenpflaster und Asphaltflicken. Meistens wohnten dort Arbeiter aus der Schuhwichsfabrik und Erwerbslose aus dem Sandbruch. Die beiden Burschen mit ihrer Viehkoppel kamen an einer Gruppe Burschen vorbei in einer Torfahrt. Einer von den Bauernjungens gehörte zu Zillichs Sturm, einer der Burschen im Tor war am Sonntag auf Rendels Auto gesessen. Er erkannte den Ankommenden nicht, sondern betrachtete ihn gleichmütig. Der aber erkannte ihn, weil der Bauer den Städter besser wiedererkennt. Er streifte an ihm vorbei und lächelte und sagte: »Na, wie geht's eurem Ibst?« Da packte ihn der andere an der Schulter, entgegnete ruhig: »So wie es dir jetzt geht«, und schlug ihn nieder.

Es gab einen Auflauf in der morgendlichen Gasse bei dem unruhigen, an den Stricken zerrenden Vieh. Als der zweite Bauernbursche gegen Abend nach Botzenbach zurückkam, wurde er gefragt, ob der, der geschlagen hätte, kahl gewesen sei. Er erwiderte, er sei kahl gewesen.

Am Abend, ziemlich spät, fuhr das Lastauto des Brauereifahrers über die Landstraße nach der Stadt zu. Zillich saß neben dem Fahrer. Mit ihm fuhren Kunkel, sein Bruder, Kößlin – ungefähr zwölf andere.

Als sie zum Sandbruch kamen, sagten sie: »Jetzt säuft der Rendel sein Glas aus.« Als sie über die Brücke kamen, sagten sie: »Jetzt ist der Rendel zu seiner Frau gegangen.« Als sie in die Anlagen fuhren, sagten sie: »Jetzt knöpft der Rendel seine Hose auf.«

Zillich drehte sich nicht um und lachte nicht. Als kurz vor der Stadt ein Reifen platzte und ausgewechselt werden mußte, atmete er schwer. Kunkel verhielt sich still, es war ihm unbehaglich. Er hätte sich diese Fahrt gern erspart. Er fuhr seinen Bruder an, der blaß und frostig aussah und ihn unverwandt anstarrte. Kößlin war wie immer, ruhig und guter Dinge. In den neuen Häusern gab es noch Lichter, reiche Leute, Beamte, Kaufleute, Juden, Spätaufbleiber, Spätaufsteher. Sie schrien: »Juda verrecke, verrecke, verrecke!« Zillich wachte aus seinem Brüten auf, drehte sich um und schrie allein: »Verrecke!« Dann starrte er wieder gradeaus. Sie fuhren durch das Stadttor, sie umkreisten den Marktplatz. Sie fuhren gegen den Wall in die obere Eichelgasse. In der Kneipe, die sie suchten, war helles Licht und Radio. Sie hielten und sprangen ab. Im gleichen Augenblick schnurrten drin die Läden herunter. Sie warfen sich alle zusammen gegen die Tür. Eine ziemlich gleichwertige Kraft drückte von innen. Sie drückten von innen und außen, Gesicht gegen Gesicht, mit offenen Zähnen, Brust gegen Brust, durch ein Brett getrennt. Plötzlich lief der Fahrer zum Auto, holte einen eisernen Bolzen und schlug mit einem wuchtigen Hieb die Füllung ein und eines Mannes dagegengestemmte Stirn. Im nächsten Augenblick krümmten sich alle auf der Schwelle stöhnend ineinander, der sterbende Mann zuunterst. Es war nicht abzusehen, was diesen Kampf abschließen könnte. Auf einmal rief jemand: »Rendel!« Wo war er? Die Gesichter bogen sich zurück. Unter den Lebenden war er nicht. Und der Tote – denn der Mann war inzwischen auf der Schwelle gestorben – war er auch nicht. Zillich stürzte fort mit den kurzen, dumpfen Sätzen eines Stiers, der die Gasse zittern macht. Die andern stürzten nach, drei Häuser weiter. Auf die enge, gewundene Stiege fielen Lichter aus den geöffneten Türen. Bestürzte Menschen zeigten sich, Frauen, Kinder, zwei alte Männer im Unterzeug. Zillich blieb plötzlich auf dem untersten Treppenabsatz stehen. Er schrie: »Rendel!«

Eine kurze, breite Frau kam auf den Treppenabsatz – ihre Strickjacke über dem Hemd zusammenziehend, einen kurzen, buschigen Zopf über der Schulter. Sie schrie zurück: »Ich bin die Frau. Was wollt ihr?« Gleich darauf kam Rendel heraus, über den nackten Schultern das Handtuch, mit dem er sich grade abgerieben hatte. Er fragte ebenso: »Was wollt ihr?« Neben der Frau war er noch kleiner und magerer. Zillich blieb noch immer stehen, erstarrt, in einer Bewegung des Zuspringens, sein Kopf war gebeugt, Rendel sah von oben seinen Schädel weiß schimmern bis zu den Brauen. Es fügte sich nun so, daß Kunkel zuoberst stand, er war es, der antworten mußte: »Du hast unseren Mann erschlagen!« Kunkel hatte dem Fahrer den eisernen Bolzen aus der Hand genommen, er war noch nicht daran gewöhnt, daß er bewaffnet war. Rendel sagte: »Ich?

Nein.« Eine Sekunde lang flog es Rendel durch den Kopf, ob es richtig war, daß er nein gesagt hatte, nützlich für die Seinen. Eine Sekunde lang flog es Kunkel durch den Kopf, ob es richtig sei, loszuschlagen, ob es nützlich sei. Bis zu diesem Augenblick hatte ihn eine Macht geleitet und gedeckt. Aber er war im Zweifel, ob sie auch das noch deckte, vielleicht ja, vielleicht nein.

Diese Pause war es, die Rendel benutzte, mit ungeheurem Kraftaufwand seine Stimme senkend: »Ist das die Antwort auf das freie Geleit, Zillich?« Jetzt war Zillich in einem die ganze Stiege erschütternden Sprung auf der obersten Treppenstufe. Im selben Augenblick rief es hinter der Haustür auf der Gasse: »Polizei!«

Es wurde ganz still. Die Einwohner im Nachtzeug, die Burschen in Uniform blieben auf der Stiege gegeneinander wie in einem Käfig. Man hörte jemand die beiden schweren Hausriegel von innen zuschieben.

Rendel benutzte auch diese zweite Stockung, er redete schnell, schnell, noch leiser: »Bist du zu mir gekommen, brauch ich nicht zu dir zu kommen. Auf zwei Fragen hast du mir mit ›Richtig!‹ geantwortet, letzten Sonntag im Feld. Jetzt frag ich noch mal: Vor zwei Jahren, da sind wir mal von Beuren nach der Mühle gegangen, du und ich. Damals hast du erzählt: ›Ich muß auf Taglohn zum Enders, was das ein Schinder ist‹, weißt du's noch, Zillich?« Zillich legte, während Rendel sprach, den Kopf von der Brust in den Nacken. Das dauerte nur sekundenlang. Für die Leute auf der Stiege war es ein Wunder, daß Zillich nichts als dies tat.

Aber als Rendel jetzt Zillichs Gesicht unter sich sah, riß es ihn, er schrie laut: »Jetzt ist der Enders vielleicht ein Gruppenführer, Zillich, Zillich, und du bist 'n Sturmführer, aber du läßt dir ja Rotz ums Maul schmieren. Bist doch 'n Landprolet, bist, waste bleibst. Zieh nur gestiefelt und gespornt ins Dritte Reich – – – «

Zillich sprang zu, auf einmal kehrte alles zurück, dahin,

woraus es gekommen war, ins Blut, und nichts galt mehr als Kraft; Rendel kam wieder hoch; er kam zugleich über Zillichs Brust, Gesicht und Nacken wie zehn Rendels. Einer von Zillichs Leuten stach, Rendel fiel ab, riß sich zusammen, lief in seine Wohnung, alle liefen nach, aber Rendel sprang sofort aus dem Fenster, er kannte den Weg über die Dächer, er war nicht stark, aber flink. Diese Burschen aus dem Bauernsturm waren stark, aber nicht flink genug. Auf dem Fensterbrett war von Rendel Blut geblieben, gewiß auch auf seinem Weg über das Dach. Als wären sie in Brand geraten, drehte Rendels Frau alles Bettzeug um die Kinder. Rund um sie herum wurden Gläser und Möbel zerschlagen. Gottlieb Kunkel zerrte einen von Rendels Knaben am Arm. Auf einmal dachte er: Warum? Seine Wildheit war schon verbraucht, er sah sich elend um. In dieser fremden Stube war ein Geruch, anders als daheim, aber Bett und Stuhl und Schrank waren ähnlich, nur zerschlagen. Im Flur war ein Handgemenge entstanden. Er blieb in der Tür stehen, in seinem Knabengesicht einen unjungen Ausdruck von Erbitterung und Argwohn, der es zeichnete, sobald er seinen Bruder beobachtete. Auf der Gasse, dicht vor dem Haus, pfiffen Polizeipfeifen. Die Riegel wurden zurückgeschoben. Zillich rief seine Leute zusammen, sie wurden der Reihe nach aufgeschrieben. Alle schüttelten sich und lachten. Die Aufgeschriebenen kletterten ordentlich der Reihe nach auf das Auto.

Rendel hatte sich inzwischen in Wolfs Werkstatt versteckt. Am Morgen hieß es, er hätte die Stadt verlassen. Er wurde aber bei Wolf gepflegt und leitete von dort die Wahlarbeit. Obwohl die Stadt klein war, hielt er sich auch weiterhin und wurde erst kürzlich erschlagen.

## III

»Ist das wahr«, sagte der junge Merz, »was mein Vater sagt, daß du alle Nacht flennst?« Sophie drehte ihr Gesicht weg. Der alte Merz hatte den Konrad Bastian die ganze Woche über gezwickt wegen der Mitgift, aber Konrad Bastian bestand darauf, daß Sophie nichts anderes bekam als die Aussteuer, die freilich ungewöhnlich stattlich war, zusammengekauft im Inflationsjahr dreiundzwanzig, für die damals Siebenjährige. Er sagte sogar, daß es ihm nicht darum zu tun sei, die junge Tochter in diesem Jahr zu verheiraten. Er merkte genau, daß der junge Merz nicht lockerließ, so wagte er es, den Alten zurückzuzwicken.

»Warum flennst du? Red! Willste mich ansehen?« Er packte ihren Kopf mit beiden Händen und drehte ihn gewaltsam. Sophie sah ihn erschrocken an. Sie sagte weinend: »Weil wir heiraten.« Sie war seit letzten Sonntag noch magerer, ihr Gesicht war weiß geblieben. Sie trug dasselbe Kleid. Das Gürtelband war zerknittert, nicht aufgebügelt. »Ich werd dich nicht fressen.« Er legte den Arm um sie, griff unter den Gürtel. Er mußte dabei den Arm strecken, weil sie von ihm abrückte. Sie fing zu zittern an, aber auch er erschrak heftig, als er plötzlich ihre Brust spürte. Er fuhr sie an: »Sitz still du!« Wenn sie sich jetzt gewehrt hätte, wie sich voriges Jahr das Mädchen aus Botzenbach gewehrt hatte, die kleine Magd – – – aber dieses Mädchen war starr vor Angst, sie saß wirklich ganz still. Es ging vorbei. Der junge Merz lachte jetzt hart. »Am Mittwoch kommen doch deine Mädchen. Da wird dir meine Mutter durch Luise einen großen Kuchen schicken.«

Zwei Tage später brachte Luise wirklich einen solchen Kuchen in Bastians Haus. Sophie, die knappgehalten war, lächelte zum erstenmal und errötete vor Freude. Alle Mädchen brachten Kuchen und Geschenke, die auf einem großen Tisch gerichtet wurden. Sophie vergaß allmählich den Grund dieses Abschiedsfestes, wurde fröhlich und sang mit ihrer dünnen, in dem kräftigen Lied verlorenen Stimme.

Unter den eingeladenden Mädchen war auch Dora Bastian. Sie trug eine Schürze. Da dasselbe Fest in den nächsten Tagen bei Luise Merz stattfand, hatte es bei den Mädchen daheim Scherereien gegeben wegen der notwendigen doppelten Geschenke. Aber bei Dora Bastian hatte das Geschenk schwer auf allen gelegen. Johann hatte sogar etwas aus Holz schnitzen wollen, aber man konnte nichts Gemachtes schenken, nur Gekauftes. Schließlich hatte Bastians Frau zwei silberne Löffel geholt, die sie selbst von ihrer Patin bekommen hatte. Dora Bastian merkte am Geruch des Kuchens, daß er süß und butterig war. Nahm sie aber einen kleinen Bissen in den Mund, dann war er sandig. Auf dem weiß gedeckten, mit Geschenken und Kuchen bedeckten Tisch flimmerten die silbernen Pünktchen der Löffel. Sie merkten, daß ihr Sophie ähnlich war. Diese aber war weiß gekleidet. Zweimal hatte Konrad Bastian durch die Tür gesehen, ihrem Vater auf schnurrige Weise ähnlich. Aber das Haus war fremd und fest, die Pumpe draußen war ummauert, sie hatte eine seltsame Form, mit einem Knopf wie eine Mütze, sah aus, als sei sie in alten Zeiten wie die kräftigen Birnbäume selbst aus der Gartenerde gewachsen. Dora sah Sophie an, alle übrigen Mädchen lachten durcheinander, nur ihre beiden Gesichter waren abseits.

In derselben Woche kamen dieselben Mädchen, die bei Sophie Bastian gewesen waren, in Merzens Haus. Aber während Sophie unter ihren Gästen verschwunden war, saß Luise Merz groß an der Spitze des Tisches. Der Kaffeetisch war in dem Zimmer gedeckt, das dem alten Merz als Kanzlei und Standesamt diente. Als der Nachmittag zu Ende ging, wurde eine große Kanne Glühwein und ein

Zinnlöffel hereingebracht und jedem der Mädchen ein Glas vollgeschüttet. Die Mädchen rückten den großen Tisch an die Wand, legten, was es an zerbrechlichen Dingen im Zimmer gab, in einen Korb, stellten das Radio an und tanzten. Inzwischen war der junge Merz etwas früher als sonst vom Feld heimgekommen. Er setzte sich auf die untere Treppenstufe und horchte. Obwohl er wußte, daß dieses Mädchenfest der Hochzeit voranzugehen pflegte, war er unglücklich. In dem kräftigen, fast schrillen Gelächter hörte er ein dünnes, vogelhaftes Lachen. Er erriet, woher es kam, obwohl er es nie selbst gehört hatte. Erbitterung ergriff ihn, alles war dunkel, er hatte keine Einsicht in die Zeit, was nicht sofort war, war niemals. Inzwischen waren die Mädchen übereingekommen, die beiden Bräute miteinander tanzen zu lassen. Er stand auf und öffnete leise die Tür. Mit vorgedrückter Brust, mit ernstem Gesicht verschränkte Luise ihre Arme um Sophiens Rücken, Sophie mußte die Arme hochhalten, um ihre Hände auf Luisens Schultern zu legen. Ihr Gesicht lag im Nacken, lächelnd, fast glücklich. Niemals hatte er ihr Gesicht so gesehen. Er ahnte auch, daß er es niemals im Leben so wiedersehen würde. Es wurde ja jetzt schon starr. Sie ließ bei seinem Anblick die Arme fallen, sie blieb so plötzlich stehen, daß der ganze Tanz in Unordnung kam. Die Mädchen lachten und schrien: »Raus! Raus!« Der junge Merz blieb stehen. Sein Gesicht verzog sich vor Wut. Er schrie: »Gleich kommste raus!« Sophie folgte, sie war gewöhnt, zu folgen. Die Mädchen hörten nicht auf zu lachen über den Bräutigam. Der junge Merz stieß die Tür zu, er zog das Mädchen die Treppe hinauf. Er drückte sie gegen die Wand mit zwei Griffen, dahin, dorthin. »Jetzt kannste wieder rein.« Er stieß sie die Treppe hinunter, puffte sie zurück. Der junge Merz blieb hinter der Tür stehen, bis das schrille, fast wilde Lachen, mit dem man das Mädchen empfing, vorüber war.

Es war schon dunkel geworden. Wie er in den Garten

zurückging, stand der Lehrer am Fenster und sah unbemerkt ins Wohnzimmer. Der junge Merz runzelte die Stirn und ging ohne guten Abend vorüber. Rifke betrachtete zufrieden, ja selbstzufrieden die runden Gesichter, die vielen kleinen Brüste, die alle über seinen Bänken, bei seinem Einmaleins gewachsen waren.

## IV

Der alte Merz hatte den Naphtel auf neun Uhr morgens ins Café Krall bestellt. Der saß auch pünktlich dort. Er zweifelte aber, daß der alte Merz seine Verabredung einhielt. Seit vielen Tagen und Nächten schnurrten die Naziautos rund durch die Stadt. Die starken und schwachen Hiebe ihres ewigen Verrecke! hatten seinen Kopf krank gemacht und sein altes Herz müde. Er wohnte in der Eppichmauergasse dicht bei der Kirche, wo er geboren war und wo auch sein Vater geboren war; denn sein Großvater hatte im Hof eine Geflügelhandlung gehabt und dessen Vater ein Kleiderverleihgeschäft. Er selbst hatte bis vor einigen Jahren Viehhandel getrieben, er hatte dann ein Nierenleiden bekommen und alles seinem Schwiegersohn überlassen müssen. Er machte nur noch manchmal ein Geschäft mit seinen alten Kunden, kleine Geschäfte, die keine langen Überlandfahrten und Herumstehen im Regen erforderten, deren Ertrag ihn übermäßig erfreute, als ob er damit dem Tod ein paar Wochen abkaufte, den er seit seiner Krankheit sehr fürchtete. Er trank unglücklich den Kaffee, den er sicher nutzlos bestellt hatte. Das fortwährende erbitterte Geschrei jenseits des Marktes würde den alten Merz abhalten, mit ihm abzuschließen, er würde mittags verzweifelt heimkommen, seine Frau würde in der Küchentür fragen: Wieder nichts? Er würde antworten: Gar nicht gekommen.

Der alte Naphtel hatte sich in das Billardzimmer hinter

den großen Kaffeeraum gesetzt. Er sah bald auf die Straße unter dem Fenster, bald durch die doppelte Tür auf die Marmortischchen im vordern Raum auf den Marktplatz. Trotz der frühen Stunde gab es schon vorn ein gutes Dutzend Gäste, Bauern und Händler, die Schnaps und Kaffee tranken. Vier junge Nazis mit roten, munteren Gesichtern saßen dicht vor dem großen Glasfenster und aßen Pfannkuchen. Mißtrauisch, voller Erstaunen beobachtete Naphtel ihre gesunden, kindlichen Bisse. Der Markt begann sich langsam mit Menschen und Tieren zu füllen. Vor zwei Stunden hatte sein Schwiegersohn Heinrich Elster aus der Wohnung auf den Markt gehen wollen. Er war schon vor der Haustür von ein paar Burschen angerempelt worden, die nachts Flugblätter verteilt hatten. Unter den gewöhnlichen Flugblättern auf die Wahlen, die Papen-Regierung und die Forderungen der Nazis gab es ein kleines gelbes, ausdrücklich auf den heutigen Tag geschrieben. Darin wurde der Bauer, der sein Vieh in die Stadt trieb, vor den Juden gewarnt. Diese Flugblätter erkannte Naphtel, aufgeweicht, zertreten oder zerknüllt, wo sie immer auf dem Pflaster herumlagen. Mit Hoi und Ho, mit dem saftigen Schnalzen lockerer Peitschenhiebe strömte es durch die Gassen in braunen schlingernden Tierrücken auf den Marktplatz. Der alte Naphtel, der durch das niedrige Fenster nach dem alten Merz ausspähte, blickte in glänzende, stumpfe Tieraugen. Er konnte das warme Schnuppern in seinem Gesicht spüren. Zu beiden Seiten der Gasse erfüllten sich die Häuser mit einem Geruch von Milch und frischem Kot. Der schleifige Trott der alten Tiere, der hupplige der Kälber klapperte tief in die Stuben. Schon war der Marktplatz braun von glänzenden, schräg ineinandergeschobenen Hügelchen, aus denen nur Laternen und Bauernhüte herausragten. Der alte Naphtel spürte nichts von dem warmen, beruhigenden, sich wie eine mächtige Haube um die kleine Stadt schmiegenden Geruch eines ungeheuren Stalles.

(Vielleicht gab es irgendwo solche mächtigen, vollen und fetten Ställe wie dieser Platz. Hierzulande enthielt er den Gewinn und die Angst zahlloser Bauernfamilien.) Der alte Naphtel merkte nur, daß der Fleck leer war, auf dem sein Schwiegersohn zu stehen pflegte. Die Händler nannten ihn »Die Insel«, in Wirklichkeit war er nur ein asphaltiertes Viereck um die Laterne.

Auf einmal schrak der Naphtel zusammen. Elster kam aus dem Laden in das Billardzimmer. Er trug wie immer bei jedem Wetter einen hellen, fleckigen Gummimantel. »'n Morgen, Vater.« Naphtel sagte: »Biste doch gekommen?« Elster erwiderte: »Nee, ich guck mir's aus der Entfernung an.«

»Glaubste nich, daß du doch was machen kannst?«

»Vor den Wahlen, nee. Ich hab keine Lust.« Er bestellte Kaffee, setzte sich aber nicht, sondern trat in die innere Tür. Er steckte sich eine Zigarette an. Er war ein gesunder, dicker Mann. Sein fettes, dichtes Haar war gescheitelt, seinem frischen Gesicht war keine Erregung anzusehen. Seine braunen, glänzenden Augen blickten stumpf auf denselben Fleck wie vorhin sein Schwiegervater. Ihm war zumute, alles sei in Ordnung, wenn er nur dorthin geleitet würde. Vielleicht gingen alle Geschäfte ihren Gang weiter, wenn er nur dort stand. Er dachte hin und her, dann dachte er: Nee, lieber nicht. Er wollte sich grade setzen, als ihm von draußen über die Tische zugerufen wurde: »He, Elster!« Es war ein kleiner, etwas verwachsener Händler, ebenfalls im Gummimantel. »Wo bleibste?«

Elster zuckte mit der Schulter und deutete mit dem Daumen auf die Pfannkuchen essenden Jungens. Der andere zuckte gleichfalls die Schultern, schüttelte den Kopf und ging weg. Nach einer Weile kam er wieder mit zwei kleinen, einander ähnelnden Bauern, offenbar Vater und Sohn. »Die wollen was!« Die Bauern sagten durcheinander: »Ho, wo bleiben Sie? Ja, wir warten doch! Ja, mal los doch!« Elster sagte: »Fällt mir nich im Traum ein.« An den Tischen horchten sie auf. »Kuckt mal den an, fi, fi, fi.« – »Hat Fett in den Hosen.« Elster rief, zum zweitenmal: »Ich denk nich im Traum dran.« Die beiden Bauern sahen sich verdutzt an, dann gingen sie weg. Der alte Naphtel rief jetzt: »Setz dich doch!« Aber Elster blieb stehen und sah den Bauern nach. Dann kamen alle zurück, ein alter, langer Bauer war jetzt bei ihnen. »Der wartet auch.« Der alte Bauer war dem Algeier ähnlich, auch seine Angelegenheiten standen ähnlich. Er hieß Müller Hartberg. Er hatte sich auf heute mit dem Elster verabredet. Er war mit seinen drei besten Kühen auf den Markt gekommen, von dem Verkauf hing es ab, ob er seine Schuld zurückbezahlen konnte. Selbst wenn er es konnte, war eine Pfändung nur aufgeschoben, denn er konnte unmöglich seinen Hausstand ebenso weiterführen wie mit fünf Kühen. Er war verstört. Noch bevor er sich wundgeredet hatte, war sein Hals trocken. So bös der Verkauf war, er wünschte sich sofort in das Geschäft hineinzustürzen, das vielleicht einen halben Tag dauerte. Müller Hartberg hatte das Geld, um eine Scheune zu bauen, von seinem Schwager Mücke in Beuren geliehen, dem Mann seiner Schwester, seinem einzigen Freund vor und nach der Hochzeit. Mücke war aber die letzten zwei Jahre immer mehr heruntergeschlittert, er hatte kürzlich auf die Rückzahlung der Schuld gedrängt. Er drohte seinem Schwager mit der Pfändung, die er durchaus den Seinen ersparen wollte. Daß der Zusammenbruch des Wohlstandes mit dem der Freundschaft verquickt war, machte Müller Hartberg zu einem düsteren Mann, der nach der Arbeit auf einem Hocker in seinem bald leeren Stall saß und niemand antwortete; denn er hatte sich alles Laute auf den heutigen Tag aufgespart. Er war bereit, dem Elster an die Gurgel zu gehen für jede Mark, die er morgen seinem Schwager zurückzahlen mußte. Zwei-, dreimal waren ihm die gelben Handzettel zugestopft worden. Während er wartete, verdeckte allmählich das vertraute, quälende, schwer zu hassende Gesicht des Schwagers mit dem hellen, gesträubten Schnurrbart das Bild dieses Zettels: der fremde Mann im Gummimantel. Müller Hartberg erblickte ihn erst im letzten Augenblick in der inneren Tür. Er schrie: »He, Elster, da bin ich!« Elster erwiderte, ohne sich von der Stelle zu rühren: »Seh ich, daß Sie da sind. Aber ich bin nicht da.« Müller Hartberg kam jetzt zwischen die Tische. Vorhin, auf die Rufe der anderen, hatte niemand geachtet, aber bei seinem Ruf hatten alle die Köpfe herumgedreht. Ein Bursch mit einer Pfeife, der grade draußen vorüberkam, hielt sein Vieh zurück, indem er die beiden Stricke schnell um die Handgelenke drehte. Müller Hartberg faßte Elster an einem Knopf an. »Ich bin mit drei Stück da. Wir sind verabredet.« Elster sagte: »Heut wird nichts draus.« Er sah den andern ruhig an, wie er gewohnt war, vom Handeln aufgeregte Bauern anzusehen. Dieser Blick brachte den Müller außer sich. Ihm schien es, seine Stirn sei offen wie der Dachstuhl eines brennenden Hauses. Sein Unglück sei sichtbar. Kein Mensch könnte hineinsehen und ruhig bleiben. Er packte Elster am Arm. »Ich kann jetzt nicht woanders verhandeln. Ich muß mittags zurück. Ihr müßt rüberkommen.« Elster sagte: »Fällt mir nich im Traum ein. Grad nich. Sucht Euch 'nen andern.« Müller ließ seinen Arm los, er sah sich um, erblickte den Bursch mit der Pfeife und rief plötzlich: »Martin!« Der Bursch gab die Stricke zum Halten und sprang bei. »Was denn? Nur mit der Ruh! Was haste mit dem Jud vor?« – »Er will nich mitkommen!« Beide packten ihn am Arm, der kleine verwachsene Händler schrie: »Elster, Elster!« Die beiden ähnlichen Bauern kamen auch bei. »Er muß! Er muß!« Müller packte zu, er spürte das Fleisch unter dem doppelten Ärmel. Sein Gesicht veränderte sich, das Gesicht eines Mannes, dem das Herz in die Kehle springt. Martin lachte, er gab dem Elster mit dem Knie einen Puff in die Kniekehle, »Jud, verfluchter!« Elster dachte nach. Auf seinen ruhigen braunen Augen war der

Glanz nur Firnis, keine Erregung. Er spürte den Griff im Fleisch, den Puff im Knie. Er sah sich gleichmütig um – die waren doch gar nichts, die gehörten zum Handel, ans andere Ende der Viehkoppel. Die Bauern starrten zurück – der war doch gar nichts, der gehörte herüber ans andere Ende der Viehkoppel. Elster sagte nachdenklich, auf Drängen hoffend: »Ei, holt Euch doch 'nen andern!« Schon war ein Reif aus Gesichtern um sie herum, Müller Hartberg schrie: »Kommste oder kommste nich?« Elster betrachtete ihn ruhig, nicht verächtlich, vielleicht allzu ruhig, vielleicht gab es auch bloß in seinem ausgefüllten Gesicht keine Delle für Unruhe. Müller hob ihm die Faust unters Kinn, Elster kam es vor, der hätte ihn mit einem scharfen Nagel gerissen, aber der jüngere Bauer schlug Müllers Arm zurück. »Willst du dich ins Unglück bringen?« Er drückte Müllers Faust auf und gab das Messer seinem Vater. »Will sich der denn versündigen?« Alle blickten einander in tiefem Erstaunen an. Elster fuhr sich mit der Hand ans Kinn, dann über den Gummimantel. Er betrachtete den Müller Hartberg verblüfft, wie man ein Pferd betrachtet, das plötzlich ausgeschlagen hat. Schon erlosch in Müllers Gesicht die Drohung zu Gram. Vor die träge, dicke Gestalt des Elster schob sich die quicke, dürre seines Schwagers, des verlorenen Freundes. Schon war der Riß auf Elsters Kinn ein gewöhnlicher Rasierschnitt. Der Abwisch am Mantel war einer von vielen Flecken. Die vier Burschen in Uniform waren über die Tische weggesprungen und schrien: »Raus, raus, raus!« Doch ihre Tritte trafen nicht den Hintern und den Nacken, auf die sie gemünzt waren. Der Bursch mit der Pfeife und der kleine verwachsene Händler hatten schon Elster unter den Arm genommen, er ließ sich jetzt wirklich auf die Straße schleifen. Eine Minute später wackelten sein dicker, mit einer Tellermütze bedeckter Kopf und unter einem breitkrempigen Hut der des Müller Hartberg über dem sachten Geschiebe brauner und scheckiger Tiere.

Seinen Schwiegervater hatte er ganz vergessen. Der alte Naphtel im Billardzimmer war gelb und zitterte. Er hatte den wohlbekannten stämmigen Rücken seines Schwiegersohnes gesehen und das wechselnde Gesicht des Müller Hartberg. Seinen Schwiegersohn liebte er nicht sehr, aber er kannte ihn: seine Wohnung, drei auf den Hof gehende Zimmer, auf dem noch die leeren Käfige der ehemaligen Geflügelhandlung standen, seine Frau, die Naphtels Tochter war, eine kränkliche, kindische, von Blutarmut streitsüchtige Person, die aber Naphtel unsinnig liebte; seine Enkelin, ein dünngliedriges, dunkeläugiges, der Mutter nachgeschlagenes Mädchen, kränklich und launisch. Einen einzigen Augenblick, als man dem Müller Hartberg das Messer aus der Hand drehte, kam dem alten Naphtel flüchtig der Gedanke, der andere könnte auch ein Zimmer haben, eine Frau, Kinder. Naphtel stellte und reckte sich. Er blickte nach der Insel hinüber, sein Herz war ihm schwer, er hatte vor jeder Pause Angst; er dachte an den Tod, der immer kommen konnte, zum Beispiel jetzt durch die Glastür über das leere, grüne Billard. Auf einmal klopfte jemand ans Fenster. Naphtel drehte sich um: der alte Merz unter einem städtischen, eingekniffenen Filzhut. Er kam schnell auf den Platz und herein. Er hatte einen guten städtischen Anzug an, er trug ein altes Stöckchen mit einem silbernen Knauf, er war aus irgendeinem gewöhnlichen Grund aufgehalten worden. Die Handzettel hatte er auch gelesen, Eindruck hatten sie auf ihn nicht gemacht. Er war gewöhnt, mit dem alten Naphtel seine wenigen Geschäfte zu besprechen. Sich dazu einen andern auszusuchen, das war ihm ebenso zuwider, als in die Kirche zu gehen, wenn man einen neuen Pfarrer eingesetzt hatte. Einer betrachtete des andern Bart. Seit dem letztenmal waren in beiden Bärten die letzten Rostflecken vergilbt. Während Merzens Bart steif und eisig war, war Naphtels Bart fransig und locker. Kaum hatte Merz den Mund aufgemacht, da verstand Naphtel alles.

Der alte Merz hatte den Wunsch, bevor er seine Kinder verheiratete, seine eignen Sachen in Ordnung zu bringen. Naphtel war erschrocken, weil es mit Merzens schiefer stand, als er erwartet hatte. Der alte Merz machte sich wenig Gedanken, wenn er nur alles, solange er selbst da war, im Gleichgewicht hielt. Er setzte sein eigenes Leben nicht auf lange, fünf, sechs Jahre. Sein Vater und sein Großvater waren auch stark gewesen, es war plötzlich gekommen, ohne Siechtum. Es wurde beschlossen, daß Naphtel einen Käufer für das Haus suchte. Sie wollten sich am nächsten Markttag am gleichen Ort treffen. Naphtel sah eine Woche vor sich, voll von Gängen, Unterhandlungen und Aussichten. Er war froh, als ob er die Zeit nicht ausgefüllt, sondern zum Leben dazugeschenkt bekam.

Der alte Naphtel war verzweifelt, aber nicht verwundert, weil alles schlecht war. Er war überzeugt, daß alle Menschen schlecht waren. Der alte Merz aber, der trotz allem gekommen war und sich an seinen Tisch setzte, erschien ihm eine Ausnahme, gerecht und gütig.

## V

Noch ein einziger Ruderstoß, dann fuhr das Boot ins Schilf. Das Schilf deckte den Fluß und die Sonne zu. Bei dem kräftigen Schnalzen des zurückgebogenen Schilfes wurde Johann froh. Marie rutschte von der Ruderbank auf den Boden, der mit einer zerlumpten Matte bedeckt war. Sie trug ein altes blaues, unter den Armen aufgeplatztes Kleid. Ihre dicken Strümpfe waren eingerollt. Frisch und weiß waren die Röcke unter dem blauen Kleid, die glatten, runden Beine. Johann drehte sich vorsichtig um. Er legte seine Hand in ihr Kleid, suchte mit der Hand das Herz, ließ sie dort liegen. Das ist gut so, dachte er, manchmal, wenn etwas ganz ernst ist und ganz wichtig und für lange Dauer, das ist oft nicht halb so gut.

Er dachte, wie man über einen Fremden nachdenkt: Wenn ich einmal im Leben eine Frau haben könnte, dann wäre so eine Frau gut. Wenn ich einmal im Leben einen Sohn haben könnte, dann wäre so eine Brust für ihn gut. Er lächelte und dachte: Jetzt denke ich an meinen Sohn wie Niklas vom Holzplatz. Marie sagte: »Warum lachst du?« Er sagte: »Weil du so komisch aussiehst, von hier aus, dein Kinn und deine Nase.«

Nach einer Weile ruderten sie aus dem Schilf und machten das Boot an einem Floß fest. Dann kletterten sie durch den Wald auf die Straße. Marie sagte: »Wirste jetzt für lange bei Bastians bleiben?« – »Ich? Ich weiß nich.« Marie fuhr fort: »Mein Vater hat vielleicht was von uns gemerkt, er hat dich vorhin so komisch angesehen. Hast du nich gefunden?« – »Hab ich nich gefunden, is auch egal.« – »Egal is das auch gar nich.«

Sie kamen aus dem Wald heraus. Johann sagte: »Am besten setzt du dich jetzt dahin an den Kanal, wo wir schon mal gesessen haben. Ich muß zu Kastrizius gehen und dann noch wohin, und dann hol ich dich.« – »Ich kann doch nicht so in dem Kleid.« – »Warum nicht? Wen stört's?« – »Kann denn der Bastian bei Kastrizius abbezahlen? Wie kann er's denn?« – »Ich glaub's nich, daß er's kann.« Marie zog im Gehen ihre Nadeln aus dem Haar, steckte sie zwischen die Zähne und flocht ihren Zopf frisch. »Jetzt so 'n Quatsch, so 'ne Pump, so 'ne Unkosten.« – »Wegen der Dora.« – »Wegen der Dora. Ich verschlepp mich auch nicht.« – »Die geht auch dreimal in dich rein.« – »Ja, wenn man aus der 'n Häschen gemacht hätt, wär's auch kein fettes geworden. Ja, wenn man nicht mal stark is. Ja, wenn man heutzutag nicht mal stark ist auf der Erd, so wie sie ist, dann soll man sich gleich unten drunter legen. Dann soll man sich obendrauf auf gar nichts einlassen.« – »Sie hat aber geschickte Hände, die Dora. Aus meiner Jacke hat sie 'n Prachtstück gemacht.« – »Du bist ja ganz verschossen in die Dora.« – »Weil ich sag, sie hat geschickte Hände, bin ich doch nicht in 'n Ding von zehn Jahren verschossen.« – »Was reden denn die Bastians, daß die andern Bastians heiraten?« – »Was sollen sie reden? Bist du denn eingeladen?« – »Von uns ist niemand eingeladen. Das wird eine Hochzeit werden«, erzählte Marie, ohne zu merken, daß Johann bereits von mächtiger Stadtunruhe ergriffen, auf nichts hörte als auf den bloßen Klang ihrer Stimme. »Eine Hochzeit«, sprach sie weiter, »wo man bei gutem Wetter große Tische auf die Wiese stellt, und wo viel gegessen wird, Mandelberg und Kaffee hinterher, und nachher wieder ein Essen. Sonst ist der alte Merz knauserig, auf der Hochzeit wird er ein ganzes Jahr veressen. Nein, wir sind nicht eingeladen.«

Sie traten in den kleinen Wirtshausgarten. Er war wieder leer. Johann setzte sich gar nicht, sondern bestellte nur für Marie. »Wart, ich hol dich wohl ab.« Marie sah ihm nach, wie er über die Brücke lief. Aus ihrem Gesicht verschwand die tiefe, sorglose Ruhe, sie war müde und nachdenklich. Sie hatte noch immer keine ordentliche Stelle gefunden. Den Winter im Dorf mit und ohne Johann, das waren zwei ganz verschiedene Winter. Johann konnte sich doch nicht immer bei Bastians festsetzen. Bei ihren Eltern war erst recht kein Platz. Sie mußten wohl beide über kurz oder lang in die Stadt zurück, wenn Rüben und Kartroffeln drin waren. Genau wie das letztemal kamen ein paar Arbeiter aus der Schuhwichsfabrik. Marie schämte sich, weil ihr Kleid aufgeplatzte Nähte hatte, und drückte die Arme an sich. Sie dachte an ihren Vater. Während sie hier herumsaß und auf die Rückkehr des Freundes wartete, jetzt, da der Junge weg war, dachte sie auf einmal an ihn, den Alten. Sie allein in der Familie, vielleicht unter allen Menschen, kannte seinen Blick, helle, in dem vertrackten, haarigen Gesicht verborgene Punkte. Er wußte vielleicht über ihre Liebschaft Bescheid, wollte aber keine Scherereien. Die letzte Zeit war eine Veränderung mit dem alten Mann vorgegangen. Er sagte jetzt manchmal zur Mutter: »Warum flennste? Niemand hört's.« Zu Paul sagte er: »Wenn du glaubst, du zwingst's so herum – ich glaub's nicht.« Zu ihr sagte er: »Die Merzens und Bastians steuern jetzt ihre Töchter aus, das kann ich nicht. Ich hab dir auch im Jahre dreiundzwanzig keine Bettücher kaufen können. Ich hab kein Bargeld gehabt. Ich hab mir im Krieg keins gemacht. Such dir 'nen andern Vater aus.«

Es gab an den Tischen welche, die sie vom letztenmal erkannten. Sie riefen: »Allein, Fräulein?« Und »Wollen Sie gar nicht Gesellschaft, Fräulein?« Marie schüttelte den Kopf und lachte.

Von einer einzigen herbstabendlichen Bewegung ergriffen, glühte der Ginster auf am Rande der Sandgruben, hob sich ein Schwarm Vögel aus der Grube, kreiste über dem Kanal, teilte sich in zwei Schwärme, von denen sich einer auf dem Fabrikdach niederließ, der andere auf dem Wasser, auf einem schillernden Ölauge. Marie fror. Sie war auf einmal überzeugt, daß Johann sie gar nicht abholte. Sie schluckte ihren Kummer und rannte, so schnell sie konnte, nach Haus.

## VI

Johann hatte Marie vollkommen vergessen. Er war zu Kastrizius gegangen mit der zweiten Ratenhälfte. Dort hatten sie gefragt, wie es denn mit der nächsten Rate stünde. Er hatte gesagt, darüber wüßte er nicht Bescheid, sie würden schon zu ihrem Geld kommen. Dann war er in Wolfs Werkstatt gelaufen. In Wolfs Werkstatt waren die Kinder herumgeturnt und hatten sämtliche Fahrradklingeln in Bewegung gesetzt. Schirmlose, grelle Birnen brannten über Wolfs Lötofen, über dem Tisch, an dem Wolfs Frau mit einer breiten, fremden Frau hantierte. Johann fragte: »Wo ist Rendel?« Wolf deutete auf die Tür des Küchenzimmers. »Nicht weit.« Er fügte hinzu: »Das ist seine Frau, und das sind seine Kinder.« Er trat an den Lötofen zurück. Frau Rendel sagte: »Ach so, du bist Johann.«

Sie gaben sich die Hand. Er hatte noch nie an einer Frau einen Blick gesehn, der so weit hineinging. In dem allzu grellen Licht sah ihr Gesicht vor Überanstrengung zerrissen aus, wie verwundet, nur ihre schwarzen, harten Augen waren heil geblieben. Sie sagte: »Es geht dem Rendel wieder ordentlich. Es war oft Polizei da, bei mir daheim und hier. Sie haben Protokolle gemacht. Nicht bei denen – bei uns haben sie hausdurchsucht. Sie haben alles durchgewühlt. Ich habe gesagt: Sucht ihr vielleicht das Messer, mit dem sie meinen Mann angestochen haben? – Besser, du gehst, Johann.«

Johann sagte: »Jetzt gleich? Das ist auch für mich sehr schecht. Immer allein, das kann ich gar nicht aushalten.«

»Hör mal, da gibt's ganz andres zum Aushalten. Du bist ja jung, du hast wild angefangen, hast wild losgestochen. Na, jetz dämm dich mal, jetz lern was.«

Da fing Johann zu schreien an. »Dämm dich mal, dämm dich mal. Immer sagt ihr, dämm dich mal.« Wolf sagte von seinem Lötofen her: »Mit wem tobst du eigentlich?« – »Mit wem, mit wem, mit wem? Tob mal nicht, so allein wie ich bin, so allein wie ich war! So im Dreck, wie ich bin. So allein wie ich da bin auf meinem Dorf. Und du siehst, wie die anderen mehr werden – da tob mal nicht.«

»Mit wem schreist du eigentlich?«

Wolf drehte jetzt endgültig seine Stichflamme aus und kam heran. Dann schrie er selbst Rendels Kinder an, sie sollten mit dem Geklingel aufhören. Dann dauerten sie ihn. Er schenkte jedem von ihnen ein Katzenauge von alten Fahrrädern. Jetzt sah Johann aus, als täte es ihm leid, daß er nicht auch eins geschenkt bekam. Wolf starrte ihn kurz an, auf einmal durchfuhr ihn bei Johanns Anblick ein scharfer, ihm selbst noch unverständlicher Schmerz – als hätte ihn der zügellose Kummer des anderen angesteckt. Er sagte: »Nun, setz dich. Iß und trink.« Er selbst langte sich Rendels Kinder, die durchaus auf den Fahrrädern zu Abend essen wollten, klemmte sie zwischen Tisch und Wand ein. Frau Rendel strich kleine Brotstücke, die ihnen Johann in den Mund stopfte. Minutenlang sah es aus wie ein gewöhnliches Abendessen. Frau Rendel sagte: »Sonntag komme ich ins Dorf. Ich werde mich für meinen Rendel mit draufsetzen.« Johann sagte: »Würd ich abraten. Auf alles, was Rendel heißt, haben bei uns alle eine Mordswut.« Frau Rendel sagte: »Ja, trotzdem. Da muß man all seine Kraft drangeben, da muß man all sein Blut drangeben, daß schließlich alle verstehen, daß niemand, niemand, niemand im Himmel und auf Erden ihnen helfen kann als wir.«

Johann war bei dem Streit unter seinem braungebrannten Gesicht erbleicht und war noch immer bleich. Es kam bei ihm in der letzten Zeit leicht vor, wenn sein Herz heftig geschlagen hatte, daß seine Hände nachzitterten. Obwohl er hungrig war, streckte er sie unter den Tisch, damit es die andern nicht merkten.

# Siebentes Kapitel

## I

»Was denkste dir, Johann«, sagte Bastian, »ausgeschlossen. Das is doch längst verbraucht, mein Schuhleder. Nicht mal gibt's mir der Ziegler zum Selbstkostenpreis. Sagt, entweder biste noch 'n Schuster, oder du bist keiner mehr.« Johann sagte leise: »Ich geh schon auf den Brandsohlen.«

Bastian sah schnell auf seine Schuhe. Er dachte flüchtig an den Tag der Ankunft. Da waren ihm die falsch sitzenden Knöchelflicken aufgefallen. Er sagte: »Na, ich mach's dir ja. Ich werd das Leder kaufen und dann selbst machen.«

Auf einmal sahen alle, die Frau, Dora, Johann, sogar die jungen Kinder, gespannt auf Bastians Mund. Sie wußten, daß er jetzt gleich etwas sagen würde, worauf sie schon die ganze Zeit warteten. Bastian begann: »Johann, du bist ein ordentlicher Jung. Ja, du bist ein geschickter Bursch, du bist flink und willig. Nur, wie lang wird das noch dauern? Einmal mußt du ja doch nach Botzenbach. Du hast dich noch gar nicht bei deinen Verwandten gezeigt, hast dich verleugnet. Es wird Zeit, wirklich. Du kannst natürlich noch dableiben, bis die Rüben raus sind, aber was soll ich dann machen?«

Bastian wollte jetzt schweigen. Weil aber alle immer noch auf seinen Mund starrten, mußte er weiterreden.

»Ich sage, was soll ich machen? Johann, du mußt da nicht abwegig denken. Du bist mir wirklich wert und lieb. Sieh mal, Johann, ich hab mir gedacht, du bringst dich selbst ein. Ich red frei von der Leber weg. Du hast's nich reingebracht. Ich hab mir gedacht, was der mir an

Arbeit abnimmt, das ist eingespart. Aber woran soll ich's sparen? Sieh dich um, sag selbst. Einmal brauchste Sohlen, neulich haste 'n Hemd gebraucht. Es springt nich raus.« Alle fuhren fort, ihm auf den Mund zu sehen. Er mußte weiterreden. »Meinste, mir wird's leicht? Mit meinem eigenen Kind mach ich's nicht anders. Ich geb sie aus der Hand diesen Winter.« Jetzt sahen endlich alle von ihm weg auf Dora. Es war zum erstenmal klar gesagt, endgültig. Wieder hatte die graue Luft ein Loch, in welches Dora ihr weißes Gesicht legte. Sie glich der Tochter des Konrad Bastian am Morgen der Brautwerbung. Sie hörte auf, ihren Vater anzusehen. Sie sah mit scharf glänzenden Augen reihum, die jeden ritzten. Bastian sagte: »Mein Bruder Konrad, dessen Tochter jetzt heiratet, wird sie den Nachmittag gegen Jahrgeld nehmen und in den Ferien ganztags.«

Jetzt war Doras Gesicht wie die Luft, grau. Doch gab es im ganzen Zimmer nichts Helles mehr als ihre Augen. Sie sah jetzt nur Johann an. Johann stand auf, beugte sich etwas vor und packte den Tisch mit beiden Händen. Der Bauer konnte den Sinn dieser Bewegung nicht verstehen. Er sah an dem stehenden Johann von unten hinauf. Johann zog die Schultern ein vor Anstrengung. Sein Gesicht veränderte sich, der Mann und die Frau blickten mit offenen Mündern in Johanns neues Gesicht. Das hätten sie nie und nimmer bei sich aufgenommen. Er sagte mit neuer Stimme: »Zu denen gebt ihr sie hin, ihr, wirklich?« Er kippte den Tisch, drückte die Kante gegen die Brust des Bauern. Der wiederholte, zwischen Tisch und Wand geklemmt: »Man muß doch.« Er fügte hinzu: »Wenn man muß, ist es viel besser beim eigenen Blut.«

Johann wagte doch nicht, den Bauer ganz scharf einzuklemmen. Er klemmte seine eigenen Nägel. Die letzten Wochen hatte er alles gut geschluckt, noch gestern in Wolfs Werkstatt. Endlich in diesem Augenblick spürte er die Verzweiflung, die der Gewalttat vorangeht, in ihrer

Wucht und Großartigkeit, nur der Erleichterung vergleichbar, die ihr nachfolgt. Er wäre wild geworden, wenn sich der Bauer geregt hätte. Der aber verhielt sich still in seinem Spalt, sagte nur: »Geht alle raus.«

Die Mutter, Dora, der kleine Bruder gingen hintereinander in den Garten. Sie ließen die Tür angelehnt. Man hörte dann sofort einen Rechen kratzen. Bastian und Johann horchten hin. Johann ließ den Tisch los. Das Klopfen seines Herzens, das Kratzen des Rechens, das Muh der Dorfkühe und der eigenen gab alles zusammen doch nur eine Abendstille. Von keiner Gewalttat abgelöst, gleichsam auf alle Blutstropfen verteilt, spürte er sein Unglück. Er hackte auf den Tisch. Bastian sagte: »Was stehste in deiner Länge? Setz dich doch, Johann. Was soll ich denn machen? Soll ich mir vom Kopf die Decke ziehen lassen?« Johann sagte: »Ja, lieber, jaja.«

»Das nützt gar niemand, nein.«

»Doch, doch, doch.«

Da sagte der Bauer: »Setz dich oder geh raus. Ich weiß gar nich, warum du so 'ne große Aufregung draus machst. Das is hier am Ort so. Überhaupt, was kümmert dich das so groß? Es is deine Schwester nich, du bist mein Sohn nich.«

Er merkte sofort, daß er etwas Schreckliches gesagt hatte. Er erschrak. Er hatte gesagt, Johann sei nicht sein Sohn. Johann war doch an dem Abend eingetroffen, als er vor Erschöpfung fast zusammenbrach. Er hatte doch in den letzten Wochen oft gedacht, Johann könnte sein rechtzeitig geborener Sohn sein. Er sah dem immer noch stehenden Johann von unten ins Gesicht. Der hatte wohl gemerkt, daß ihm etwas Schreckliches gesagt war.

Einen Augenblick sah es aus, als brüte Johann über eine gebührende Antwort nach. Dann veränderte sich sein Gesicht. Er setzte sich. Bastian blickte auf seinen hellen gesenkten Kopf. Er begriff erst jetzt den Grund seiner Erregung. Tiefes Erstaunen ergriff ihn, Zärtlichkeit, die ihn quälte, weil er nicht wagen durfte, die Hand auf dieses fremde Haar zu legen, die Bewegung zu tun, die den Umkreis seines Lebens überschritten hätte. Draußen quietschte der Pumpenschwengel wie jeden Abend. Die Eimer schlugen an. Beide saßen vor dem Tisch und horchten in einem Gefühl von Unentrinnbarkeit. Die Frau rief: »Dora! Faß!« Plötzlich merkte Johann selbst, was Bastian an seinem Gesicht schon gemerkt hatte, daß er verändert war. Geduld bemächtigte sich seiner, er grübelte nach, wie er mit Bastian besser reden könnte als bisher, die letzten Wochen seines Hierseins ausnutzen. Bastian grübelte indessen nach einem Ausweg, um Johann den Winter über bei sich zu behalten.

## II

Der junge Merz kam heim, setzte sich aber nicht zum Essen, sondern zog ein frisches Hemd an und ging in das Haus des Konrad Bastian. Er erfuhr, daß seine Braut den Tag in Botzenbach bei der Patin mit Nähen verbracht hatte und abends zurückerwartet wurde. Er ging ihr also auf der Landstraße entgegen.

Es war ein klarer Tag gewesen, jetzt fiel die Sonne schnell. Zwischen den Flußhügeln war der Himmel aufgerissen und glühend. Eine Feuersbrunst hatte die Buchenwälder ergriffen, die zwei kleinen Dörfer auf dem Hügelabfall. Diesseits des Flusses war schon alles danieder. Die kahlen Felder sahen grau aus, auf den Rübenäkkern lag ein toter, gelber Schein. An einer Stelle hatte man angefangen, die Rüben herauszumachen, acht, neun Haufen, eine kurze Rauchfahne wehte, die Bauern waren fortgegangen. Der junge Merz eilte sich sehr, um seine Braut möglichst weit vom Dorf zu treffen. Als er an der Straßenbiegung angelangt war, erblickte er sie plötzlich nahe, einen Korb im Arm, ein Tuch um den Kopf gebunden, in einer großen gestreiften Schürze. Er sprang unwillkürlich über den Graben und setzte sich auf den Akkerrand. Zwischen dem niederbrennenden Himmel und der grauen Erde, mitten in der unermeßlichen Dämmerung, erschien ihm dieses Mädchen schwächer denn je, ein Mücklein in seiner Hand, aber auch ebenso flüchtig, vielleicht sogar unfangbar. Nie war seine unerklärliche Angst so groß gewesen, daß das Mädchen ihm entrinnen könnte. Er schrie: »He, Sophie!«

Das Mädchen erschrak, wagte aber nicht weiterzulaufen, sondern stellte seinen Korb hin. Der junge Merz streckte ihr die Hand entgegen. »Spring rüber.« Sie antwortete: »Ich muß schnell heim.« – »Ach was, ich trag dir deinen Korb.« Sophie hob ihren Korb auf. Sie sagte nochmal, weil ihr sonst nichts andres einfiel: »Ich muß schnell heim.« Sie lief ein paar Schritte, der Merz lief auf dem Ackerrand mit. Er sprang dann in den Graben, faßte sie um und schwenkte sie herüber. Er küßte sie schnell auf den Mund. Ihren federleichten, vor Angst schlaffen Körper zwischen seinen Händen, sagte er hastig, verzweifelt, was immer alle sagten: »Ob heute oder morgen, ob vorher oder nachher, niemand sieht's, niemand hört's.«

Das Mädchen rief laut: »Nie, nie, nie!« Sie widersetzte sich zum erstenmal, nicht einmal schwach. Um ihre grauen, noch furchtsamen Augen entstand schon ein neues Gesicht von heftiger Entschiedenheit. Er packte sie fest und hielt sie über die Erde, um seine Kraft zu zeigen. Sie sagte: »Ich werde dich niemals heiraten.« Er stellte sie auf den Boden, so hart, daß sie beinah in die Knie fiel. Dann aber kam ihm der Gedanke, über den großen vollen Korb herzufallen und in ihm zu wühlen. Er lachte erleichtert, so wie er damals in Bastians Garten gelacht hatte: lauter Wäschestücke für die Aussteuer.

Sie kehrten nebeneinander ins Dorf zurück. Leise, fast sanft, redete er auf das Mädchen ein. Er versuchte ihr klarzumachen, was das bedeutete, eines guten Mannes einzigen Sohn heiraten, die angesehenste Bäuerin des Ortes werden. Er erzählte von seinen Pferden, seinen Feldern, seinem Waldgrundstück, seinen Bienen. Bisher hatte er alle diese Dinge als Besitz seines Vaters betrachtet, von ihm selbst getrennt. Jetzt erschienen sie ihm in neuen, leuchtenden Farben. Zum erstenmal dachte er an den Tod seines Vaters mit Genugtuung. Sophie sagte nichts. Den ganzen Weg hielt sie den Kopf von ihm weggedreht.

Als der junge Merz heimkam, waren grade alle mit dem Essen fertig. Schimpfend goß die Magd frischen Teig in die Pfanne. Auf dem Tisch stand ein großer Steinguttopf mit eingemachten Heidelbeeren. Als er sich ausgeschöpft hatte, spießte die Magd schon einen triefenden Pfannenkuchen auf der Gabel. Der alte Merz blieb sitzen, die Frauen räumten den Tisch ab, spülten das Geschirr und scheuerten die Steinfliesen um die Stühle. Der alte Merz wartete, bis sein Sohn fertiggegessen hatte, dann rief er: »Raus, ihr Weiber!«

Er betrachtete lächelnd seinen Sohn, in dessen gequältem Gesicht die Mundwinkel von Beerensaft blau waren.

»Na?« Der Junge sagte mürrisch: »Was, na?« Er fügte hinzu: »Sie will nich, sagt sie jetzt, überhaupt nich.«

»Wer? Was? – Ach so. Biste denn ganz verrückt? Sagt sie, sie will nicht, dreht sich und wendet sich. Angst hat sie natürlich, weil du so'n Stieß bist. Aber so sicher, daß das hier unser Zuckerstreuer ist und das hier unser Heidelbeerfäßchen, so sicher wird sie deine Frau abgeben – und leider nicht mal zu unserem Vorteil.«

Da wurde der Junge wahrhaftig ruhiger unter seines Vaters Stimme, seine Angst geringer. »Aber das ist nicht meine Sorg, Bursch – ich wollt was andres, ich hab mir da was rum überlegt. Wegen Kunkels und Anhang. He«, rief er, »wisch dir doch dein Maul ab, bist ganz preußischblau.« Der Junge nahm ein Stück Brot und rieb seine Zähne und Lippen gründlich, um sich die Antwort zu überlegen, während sein Vater fortfuhr: »Tritt bei, wenn du meinst. Tritt also bei, in Gottes Namen. Ich hab kein großes Behagen dabei, aber grad deshalb, grade weil ich kein großes Behagen hab, mein ich, es ist besser, man ist dabei und kann den andern auf die Finger gucken. Wie, was sagste? Daß der Breideis voran ist, das hat mich nicht bewogen, der braucht 'ne Hetz, das ist 'n Schnippschnack, der hört sich selber gern reden, der hört die andern gern von sich reden. Aber jetzt hör ich, der Braunewell, der zweite Direktor von der Schuhwichsfabrik – « – »Was?« fragte der Sohn dazwischen. »Ja, das ist doch 'n Mann, der seinen Kopf beisammen hat, und der weiß, wo er sein Geld hinzutun hat. Also ich meine, was meinst du?«

Der Junge legte die blaugefärbte Brotrinde auf den Teller und lächelte sauber und blank.

»Du mußt freilich bei den Kunkels nichts davon sagen, daß wir darüber verhandelt haben, mußt auch nicht gleich drauffliegen, mußt dich noch 'n bißchen rar machen, mußt noch 'n bißchen an dir rumbitten lassen.«

»Schon gut, Vater. Hab's lang gesagt.«

»Na, gut.« Der alte Merz stand auf, er nahm die Werkschürze vom Nagel und band sie sich unter den Bart um Brust und Bauch. Er war noch keineswegs zu müd, abends herumzubasteln, ein Gartenmöbel aus Ästen, wie er's bei Konrad Bastian gesehen hatte.

## III

Hinter dem Zaun, von der Erde herauf, rief es: »Johann!« Der Kößlin lag auf dem Bauch und kittete Glasscheiben ein. Wie immer, wenn sie zufällig aufeinander trafen, hatten sie Lust, ein Wort miteinander zu reden, sich in die Augen zu sehen. »Was machst du denn da?« – »Einen neuen Vorbau ans Treibhaus. Da drin kriegen wir die Temperatur fünf Grad wärmer. Ich leite da die Röhren herum.« Johann sprang über den Zaun und setzte sich auf die Erde. Er sah Kößlins Händen mit zu, die flink die Dichtung auflegten, Nägelchen einklopften. Dieser Anblick beruhigte Johann, als bewegten sich Kößlins Finger nach einer geheimen wohltuenden Ordnung. Er bekam gleichzeitig Lust mitzutun. Kößlin sah ihn von Zeit zu Zeit an mit seinen hellen Augen, das hellste in seinem ohnedies hellen Gesicht, auch ihm tat es offenbar gut, daß Johann hinter ihm saß und mit zusah. Er fühlte mit einem Daumen die Dichtung ab, rieb mit einem Lappen die angeschmierte Scheibe blank. Dann richtete er sich auf. »Wenn du ein bißchen Zeit hast, ich hol mein Vesper, ist ja niemand von denen da, machen wir einen Ausquatsch – «

Er ging ins Haus, brachte Brot, Messer, einen Marmeladetopf. »Rücken wir an die Astern ran, daß wir was davon haben. Das ist mein Lieblingsplatz. Stell dir vor, die Astern sind alle vorbestellt – für die Merzsche Hochzeit. Als ob die nicht selbst Astern hätten. Kunkel lacht sich schief.« Kößlin legte ein reines Taschentuch auf seine Knie, er schnitt Brot, wieder sah Johann beruhigt auf Kößlins brotschneidende Finger. Es war ein warmer Nachmittag, die Scheiben glänzten. Die blauen, weißen und violetten Astern standen in ihrem eigentümlichen, gar nicht grellen, aber starken Eigenlicht. Beide kauten schweigend, wobei sie sich manchmal ansahen. Kößlin dachte: Mit dem könnt man zusammen auf Arbeit gehen, mit dem könnt man zusammen auf die Walze gehen. Johann dachte: Mit dem müßte man doch reden können. Auf einmal veränderte sich Kößlins Gesicht. Er sagte: »Jetzt geh ich bald weg.« Johann fragte: »Du? Wieso denn?« – »Nun, Kunkel braucht niemand im Winter. Du weißt doch, wie sie hier am Ort sind. Er weniger – die Alte. Die tät's vielleicht auch, aber da hat sie was Närrisches mit der Tochter.«

»Sollste vielleicht einheiraten?«

»Sie ist 'ne ganz ordentliche Person – aber sie gefällt mir

außen und innen nicht. Ich will mich auch nicht binden. Wie?« – »Freilich nicht.« – »Die Kunkel-Brüder sind da nicht so, bloß die Alte. Also wie so alles in allem ist, besser rechtzeitig und in Freundschaft.« – »Was machst du dann?« – »Ich werd mich in die Stadt zurück verschreiben. Die werden sich sogar freuen. Breideis kennt mich doch gut, ich war doch zwei Jahr unter ihm. Ich hab mal wieder ein Treibhaus gerochen. Den Anbau mach ich noch fertig.«

Kößlin legte das Taschentuch zusammen, band den Marmeladetopf zu und trug alles ins Haus. Als er zurückkam, war Johann aufgestanden. Sie standen sich gegenüber. Johann sagte: »Ich würd für den keinen Nagel mehr einschlagen.«

Kößlin sagte erstaunt: »Warum denn nicht? Was kann er denn dazu? Er war immer ordentlich zu mir. Das ist mein Kamerad. Er ist auch ordentlich. Mit dieser ganzen Geschichte hat dieser Anbau am Treibhaus nichts zu tun. Ich freu mich, wenn ich noch schnell was machen kann, was Hand und Fuß hat.«

»Das ist doch für die Katz.«

»Das ist doch nie für die Katz, wenn etwas wirklich richtig, gut und ordentlich gemacht wird.«

»Das ist die Sparkasse von dem Christian Kunkel.«

Kößlin lachte, wodurch sein Gesicht noch jünger, heller und sorgloser wurde. »Das ist doch nicht für die Katz.« Er legte seine Hände auf Johanns Schultern. »Das verstehst du eben nicht, weil du nicht bei uns bist. Das ist alles ein großes Geld, das ist alles ein Volk, ob's in dem Bastian seinem Strumpf ist oder auf dem Konto von dem alten Merz oder in der Kasse von dem Kunkel. Und der Christian, wart mal erst ab, wenn der länger bei uns ist, das wird ein ganz anderer Mann.«

Johann sagte: »Er wird kein anderer Mann. Er wird ein Mann mit Besitz bleiben, mit soundso viel Land und Vieh und Treibhaus. Du wirst du bleiben, ohne Treibhaus, ohne Land, ohne Vieh. Du du, der Merz der Merz, der Zillich der Zillich.«

»Ach, Johann. Du weißt nichts von uns. Du redest. Der Zillich, den drückt's. Wirklich. Wir werden ihm seine Schulden durchstreichen, dann wird er ein anderer Mann sein.«

»Der Merz wird seinen Hof behalten, der Zillich wird seinen Hof behalten. Kuck dir die Höfe an. Vergleich mal.« Sie standen sich noch immer gegenüber. In Kößlins Gesicht begann die Helligkeit zu versickern. Ein Strich auf der Stirn veränderte es vollkommen. Er zog die Hände von Johanns Schultern zurück. »Willst du denn alle Männer über einen Leisten geschlagen haben, wie drüben in Rußland? Vielleicht noch mit 'nem heißen Eisen 'ne Zahl auf den Arsch, wie die Hammel?«

»Ach, Kößlin! Wenn man dir Werkzeug gibt und ein Grundstück, und dem Kunkel dasselbe Werkzeug und dasselbe Grundstück, dann sieht man ja erst, wer von euch der richtigere Gärtner ist.«

Kößlins Gesicht wurde wieder hell und fröhlich. »Und du, Johann, was tust du denn andres als ich? Mußt mal hören, was über dich geredet wird: Der Mensch schafft wie 'n Feind, aber wofür bloß?« – »Dann gibst du ihnen zur Antwort, ich hätt dir gesagt, es wär angebracht, daß ein armer Teufel dem andern armen Teufel hilft.«

Sie hörten Schritte hinter dem Treibhaus. Der jüngere Kunkel, Gottlieb, trat heran und fragte verdrießlich, ob sein Bruder zurück sei. Als Kößlin nein antwortete, sah er erleichtert aus. Kößlin legte den Arm um den Jungen. Der drückte sein Gesicht an Kößlins Schulter. Kößlin schickte ihn ins Haus, den Kitt aufwärmen. Er sagte: »Komisch mit dem Jungen. Mir folgt er, arbeitet mir gut in die Hand, aber bei seinem Bruder knurrt er, wird schlampig.«

## IV

Naphtel erblickte seinen Schwiegersohn Elster erst, als er sich schon ins Billardzimmer gesetzt hatte. Er ärgerte sich. Er hatte morgens aus dem Fenster dem Streit mit zugehört, den Elster mit seiner Frau gehabt hatte. Statt sich zu versöhnen, saß der im Café herum. Er war aber jetzt zu erregt, um über die Ehe seiner Tochter nachzugrübeln. Er hatte einen Käufer für das Haus gefunden, das dem alten Merz gehörte. Jetzt fürchtete er nichts mehr auf der Welt, nicht mehr das Unglück seiner Tochter, nicht mehr die in den letzten Wochen immer häufigeren Stiche in den Nieren, nicht mehr sein schwaches, immer schneller auf den Tod zuflatterndes Herz, er fürchtete nur eins: daß der alte Merz zu lange zögern und der Käufer durchschlüpfen könnte.

»Nein, du störst mich. Bleib an deinem Tisch.« Er warf einen Blick durchs Fenster und fügte hinzu: »Da kommt er schon.« Unter dem Vieh, das an diesem Morgen auf den Marktplatz trottete, tauchte der alte Merz auf wie ein alter, feierlicher Hirt. Er hob seinen Stock gegen das Fenster und berührte mit dem silbernen Knauf den alten Naphtel, der sich stellte, als ob er nicht nach ihm ausgespäht hätte. Als er kurz darauf um das Billard herumkam, schien es dem Naphtel, er stützte sich diesmal etwas mehr als das letztemal auf seinen Knaufstock. Der alte Merz wiederum dachte, in einer Woche seien die Säcke unter Naphtels Augen noch schlapper geworden. Während sich ihre Augen noch argwöhnisch betrachteten, zuckten ihre Bärte und Hände schon aufeinander zu. Naphtel sagte: »Also, Herr Merz, ich hab einen – « – »Na, gut.« – »'n sonderbaren Heiligen. 'n Amerikaner. Er will durchaus 'n Laden am Markt für so 'n Einheitspreisgeschäft. Eigentlich ist das ein ungeheurer Glückszufall.« Er fing an, die letzte Woche zu schildern, auf der Spur dieses Kunden. Aber Merz hatte keine große Lust, von dieser Jagd zu hören. Er sagte bloß:

»Man kann das ja mal ins Auge fassen.« Naphtel sagte: »Man muß sich aber entscheiden. Der Mann unterhandelt auch mit Straub. Sie müssen schnell zusagen.« Der alte Merz sagte: »Fliegt doch nichts davon. Man muß sich doch die Sache durch den Kopf gehen lassen.« Das war es gerade, was Naphtel befürchtet hatte. Er hätte sich dem alten Merz zu Füßen werfen mögen und ihn anflehen, er hätte in seine Stirn hineinbohren mögen, in sein Gehirn aus Granit einmontieren, was für alle drei das Allernützlichste war.

Er sagte nur: »Ich habe Sie noch nie im Leben schlecht beraten.«

»Das wär gelacht, Herr Naphtel.« Er fragte sich im stillen, ob es wirklich nötig sei, das Haus herzugeben. Es war ein Zufallsbesitz, sogar ein leidiger. Aber es war doch was, sonst hätte sich nicht noch ein zweiter Mann gefunden. Was wollte dieser Mann mit seinem Haus? Könnte er nicht dasselbe machen? Er brauchte freilich Bargeld. Gott weiß, was der Amerikaner und der Naphtel zusammen ausgekocht hatten. Angst erfaßte ihn, die einzige, die er kannte: etwas zu lassen, was sein war.

Naphtel sagte verzweifelt: »Sie sollten mir wenigstens eine Vollmacht geben, mit dem Mann zu verhandeln. Das will er. In der Zwischenzeit können Sie ja nachdenken: Wir können ja doch keinen Vertrag ohne Ihre Unterschrift machen.« Merz sagte wütend: »Das wär so was.« Naphtel fuhr verzweifelt fort: »Er will natürlich den Kastrizius aus dem Haus haben, weil er den Laden selbst braucht.« Merz wurde vergnügter. Aus irgendeinem Grund gefiel ihm dieser Umzug. Kastrizius war immer unterwegs gewesen, wenn er obenauf war. Er hatte sich seinerzeit bei Kastrizius versorgt mit Maschinen, Gerätschaften – aber bei dem alten Merz kamen die Leute, die er selbst angeschmiert hatte, noch hinter den Leuten, die ihn anschmierten. Trotzdem erwiderte er zögernd: »Es ist schon viel zu spät, um wegen der Vollmacht zum Erler hinaufzugehen. Ich muß beizeit heim.«

In diesem Augenblick erhob sich der Elster von seinem Tisch, an dem er mit dem Rücken zu Naphtels Tisch gesessen hatte, und trat heran. »Verzeihung, die Herren. Man muß da nicht zu Erler gehen. Es genügt doch vollkommen, aufs Amt zu gehen. Der Herr Merz kann seine Vollmacht schreiben, und man kann sie dort beglaubigen.« Naphtel runzelte die Stirn, dachte aber, daß Elster recht hatte. Er sagte: »So ist's.« Und grob: »Laß uns allein.« Elster setzte sich ruhig wieder an seinen Tisch. Er wölbte den Rücken gegen den fremden Tisch, als hätte er Ohren in den Schulterblättern. Merz fragte: »Ihr Sohn oder Ihr Neffe?« – »Mein Schwiegersohn.« Er stand auf. »Wenn's recht ist, Herr Merz –« Sie liefen hintereinander um das Billard. Der alte Merz hatte jetzt einen heftigen Widerwillen, ein Geschäft abzuschließen. Sollte doch alles gehen, wie es ging, irgendwie zusammenhalten, solange er selbst zusammenhielt. Keine solchen Händel sein Lebtag mehr, die die Sachen zusammenmischten und huddelten. Er wollte so schnell wie möglich heim. Er ging nur deshalb mit Naphtel auf die Straße. Schon war der Markt aufgelöst. Der Kot wurde schon zusammengekehrt, die letzten Gruppen von Vieh und Menschen setzten sich in Bewegung. Die Wagen stauten sich in den Seitengassen, an den Gittern rieben die wiederaufgeladenen Tiere ihre Mäuler. Viele Wagen hatten auf den Seitenflächen Klebezettel weggekriegt. In den Händen der Bauern, um deren Gelenke sich die Zugstricke wickelten, steckten Flugblätter. In den gewöhnlichen Marktlärm klapperten die Sammelbüchsen – »Gebt für den Wahlfonds!« Auf dem Stadthaus waren die neuen Wahlplakate teils angeklebt, teils schon in Streifen gerissen.

Der alte Merz dachte: Heim, so schnell wie möglich. Naphtel schob ihn die Stufen hinauf zum linken Stadthauseingang. »Gleich gemacht, Herr Merz.« Er spürte, daß ihm der alte Merz davongehen wollte. Er rief erbittert Gott zu Hilfe, daß diese Angelegenheit glatt zu Ende ging, daß er heute abend seiner Frau sagte: »Es wird was!«

Eine knappe halbe Stunde später kamen beide mit weißen Bogen in der Hand aus dem Amtszimmer. Naphtel versuchte seine gute Laune zu verbergen, der alte Merz seine Mißstimmung. Sie waren grade die Hälfte des langen Ganges hinuntergekommen, als sie plötzlich ihre Launen vertauschten. Naphtel dachte, daß eigentlich überhaupt nichts erledigt war, weil der alte Merz sicher im letzten Augenblick keine Unterschrift unter den Vertrag setzte. Genau dasselbe hatte der alte Merz gedacht, und dieser Gedanke belustigte ihn. Naphtel brachte den alten Merz dazu, sich neben ihn auf eine der Bänke unter den Fenstern zu setzen. Er begann noch einmal mit klopfendem Herzen, ihm alles zu erklären. Während er redete, fiel Naphtels Blick auf das rote Plakat, das auf der gegenüberliegenden Wand hing. Die Zahl Fünfhundert sprang ihm sofort in die Stirn. Im nächsten Augenblick hatte er das Bild des dorffremden Jungen erkannt und alles verstanden. Er fuhr aber hastig fort, auf den alten Merz einzureden. Es war ihm ohne Nachdenken klar, daß der alte Merz unter gar keinen Umständen seine Entdeckung teilen durfte.

Der alte Merz hatte sofort im Niedersitzen das Bild erkannt. Er ließ den Naphtel reden und reden, damit er sich nicht umsah. Er seufzte erleichtert, als Naphtel endlich aufstand und mit ihm fortging. Jetzt wollte er Naphtel nach Hause lassen und dann selbst auf das Stadthaus zurückkehren. Sie verabschiedeten sich. Naphtel wollte den Merz zur Brauerei gehen lassen, von wo ihn das Bierauto nach Weilerbach zurücknahm, dann wollte Naphtel ins Stadthaus zurückkehren.

Der alte Merz ging dann auch langsam hinter seinem großen Bart trotz seinem ersten Vorhaben in der Richtung zur Brauerei. Die Sache war nicht ganz so einfach, wie er im ersten Augenblick gehofft hatte: Geld im Sack, ein Strolch weniger, der frei herumlief. Dieser junge Büttel hatte sich bei dem Andreas Bastian warmgegessen. Andreas Bastian war jetzt immerhin durch seinen eignen Sohn ein Anverwandter. Schwer zu sagen, was das Dorf, vor allem Konrad Bastian, dazu beigab. Unabhängig von seinen Gedanken machte der alte Merz einen Kehllaut für die Tauben, die vor seinen Füßen auf dem Pflaster pickten. Sie ließen ihn auch ruhig quer durch. Ein Hintern zwischen zwei Stühlen. Mit solchen Leuten hätte er gar nicht verschwägert sein sollen. Aber jetzt mit großer Kraftanstrengung sich widersetzen – dieser wilde, törichte Sohn – zu jedem Gedankenpunkt schlug der alte Merz mit dem Stock aufs Pflaster. Außerdem war ein Verlöbnisbruch für das ganze Dorf ein fettes Fressen. Da war der Sack den Bändel nicht wert. Am besten war es, das ganze Gekorkse für nach der Hochzeit zu verschieben. Er brauchte dazu kein Amt Billingen, er war sein eignes Amt. Der Junge ging ihm nicht durch die Lappen, das Geld auch nicht. Er nahm sich vor, daheim nichts zu sagen. Mit seinem Sohn war ohnedies nicht zu rechnen, bevor er endlich mit diesem dürrappeligen, bleichsüchtigen Mädchen geschlafen hatte.

Naphtel wartete, bis der alte Merz in die gegenüberliegende Gasse eingebogen war. Er dachte nach, auf welches Amt er zu gehen hatte, mit welchen Worten seinen Anspruch anzumelden. Er dachte nach, ob das Geld vor Quartalsschluß in seinem Besitz sein konnte. Es war gerecht, daran zu verdienen, daß man einen wilden Menschen einsperren ließ, der sich schwer versündigt hatte. Vielleicht war es gut, einmal schnell nach Hause zu gehen und mit der Frau, auf die er große Stücke hielt, alles durchzusprechen. Er machte ein paar Schritte in den Platz hinein, ein Schwarm Tauben flog hoch und setzte sich dicht hinter ihm auf dieselbe Stelle nieder.

Rar und bitter war das Geld. Naphtel wußte, wie bitter es war, und wie hart zu erlangen. Dennoch glimmte in seinem Herzen, im Erlöschen vielleicht schon oder erst im Glühen, ein Fünkchen von Widerwillen; heftiger als vor Mord oder vor Raub oder Lüge oder sonst einem Laster, uralter, dem unverfälschten Menschenherzen eingeglühter Widerwille, einen Verfolgten der Staatsgewalt auszuliefern. Wenn man dazu kommen könnte, ohne seinen Namen dazu zu geben, dachte Naphtel, wozu soll ich mich da einmischen? Wozu soll ich ihnen fangen helfen? Wozu soll ausgerechnet ich ihnen einsperren helfen? Wer hilft denn je mir? Wie geht es denn mir auf meine alten Tage? Ist Er mir entgegengekommen? Hat Er mir bloß die Geflügelkästen aus dem Hof gratis wegräumen lassen? Er wußte nicht, wen er mit Er meinte, den alten Merz, den Hausherrn Alwin Meier, den Staat oder Gott, an den er glaubte.

Als er heimkam, fragte ihn seine Frau sofort bei seinem Anblick, was vorgefallen sei. Naphtel ging nicht wie gewöhnlich zu seiner Tochter hinunter, um mit der Enkelin zu spielen, sondern setzte sich gleich zu seiner Frau und erzählte ihr alles. Die kleine gelbe Frau mit ihren schwarzen Äuglein, ihrem schwarzgefärbten Haar und ihren Ohrringen erstaunte sich sehr und fragte des langen und breiten. Schließlich gab sie ihrem Mann recht. Als sie sich zum Essen setzten, fuhr der alte Naphtel hastig mit der Hand in die Weste, wie er es immer tat, wenn sein krankes Herz davonzuckte. Die Frau erschrak. Sie erschrak noch mehr, als Naphtel zum erstenmal in seinem Leben vollkommen ruhig dazu sagte: »Einmal kommt jeder dran.«

## V

»Soll ich vielleicht wieder umsonst warten?« – »Nein, Marie«, sagte Johann, »ich bleib bei dir sitzen.« Grade als sie sich in den Wirtshausgarten setzen wollten, fing es zu regnen an. Sie traten in die Wirtsstube. Auch von hier aus konnte man durch die offene Tür zwischen den bräunlichen Platanen über dem trüben Kanal das von Regensträngen verhängte Viereck der Schuhwichsfabrik sehen. »Nein, heute kein Bier. Zwei Tassen Kaffee. Ich hab mir 'ne Mark von 'nem Freund in der Stadt gepumpt.« Er nahm ihre Hand. Sie tranken einen Schluck, ohne sich loszulassen. Johann sagte: »Vielleicht ist's das letztemal.« Er spürte, wie sich etwas mit ihrer Hand veränderte. Zum erstenmal erblickte er in ihrem Gesicht eine tiefe, ratlose Unruhe. Sie senkte sofort die Lider, als ob sie sich selbst darüber schämte. Dann drehte sie ihr Gesicht ganz weg. Sie nahm die Tasse mit beiden Händen und trank langsam. Als sie fertig war, war ihr Gesicht wieder ruhig.

Sie sagte: »Wir haben doch beide zusammen in die Stadt gewollt.«

»Wie soll das werden, Marie? Du aufs Geratewohl in die Stadt, ohne Stelle, ich – im bloßen Hemd?«

»Ich hab immer zuerst gedacht, ob du vielleicht bei uns daheim – «

»Euer Paul, dein Vater, das geht doch gar nicht. Du weißt doch.« Er nahm wieder ihre Hand. »Du findest noch einen. Einen guten.« Marie erwiderte ruhig: »Ach, das schon.«

Sie nahm ihre Hand wieder zurück und legte die Finger ineinander. Zuerst war es mit ihm und ihr gewesen wie sonst auch: damit man nicht allein war. Dann war etwas ganz anderes daraus geworden, sie hatte immer geglaubt, auch bei ihm. Er hatte aber doch bloß immer gedacht, vier-, fünfmal, und dann Schluß, und seiner Wege gehen. Sie aber hatte geglaubt, für jetzt und immer, krank oder gesund, in guten und in schlechten Tagen, bis daß der Tod euch scheidet. Einen Augenblick spürte sie sich selbst und ihr ganzes Leben als einen einzigen scharfen Riß. Im nächsten Augenblick tat es nicht noch weher, sondern fing langsam zu heilen an. Sie fügte sich, sie spürte, daß es vollkommen nutzlos war, sich aufzulehnen, sie gab von selbst ihre Hand zurück. Sie sagte: »Du wirst mich schnell vergessen.« – »Nie, nie, nie.« Er stand auf. Aber er ging nicht ans Büfett, um zu zahlen, wie sie gefürchtet hatte, er stellte sich in die Tür und sah hinaus. Jetzt war die Fabrik ein Schachbrett aus Lichtern. Hier und dort wird doch noch gearbeitet, fuhr es ihm durch den Kopf. Manche Sachen werden noch immer gebraucht, zum Beispiel Schuhwichs. Er setzte sich wieder und legte den Arm fest um sie. »Ach, Marie.« – »Was denn? Was hast du denn – « – »Nichts, nichts.«

Sie nahmen sich beide gleichzeitig vor, sich so zu stellen, als ob noch nichts gesagt worden wäre. Sie drückten ihre Gesichter aneinander. Das sanfte gegenseitige Streicheln ihrer Daumen, die zunehmende Dunkelheit, die Lichter hinterm Kanal, der Regen – das alles war doch unaufhörbar, unzerreißbar. Bis Johann laut sagte: »Man muß jetzt zahlen und heimgehen.«

## VI

»Du Schweinigel von einem Weibsbild, du gottverfluchtes Saumensch, du rotes Mistvieh, da bist du in die Irre gegangen, da bist du mal schiefgewickelt.«

Zillich hatte seine Leute gesammelt und in den Dorfausgängen aufgestellt. Das rote Auto war zuerst nach dem äußersten Aktionspunkt, nach Beuren, gefahren. Ein Teil der Leute fuhr nach Niederweilerbach, ein kleiner Teil ging zu Fuß mit Wahlmaterial nach Botzenbach.

»Da ist auch die Rendel, so 'ne Freche! Die möcht mal wohl wieder 'nen Mann spüren, weil ihrer flötengegangen ist. Kann se haben, pack se –« Ein dürrer, blasser Junge hing sich mit seinem ganzen Gewicht an Zillichs Gürtel und biß, wo seine Zähne hintrafen. Zillich hielt die Rendel gepackt, ein kleiner, struppiger SA-Bauer versuchte ihr den Rock hochzuziehen. Zillich schnickte den

Jungen ab, der rannte ein Stück in die Felder hinein, die andere Gruppe zur Hilfe zu holen. Die Rendel hatte unter ihrem Rock nicht das Blanke, was sie erwartet hatten – dickes, städtisches Unterzeug. »Da, da, da. – Wenn du dich noch mal blicken läßt.« Die Rendel wehrte sich geschickt, ihr Gesicht war blaß und kalt, ganz ohne Erstaunen. Sie starrte mit ihren schwarzen Augen zuerst den Zillich an, dann den kurzen, struppigen Bauer. Der ballte die Fäuste, drückte sie ihr gegen das Gesicht in beide Augenhöhlen, daß sie hintenüberfiel. Der Junge im Feld war stehengeblieben, sah aber, daß die Rendel wider Erwarten sofort aufstand und offenbar allein zurechtkam. Da besann er sich anders und kehrte nach der Straße zurück. Rund um die ineinander verbissenen Menschen sammelte er schnell die zerstreuten Flugblätter von der Erde.

Zwanzig Minuten später stand Zillich in seiner Stube und kleidete sich für die Arbeit um. Seine Frau, eine kleine Bäuerin, zahnlos und hutzelig, als ob sie seine Mutter wäre, machte den Abendtisch zurecht für ihre acht Menschen.

Als es klopfte, sagten beide erstaunt: »Herein!« Zillich erkannte im Dunkeln nicht, wer gekommen war. Aber die Frauenstimme kam ihm bekannt vor. »Kann man reinkommen?«

Er drehte Licht an. Sie sahen sich verblüfft an. Zillich drückte die Stirn nach vorn. Zillichs Frau, die dem Rükken des Mannes etwas Drohendes ansah, kam furchtsam näher. Die Rendel sah aus Zillichs ihr schon bekanntem Gesicht weg in seine Stube. Sie sah schnell die zahnlose Frau, den für acht Menschen gedeckten Tisch. Über dem Herd sah sie ein riesiges, aus frischen, knorzigen, ungeschälten Ästen zusammengenageltes Hakenkreuz.

Zillichs Verblüffung verwandelte sich in einem Augenblick in Wut. Er packte, was ihm am nächsten war, den Feuerhaken. Seine Frau rief der fremden Frau zu: »Gehen Sie! Gehen Sie!« Die Rendel machte einen schnellen

Schritt ins Zimmer hinein, unter seinem Arm durch. Sie legte ein paar Zettel auf den Tisch, auf den nächsten Teller. Zillich packte sie an der Schulter. »Raus!« Die Bäuerin, deren Gesicht vor Angst noch mehr verschrumpelt war, berührte seinen Rücken. Sie nahm ihm den Haken aus der Hand, ohne daß er es merkte.

»Ist's bei euch so, die Weiber vorzuschicken?«

»Ihr schickt sie ja auch schaffen. Gehst du vielleicht allein aufs Feld?«

»Wenn du dich noch mal hier blicken läßt – «

»Ich werd mich grade hier oft blicken lassen.«

Er riß die Zettel vom Tisch, knäulte sie in zwei Fäusten, warf einen Knäuel der Rendel auf die Brust, den andern auf den Herd. »Raus!«

Er schob sie vor sich her in den Hof. Auf dem kleinen, schmutzigen, von Mist und Gerümpel vollgestopften Hof spielte ein Haufen Kinder auf einem umgestürzten Handkarren. Er hob den Arm, da rief die Rendel: »Komm, Ulrich!« Ein dürrer, abgerissener Junge, den Zillich im Dunkeln gar nicht als Fremden unter seinen eigenen Kindern erkannt hatte, rutschte die Karrendeichsel herunter und sprang neben die Frau.

Er wollte ins Haus zurückgehen. Auf der Erde zwischen den Pfützen lagen ein paar Zettel. Er bückte sich, er hielt den Zettel gegen die offene Tür. Schrift und Bild waren in Wolfs Werkstatt in Hast abgezogen, verwischt, unordentlich. Gleichwohl erkannte auch Zillich das Bild eines Mannes, schiefe Augen, Spitzbart: Nehmt und hütet wie den Augapfel das Land, die Fabriken, die Eisenbahnen und alle Werkzeuge! Dieses soll von nun an euer alleiniger Besitz sein.

Als hätte er noch gar nichts erkannt, sondern wollte grade ein Erkennen verhindern, riß Zillich das Gesicht blitzschnell mitten durch.

Er trat in den Hof zurück. Er bewegte seinen großen, geschorenen Kopf nachdenklich hin und her. Plötzlich fing er an, geschüttelt von einer Kraft, die ihm anzuwenden unmöglich war, zu schlucken erst recht unmöglich, die Fäuste in der Luft zu schütteln, mit den Füßen aufzustampfen. Der Dreck spritzte, die Kinder stürzten voller Angst ins Haus.

## VII

Am Sonntagmorgen hatte der Pfarrer Braumüller in ungewohnter Feierlichkeit seiner verwunderten und eingeschüchterten Gemeinde befohlen – nicht an den Tod, aber an die Wahl zu denken. Er sagte ihnen, der Mensch erhalte das Leben zum Geschenk, um es voll und ganz auszunutzen, wer träge zu seinem Volk sei, der sei auch zu Gott träge. Wer gewohnt sei, zu wählen, dem könne auch diese Wahl nicht schwerfallen, denn das sei eben eine Wahl wie jede andere, eine Wahl zwischen Gut und Böse. Dabei sei es selten, daß ein Mensch vor eine so leichte Wahl gestellt sei, kein Mensch könnte im Ernst zögern, was ihm lieber sei: seine Last abgenommen oder ein Gewicht dazugelegt, den roten Hahn aufs Dach oder frische Schindeln, sein Vaterland frei oder niedergedrückt, das Kreuz zerschlagen oder frisch gezimmert, sein Hab und Gut frisch umzäunt oder weggetragen. Braumüller sah scharf einen nach dem andern an. Das Kirchlein hatte große, blanke Fenster, die Wände waren weiß getüncht und warfen noch mehr Helligkeit auf die horchend zusammengezwickten Gesichter. Er las sich seine Antworten ab: Laß mich doch in Ruhe, und Du hast recht, Du verstehst dein Handwerk, und Schmier mir Rotz ums Maul. Schließlich blieb sein Blick an Algeier hängen, der, wie immer, wenn er ohne Hut dasaß, sich vor Ärger und Verlegenheit krümmte. In der klaren, sauberen Kirche schien der Blick, den der Pfarrer seinem Mann, der Mann seinem Pfarrer zuwarf, zu blinken und zu klingeln wie eine Münze.

Nach der Kirche bewegten sich zunächst alle geschlossen auf den Platz zu, da das Wahllokal im Wirtshaus war. Der ganze Platz, die Dorfstraße, lag schon voll weißer und bunter Zettel; sogar auf den Dächern lagen welche, manche waren auf den Zäunen und in den Ästen der Linde hängengeblieben. An dem Wirtshaus war heut keine Fahne hoch, doch in der Gasse hingen vier Hakenkreuzfahnen – eine war inzwischen noch dazugekommen –, an die sich schon alle gewöhnt hatten, außerdem viele schwarzweißrote Fahnen. Es war windig und ziemlich kalt. Der Himmel war blau und grau gescheckt. Um den kleinen schwarzen Menschenknäuel herum sah alles bunter als sonst aus. Trotzdem waren die Menschen nicht fröhlich, sondern bedrückt und nachdenklich. Ein großes, mit SA vollbesetztes Lastauto sauste von Billingen her über die Straße mit wilden »Heil!«-Rufen und einer frischen Wolke von Flugblättern. Einen Augenblick wurden die Leute in zwei kleine Häuflein auseinandergerissen, aus denen einzelne nur jungstimmige Heilrufe zurückklangen. Eine Viertelstunde später folgte ein Auto mit schwarzrotgoldner Fahne, auf dem Männer saßen, die »Freiheit« schrien. Eine einzelne Stimme antwortete, der Mann der Hebamme Willgerber. Die meisten lachten und schüttelten die Köpfe. Nach etwa einer halben Stunde kamen zwei Naziautos dicht hintereinander langsam durchgefahren, wobei sie abwechselnd laut im Chor ihre Wahlaufforderung sagten. Auf den Gesichtern der Bauern lag Müdigkeit, Erstaunen und ein gleichmäßig verteilter Schimmer von Argwohn, daß sie letzten Endes irgendwie geprellt würden. Einige waren schon wählen gegangen und wieder zu den andern zurückgekommen. Einer sagte dem andern den Brocken, der ihm grade durch den Kopf ging, über die alte Regierung, über Hindenburg, über den Weltkrieg und über den Reichstag.

Aus dem Lokal kam der erste Betrunkene des Wahltags, der älteste Sohn des Großmann, der sich gewöhnlich ebenso nüchtern hielt wie alle am Ort. Merkwürdigerweise fingen die Bauern bei seinem Anblick nicht zu lachen an, sondern ließen ihn vor sich her torkeln. Sie hörten schweigend auf die Flüche, die der Betrunkene ausstieß, auf die alten Männer, die das Land zugrunde gerichtet hatten, und seine düsteren Prophezeiungen über die neuen Männer, die ihm vollends den Garaus machten. Drin im Wahllokal, wozu man die Wirtsstube für diesen Sonntag gemacht hatte, saßen die Wahlhelfer, darunter der alte Merz selbst mit seinem wuchtigen Bart, die große Liste der Gemeinde vor sich. Neben ihm saß Konrad Bastian. Sie sagten grade zueinander, daß sie die Fahnen über die Hochzeit ihrer Kinder hängenlassen wollten, als Algeier hereinkam. Merz suchte Algeiers Namen in der Liste, vielmehr er brauchte nicht zu suchen, denn bei dieser einzigen Gelegenheit stand Algeier mit seinem A als erster in der dörflichen Rangordnung. Konrad Bastian schrieb Algeiers Namen auf einen Zettel, auf dem alle standen, die heute schon gewählt hatten. Als Algeier das merkte, warf er dem Konrad Bastian einen wütenden Blick zu, ging um den Tisch herum und steckte seinen Kopf hinter den Vorhang. Er war gekommen, in der Absicht, jemand zu wählen. Jetzt besann er sich anders, legte einen leeren Zettel ein und streckte die Zunge heraus, was er seit seiner Schulzeit nicht mehr gemacht hatte. Er kam mit dem Hintern zuerst aus dem Vorhang heraus, ging wieder um den Tisch herum und dann gleich heim. Gegen Mittag kam das rote Auto durchgefahren. Die Leute standen fast alle noch vor dem Wirtshaus. Keiner rief zurück, aber es gab heute auch keine Drohungen, obgleich es dasselbe Auto wie immer war mit den alten bekannten Gesichtern wie das der Frau Rendel. Aber heute rief das finstre, dunkle Gesicht der Frau mit ihrem hinter das Ohr geklemmten buschigen Zopfende auf den Gesichtern der Bauern kein Lächeln hervor, sondern Stirnrunzeln. Auf den Gesichtern der nachblickenden Bauern lag wieder Erstaunen, ein auf alle gleichmäßig verteilter Argwohn, und sogar eine kindliche Angst: wie soll man sich da auskennen. Es war, als ob alle bereits das Äußerste getan hätten, wozu man sie überhaupt bekommen könnte. Jemand trat zu dem Andreas Bastian heran und fragte ihn, ob er gewählt hätte. Bastian erwiderte: »Ja.« Der andere behauptete, er sei überhaupt nicht hineingegangen. Bastian erwiderte: »Doch, ich bin.« Er sah erschrocken sein Weib an, der war nicht anzumerken, ob sie die Lüge gehört hatte. Bastian wollte unter keinen Umständen wählen. Warum nicht, das war ihm nicht klar, aber klar war ihm, daß er durch nichts zur Wahl zu bringen war. Es war ihm aber schwer ums Herz, weil er gelogen hatte, dazu war die Lüge nutzlos, der alte Merz hinter der Liste wußte genau, wer gekommen war. Zur Strafe trat jetzt der Neugebauer auf ihn zu und fragte ihn, ob Johann mitgekommen sei. Bastian erwiderte, daß Johann in die Stadt gemußt hatte und dort wählen ging. Aber obwohl nun dies die Wahrheit war, lächelte der andere und glaubte gar nichts. Mittags wurde dem Konrad Bastian und dem alten Merz Essen von ihren Töchtern gebracht, die anderen Wahlhelfer ließen sich über Tisch ablösen, um diese Zeit kam sowieso niemand wählen. Nachmitags war es voll. Die meisten hatten schon morgens gewählt und kamen nur wieder, um etwas zu trinken und sich umzutun. Zwar wurde hie und da scharf »Heil« geschrien und manchmal kreischend ein Lied begonnen, man hörte auch Flüche und Mutmaßungen, doch fand sich gar keiner in eine erlösende Trunkenheit. Sie blieben bis in den Abend in einem unschlüssigen Knäuel um den Baum zusammen. Sie kamen sich dicht und viel vor, verwirrend war das Licht, das aus der auf- und zuklappenden Wirtshaustür fiel.

Bastians wollten sich zum Essen setzen, als drei Nazis hereinkamen und ihn aufforderten, mit seinem Weib zur Wahl zu gehen. Bastian sagte wieder: »Schon gemacht.« Aber Niklas rief: »Ihr wart nicht. Wir wissen's.« Bastian sagte: »Schon gut. Wir kommen noch.« Niklas rief: »Jetzt ist's doch Torschluß.« Bastian warf einen ängstlichen Blick auf seine Frau. Zu seinem Erstaunen und seiner Erleichterung log auch sie schnell: »Ich muß noch stillen.« Die drei fragten im Weggehen: »Johann, wo ist denn der?« – »In der Stadt.« – »Ausgerechnet heut. Wo wählt er denn?« – »In der Stadt.« – »Was wählt er denn?« – »Hab ihn nicht gefragt.« – »Wenn man unter einem Dach lebt, fragt man sich doch.« Bastian merkte beunruhigt, daß sie im Weggehen über Johann weiterredeten.

Als die Wahl vorüber war, schloß Konrad Bastian von innen die Tür. Die Wahlhelfer standen auf und reckten sich. Der alte Merz riß den Vorhang weg, stellte die Wahlurne vor sich und öffnete behutsam, um die Zettel nicht in Unordnung zu bringen. Dann ließ er sich von der Wirtin eine Haarnadel geben. Er klemmte alle Zettel in die Haarnadel, so wie sie in der Urne gelegen hatten. Dann las Konrad Bastian langsam von seinem Zettel die Namen ab, in derselben Reihenfolge, in der sie eingetreten waren. Zu jedem Namen zog der alte Merz den dazugehörigen Zettel aus dem Päckchen. Sie wunderten sich, daß der alte Großmann Nazi gewählt hatte, sie lachten, weil es der Neugebauer und seine hexische Frau auch getan hatten, sie schimpften, weil die Hebamme und ihr Mann wieder Sozi gewählt hatten (das taten sie nur, weil der Staat damals den Kurs gratis gegeben hatte). Sie ärgerten sich, weil Algeier ungültig gewählt hatte und niemand aus ihm klug wurde. Dann fingen sie zu rechnen an. Als sie fertig waren, schrieb der alte Merz die Ergebnisse auf einen großen Bogen mit seiner schönen Amtsschrift. Dann riegelte er die Tür auf und schlug den Bogen außen an. Die Leute schoben sich zusammen und murmelten. Eine gute Hälfte hatte Nazi gewählt, ein knappes Viertel Deutschnational, zwei Sozi, die übrigen gar nichts. Alle waren verwundert, als hätten sie gar nicht dazu beigetragen. Ein Teil drängte ins Lokal, das inzwischen wieder Wirtsstube geworden war. Ein Teil lief heim durch die dunkle Gasse, in der die großen ungewohnten Fahnenschatten glitschten.

Im Wirtshaus wurde das Radio angemacht. Alle wunderten sich über die aus dem Messingmund hallenden unbekannten Städte und ungeheuren Zahlen. Ein spukhaftes Land aus Zahlen und Namen, ohne Gesichter, ohne Wälder und ohne Ackerland. Sie waren überwältigt, daß es so viele gab, die dasselbe wie sie gewählt hatten, aber es kam ihnen auch merkwürdig vor, daß viele etwas anderes gewählt hatten. Ja, es gab auch viele, die sich ebenso entschlossen hatten wie der wilde Rendel, wie seine Frau und wie der tote Ibst.

Plötzlich sprang ein Bote aus Botzenbach herein, stürzte ein Glas Bier hinunter und berichtete hastig, was es in Botzenbach gegeben hatte. Dort waren noch mehr Nazis gewählt worden und nur acht Deutschnationale, aber zehn Sozis, lauter Beurener Erwerbslose, und vier Kommunisten. Früher hatte nur Ibst, der inzwischen langsam im Spital gestorben war, kommunistisch gewählt. Diesmal hatten seine Frau, sein Schwiegervater und seine beiden Schwäger für ihn gewählt. »Es wird ihnen dafür besorgt werden.« Der Bote war der kleine, struppige SA-Bauer, der Frau Rendel vorige Woche in die Augen gestoßen hatte. Er rannte schnell zu Kunkels, von wo das Auto sie alle zum Appell nach Botzenbach bringen sollte.

Abends in ihren Stuben hatten alle Bauern die gleichen Wünsche, Zweifel und Hoffnungen. Alle hatten Reue, wie sie es nach einem Geschäft hatten, das sie nicht mehr rückgängig machen konnten. Alle wunderten sich, wodurch dieser Sonntag eine Änderung bringen sollte, nachdem alle Arbeit, alle verrückte Anstrengung, alle verzweifelten Versündigungen das ganze Jahr über nichts genützt hatten. Alle glaubten schließlich, daß man sie wieder einmal zu einem nutzlosen Gang überredet hatte, der von ihren Schulden kein Pünktchen wegnahm.

# Achtes Kapitel

## I

Andreas Bastian wollte sich grade für die Hochzeit seiner Brudertochter den Bart schneiden, als es klopfte und zu seiner Überraschung Jakob Schüchlin hereinkam. Schüchlin war sein Nachbar zur Linken, aber Bastian hatte sich grade deshalb von ihm besonders ferngehalten. Schüchlin konnte wegen des Trauerjahres nicht auf die Hochzeit gehen. Sonst wäre nämlich kein Grund mehr gewesen, ihn nicht unter den Gästen zu haben. Er sah seit der Beerdigung der Frau ganz verändert aus. Er war ordentlich gekleidet und rasiert, sogar seine haarigen, nach vorn gerichteten Nasenlöcher schienen zusammengeschrumpft. Jetzt waren Schüchlins Kinder immer sauber. Er schnitzelte und strich an seinem Haus herum, das einen aufgeräumten Eindruck machte. Bastian war zwar erstaunt und sogar erschrocken, was Schüchlin bei ihm wollte, aber er hatte auch keinen Widerwillen mehr vor ihm und bot ihm einen Stuhl an. Schüchlin, in seinem reinen Hemd, seinen Hut auf den Knien, fing sofort an. »Ich bin dran, mein Haus aufzufrischen. Aber halt – Euer Seifenwasser wird kalt.« – »Macht nichts, macht nichts.« – »Wir haben da nur einen schmalen Hof.« – »Ja«, sagte Bastian erstaunt, »umgekehrt wie bei uns, breiter Hof, schmales Haus.« Schüchlin sagte, er sei imstand, sich das etwas kosten zu lassen. Bastian fragte, was kosten zu lassen? Schüchlin sagte, er würde auch auf seine Kosten die Mauer versetzen lassen. Er würde auch Bastians Hühnerstall, der rechtwinklig zum Haus stand, auf seine Kosten an das Haus anbauen lassen. Bastian sagte: »Was denn, was denn, was denn?«

In diesem Augenblick kam Johann herein. Er blieb in der Tür stehen und sah bald auf Schüchlins roten, gerieften Nacken, bald auf Bastians bestürztes Gesicht. Schüchlin sagte: »Das wär für Euch eine Hauptsorge erspart, Die Abzahlung ging dann auch an mich.« Johann verstand bei dem einen Satz alles, was gemeint war, aber Bastian verstand gar nichts. Er sagte immer nur: »Was denn, was denn?« Schüchlin sagte: »Ihr seid doch recht in der Klemme.« Bastian sagte: »Ich? Ich?« Zum erstenmal fühlte nun Schüchlin, was das war, einen Mann vor sich auf einem Stuhl zu haben, einen Mann, der sich wand und drehte, und dabei selbst ruhig auf seinem eigenen Stuhl zu sitzen. Er fügte hinzu: »Aber das ist doch kein Geheimnis. Aber das soll Euch doch nicht kränken, Nachbar.« Bastian sagte: »Wer hat's aufgebracht?«

»Das hat mir Euer Bruder, der Konrad, selbst gesagt, daß Ihr in den Raten hängt.« Schüchlin stand auf und sagte: »Die Mauer würde also so gehen –« Bastian sah aus, als läge schon der Schatten der neuen Mauer diesseits der Pumpe auf seinem Gesicht und mache es alt und grau. Es fiel ihm dabei ein, wie das Summen der Bohrschraube sein Herz erregt hatte mit Vorstellungen von spätem Aufschwung und Unternehmungen, die freilich auch schon mit Angst und böser Vorahnung gemischt waren. Sie hatten drei Tage lang das Zimmer voll Erdstaub gehabt, den seine Frau beständig von Tisch und Stühlen und Dielen kehrte. Johann dachte, alles in allem könnte Bastian noch von Glück sagen bei dieser Lösung. Kastrizius hatte an Mahnbriefen nicht gespart, er hatte keinen Grund, mit der Pfändung zurückzuhalten. Johann betrachtete Schüchlins runden, gebürsteten Kopf. Schüchlin drehte sich um und erblickte Johann. Sie gaben sich die Hand. Johanns trokkener Blick brachte Schüchlin etwas in Verwirrung. Es war überhaupt etwas in Johanns Aussehen, was Schüchlin in Unruhe brachte. Seine Nasenlöcher weiteten sich. Aber ehe er noch zu einem Gedanken gekommen war, ertönte drunten aus dem Dorf eine überraschende, kräftig einsetzende Musik aus Pfeifen, Zieh- und Mundharmonika, die gleich darauf von einem Durcheinander von Lachen und Singen übertönt wurde. Unwillkürlich liefen alle drei, Schüchlin, Johann und Bastian, ins Freie. Drunten beim Platz, vor Konrad Bastians Haus, hielt der Wagen, der bestimmt war, Sophie Bastians Brautgut in Merzens Haus zu überführen. Pferde waren davorgespannt, ein Trupp Musikanten in einer zufälligen Schar junger Leute spielte flott, während man immer neue Stücke auflud, die, je nachdem sie für die Nacht oder für den Tag dienen sollten, mit Ah und Oh begrüßt wurden. Die Üppigkeit des Brautgutes, die Musik, vor allem aber der in der Dorfgasse ungewohnte Anblick der beiden Pferde – Merzens Felder lagen ja gegen Süden nach Billingen zu – machten auf Schüchlin und auf Bastian einen so gewaltigen Eindruck, daß sie alles andere vergaßen und sich in einem fort wie gute Nachbarn lächelnd anstießen.

## II

Als Johann später in die Stadt ging, wohin ihn Bastian eilig schickte, traf er auf der Gasse lauter Menschen, die mit der Hochzeit zu tun hatten. Zwei Mädchen liefen aus dem Schulhaus mit einem großen, bunten Pappdeckel. Eine Magd brachte aus Konrad Bastians Haus ein Blech mit Schneckennudeln. Ein kleiner Junge blies auf einer Mundharmonika die gleiche Melodie, die eben gespielt worden war. Die drei oder vier unbeteiligten Gesichter hinter den Zäunen sahen gekränkt und betrübt aus. Aus vielen Häusern wehten Fahnen. Sie waren seit dem Wahltag hängengeblieben, nicht auf ausdrückliche Anweisung, sondern weil Merzens und Bastians ihre hängenließen. So waren die Wahlfahnen im Laufe der Woche zu Hochzeitsfahnen geworden. Als Johann aus dem Dorf herauskam, standen auf der Landstraße bei der Schafswiese zwei grüne Wägelchen. Ihre Besitzer montierten ein Karussell und eine Bude auf. Gewöhnlich nahmen die Kirmeswagen nach der Ernte ihren Weg von Beuren aus. Der alte Merz hatte es diesmal fertiggekriegt, sie zuerst hierher zu bringen. Er wollte Zerstreuung für seine Gäste, die nach dem Heimatbrauch seiner Frau auf drei Tage geladen waren.

Johann hätte sich gern dazugestellt, aber er wollte so bald wie möglich in die Stadt. Zuerst mußte er bei Kastrizius vorsprechen. Bastian selbst kam freilich der Entschluß, den er fassen sollte, noch unannehmbar vor, aber Johann wußte, daß Kastrizius schon mit dieser Lösung rechnen konnte. Dann wollte er eine Stunde in Wolfs Werkstatt zubringen. Nach ihrem schroffen, kurzen Streit hatten sie sich nicht in einer Aussprache versöhnt, sondern in Arbeit. Sie wollten heute zwei Flugblätter aufsetzen.

Johann kam an den Flußweg, auf dem er mit Marie ins Schilf gegangen war. Seit ihrem letzten Stadtgang war Marie verschwunden, vielleicht versteckte sie vor ihm ihr verweintes Gesicht. Er hatte gemerkt, wie sie später auf dem Rückweg im Dunkeln weinte. Sie war dann von selbst still geworden, wie sie aus dem Wald ins Helle kamen. Er hatte nicht gewagt, sie verkehrt zu trösten. Er hätte sich geschämt zu sagen: »Ich werde zurückkommen.« Jetzt erblickte er aus dem Wald heraus auf der hellen Straße jemand, den er vom Rücken kannte. Er rief laut: »Kößlin!« Kößlin erkannte ihn an der Stimme und blieb sofort stehen. Kößlin erzählte, daß er mit Breideis sprechen wollte und dann aufs Amt gehen wegen seiner Arbeitspapiere. Johann erzählte, warum er zu Kastrizius mußte. »Dein Bastian hat sich eben übernommen. Er wollte hoch hinaus. Da hat er's.«

Johann wollte heftig erwidern, biß sich. Er fragte bloß: »Warum soll der Mann nicht für sein eigenes Kind hoch hinauswollen?« – »Was haben denn unsere Väter groß mit uns beiden angegeben?« – »Du, Kößlin, ich möchte aber mal mit meinem Sohn ganz anders angeben.« Kößlin lachte. »Wo hast du denn dein Früchtchen?« Johann erwiderte nichts. Nach einer Weile sagte er vor sich hin: »Vier Wände, ein Dach, ein Boden.« – »Was, was?« – »Nichts, Kößlin.«

Sie liefen über die Eisenbahnbrücke. Johann drehte sich nach dem Wirtshaus um. Die Tische waren leer unter den braunen Platanen. Sie kamen in die Anlage. Die Rasen waren noch grün, in den behüteten Beeten standen noch Dahlien in allen Farben. Kößlin trennte sich von Johann und ging in eins der weißen Häuser, in welchem Breideis wohnte. Johann ging über den Marktplatz zu Kastrizius.

## III

Hufeisenförmig waren die Tische auf der Wiese aufgestellt, die an Merzens Garten stieß. Später sagten die Leute oft, der alte Merz hätte sich bei dieser Hochzeit übernommen. Selbst der junge Merz sagte so, später, als ihn das Erbe drückte. Der alte Merz hatte sich nicht übernommen, denn wie kann man sich überhaupt bei etwas übernommen haben, das einem noch in der Todesstunde als goldner Funken durchs Gehirn jagt? Der alte Merz starb nämlich nicht nach fünf Jahren, wie er sich selbst bei dem Naphtel veranschlagt hatte, sondern viel früher, im Sommer des folgenden Jahres. Vielleicht weil er den Keim des Todes in sich fühlte, nicht drückend, sondern sein Inneres erweiternd, brauchte er ein Fest, bei dem die Klammern aufsprangen, die den Verstand im Kopf zusammenhielten, das geizige Herz in der Brust, die Gittertüren des Kellers, das Guttapercha auf den Einmachtöpfen, das Fleisch im Rauchfang. Seine Kinder waren ihm bei diesem Fest ebenso wert und gleichgültig wie alle Gäste, mochten sie nun Myrten ins Knopfloch gesteckt oder um den Kopf gedreht haben. Als Vorbild schwebte ihm seine eigne Hochzeit mit Babette Andernach vor, die jetzt neben ihm saß, klein, dick, in sich selbst hineingerutscht. Da er möglichst viele hatte einladen wollen, alle, die in der Umgegend ein Ansehen hatten, war er damit einverstanden gewesen, daß sein Sohn den Gärtner Kunkel eingeladen hatte, den Müller aus Beuren, den Sturmführer Zillich. Der junge Merz war selbst nach Botzenbach gegangen, er hatte dabei dem Zillich in die Hand versprochen, einzutreten, sobald die Hochzeit vorüber war.

Als der Brautzug aus der Kirche kam und die Musikanten im Garten abbrachen und in die Stille hinein beim Anblick des mächtigen Hufeisentisches die Gäste »Ah« machten, war der alte Merz glücklich. Die beiden Brautpaare setzten sich in die Mitte der äußeren Krümmung. Luise, stolz und prächtig wie nie, sah sich ruhig rundum. Sophie hatte gar kein Gesicht. Auf dem weißen dünnen Blatt, das von so viel Schleiern umgeben war, lagen die Schatten ihrer Wimpern. Manche Verwandte hatten Kinder mitgebracht, die zwischen den Eltern eingeklemmt oder auf ihren Knien saßen. Noch bevor es etwas zu essen gab, hatten die Kinder verklebte Mäuler und Fäuste. Der alte Merz sprach das Gebet. Er versuchte seinen Bart starr zu halten, obwohl sein glückliches Herz hineinzuckte. Die Suppenkübel wurden gebracht und ausgeschenkt. In der Suppe waren Nudeln, Klöße und winzige Spitzchen Petersilie. Der alte Merz und seine Frau sahen sich nach dem ersten Löffel Suppe froh an. Luise Merz, die jetzt Luise Rifke hieß, aß ruhig und viel wie immer. Auch der Lehrer aß viel. Er hatte die letzten Wochen mehr und mehr Bedenken gegen diese Heirat gehabt. Jetzt aber, als er die Nudeln aus den Mundwinkeln mit der Zunge fischte, als die Musik im Garten wieder zu spielen anfing, als die Magd mit dem großen Brett kam, mit Schüsseln voll Röstkartoffeln, Salat, Gemüsen und Gurken, die alle nur die Vorboten des Bratens waren, als er Luise betrachtete, die wirklich schön aussah, da war er einverstanden, vor allem auch, weil man jetzt nichts mehr ändern konnte. Sophie aß nichts. Der junge Merz flüsterte ihr zu: »Iß!« Sophie bewegte schnell die Lippen, ohne den Löffel hochzuheben. Während er mit der einen Hand aß, legte ihr der junge Merz die andre Hand aufs Knie. Sophie öffnete jetzt die Augen. Sie erblickte den Kranz von Gesichtern, der um sie herumgeschlungen war, mit von Klößen geblähten Backen, aus den Mundwinkeln hängenden Nudeln, mit fettigen Nasenspitzen. Sie erblickte auch die Gesichter ihres Vaters und ihrer Mutter, die sie längst vergessen hatten und die in die Suppe vertieft waren. Niklas und seine Braut Johanna, die zu Weihnachten heiraten wollten, hielten sich unter dem Tisch gefaßt und löffelten eins mit der rechten und eins mit der linken Hand, ohne sich um den Spott zu kümmern. Sie sahen friedlich aus. Ein kleines Kind schlug mit dem Löffel in die Suppe, bekam einen Klaps und heulte. Der Müller aus Beuren versuchte in einem fort, in Zillich hineinzureden. Der aber antwortete wenig. Er aß und aß mit gerunzelter Stirn. Er hielt die Müller zumeist für Spitzbuben. Wie immer zwischen seinen Ausbrüchen war er still und schweigsam. Es beruhigte ihn, unter den Gästen Niklas und Kunkel zu sehen. Sein Weib war nicht mitgekommen und wohl auch nicht eingeladen. Er löffelte nachdenklich. Seiner Gewohnheit nach nahm er, um besser satt zu werden, zu jedem Löffel Suppe einen Bissen Brot. Die Musik, die Menge fremder Gesichter, der Eßgeruch machten ihn müde. Er bedauerte, daß er angenommen hatte. Der junge Merz hatte ihm gefallen, wie er, ein reicher Bauernsohn, nach Botzenbach gekommen war, um mit ihm über die Aufnahme zu sprechen. Damals hatte er gern zugesagt. Jetzt spürte er, wie sich sein großer Körper langsam mit dieser Traurigkeit ausfüllte, deren er sich schämte und die er vor allen Menschen geheimhielt. Er hörte auf, Brot zu essen, und kostete nur den Geschmack der Suppe.

Die Hilfsmagd kam und schenkte Wein ein. Der alte Merz hatte noch einen kleinen Vorrat Weißwein von seinem Vater. Damals hatte jeder angesehene Bauer seinen eigenen Weinberg am Fluß gehabt. Jetzt wurde dort längst geackert. Die zweite Hilfsmagd verteilte die Kartoffel- und Gemüseschüsseln. Die alte Magd brachte den Braten. Die Gäste lachten und stöhnten. Dabei ahnten sie, daß später auch noch die Hühner auftauchen mußten, die durch die Suppe gelaufen waren, gebraten oder in Reis gekocht. Die Merzens und die Bastians stießen die Gläser unter sich an. Alle Gäste stießen an. Der Lehrer und Luise hoben ihre Gläser. Der junge Merz und Sophie hoben ihre Gläser nicht. Sophie versuchte, seine Hand zurückzuschieben. Er legte sie auch auf den Tisch zurück. Verzweiflung erfaßte ihn wie noch nie, als sei er nun ganz sicher, daß er das Mädchen nie bekommen könnte. Sophie öffnete zum zweitenmal ihre Augen. Sie sah das Gewinde aus Gesichtern, deren Augen klein und deren Münder groß geworden waren. Diesem und jenem steckte ein grünes Zünglein aus Salat zwischen den Zähnen. Sie erblickte das gleichgültige Gesicht ihres Vaters zuerst vor sich, dann noch einmal an einer ganz anderen Stelle des Tisches, an einem schlechten Platz. Sie erschrak und vergaß, daß das ihr Onkel war. Der junge Merz sagte: »Iß, iß.«

Christian Kunkel betrachtete mit seinen eng zusammenliegenden Augen die Radieschen und Salate in den großen Porzellanschüsseln. Sie waren alle aus seinem Treibhaus. Ziemlich weit von ihm entfernt saß die Nichte des Müllers aus Beuren, ein mageres, hübsches, blaugekleidetes Mädchen von siebzehn Jahren mit einem umgekippten Zopf. Kunkel dachte nach, ob dieses Mädchen für ihn in Betracht käme. Er sagte sich schließlich selbst ja. Da fuhr es sofort in ihn hinein, er sah das Mädchen aus Beuren an, sie sah zurück und wurde röter und lockerer. Beide zog es unter dem Tisch zusammen, beide hätten am liebsten die Gäste auseinandergerissen und sich nebeneinander in die Lücke gedrängt.

Nacheinander standen Männer auf und redeten. Manche wünschten nicht nur den Brauteltern, den Paaren und den zu erwartenden Kindern, sondern dem ganzen Volk und der ganzen Heimat alles Gute und großen Aufschwung. Die übrigen schnüffelten ungeduldig über den vollen Tellern, bis die Reden zu Ende waren. Niklas und Johanna tauschten fortwährend ihre Gläser, waren schon ein wenig betrunken und küßten sich. Der Lehrer war vergnügt und fand sich richtig ein. Luise trank, wie sie gegessen hatte, ruhig und ziemlich viel, ohne sich zu verändern. Der junge Merz faßte das Glas mit beiden Händen und trank, nicht wie ein Bräutigam, sondern wie ein Verschmähter. Sophie sah jetzt nicht mehr auf. Um ihre Stirn herum, ihre zarten Schläfen wundreibend, drehte sich der Kreis aus Gästen, ob sie hinsah oder nicht.

Zillich sah jeden der Redenden aufmerksam an. Er horchte gespannt, als erwarte er etwas. Jetzt hatte die Traurigkeit sein Herz erreicht. Er trank schnell. So war es also, wenn der alte Merz seinen Sohn verheiratete. Nachdem Zillich ein Glas von Merzens selbstgekeltertem Wein getrunken hatte, bekam seine Trauer Hand und Fuß. Er dachte an seinen eigenen ältesten Sohn, nicht an den, der jetzt sein Ältester war, sondern an den allerersten, der mit zwei Monaten am Stickhusten gestorben war. Damals war er noch nicht daran gewöhnt, daß sein Weib Kinder gebar, damals war er noch nicht daran gewöhnt, daß Kinder an Krämpfen und Husten wegstarben. Das Fleisch drückte Zillichs Magen, er trank sein zweites Glas. Mochte er anstellen, was er wollte, er war eingefangen. Er mochte sich drehen und wenden, wie er wollte – was hatte das arme Wurm mit der Hochzeit zu tun? Ich werde dich jedenfalls gehörig zwiebeln, Merz, dachte Zillich in bezug auf den Bräutigam. Alles lief durcheinander.

»Trink, du mußt doch.« Sophie hatte nichts gegessen,

jetzt nahm sie das Glas und trank einen Schluck ab. Wenn ich das Glas noch anschlage, bevor sie's niederstellt, wird sie die Meine, dachte der junge Merz. Er streckte hastig den Arm aus, über ihre Brust, und schlug an. Beide erschraken, er aber faßte sich schnell und lachte. Der Müller ist ihr Onkel, dachte Kunkel, aber wer ist ihr Vater, ist er unter den Gästen? Was hat er? Ich bin ein rechtschaffener Mensch. Alle haben Schulden. Meine Gärtnerei geht gut. Wie er es so überdachte, wie das alles klappen könnte, zog es den Christian Kunkel gewaltig unter dem Tisch nach der Nichte des Beurener Müllers.

Der alte Merz drehte nicht den Kopf, als sei sein Bart aus Blei. Er drehte nur die Augen. Die roten und weißen Gesichter seiner Gäste glänzten wie ein Kreis aus Monden. Ihm gefiel alles: das Herbstlicht auf seinem Körper, der schon von innen warm war, die fortwährende Musik, die alle Gedanken wegnahm, die schwerer waren als das i-i einer Ziehharmonika.

Vielleicht war der Bruch in ihm, als er das zweite Glas leer trank: Mochte sein Sohn in alle Schwierigkeiten verwickelt werden, er wollte sich beizeit davonmachen.

Andreas Bastian verließ die Hochzeit seines Bruders unter einem Vorwand so früh wie möglich. Er hieß seine Frau, um den Anstand zu wahren, noch etwas dort bleiben. In der Nähe von Konrad Bastians Haus erblickte er plötzlich das Gesicht seiner Tochter Dora, ein weißes Flämmchen, die Dorfgasse herunter auf ihn zuschweben. Wie am Pranger lag ihr Kopf in der Kerbe des wuchtigen Tragholzes, an dem die Eimer hingen. Als sie ihn erblickte, stellte sie sofort die Eimer nieder, aber so ungeschickt, daß ihr das Wasser in den Schuh lief. Sie bückte sich, um die Tragstange auf den Eimer zu legen und ihr Gesicht vor dem Vater zu verbergen. Vor drei Tagen hatte Konrad Bastian angefragt, ob man die Dora nicht gleich heraufschicken könnte, weil das Haus über die Festtage in Arbeit steckte. Andreas Bastian blickte herunter auf das dünne, helle, in der Mitte gescheitelte Haar seines Kindes. Er wußte, daß Konrad Bastian und seine Frau dies anordneten, um dem Mädchen und den Ihrigen etwas anzutun. Er verbarg seine Verzweiflung und fragte: »Ist euer Brunnen in Unordnung?« – »Es gibt dort immer Wäsche über die Hochzeit.« Sie bückte sich und legte die Stange auf ihre Schultern. Bastian blieb stehen und sah ihrem schmalen, vor Anstrengung schwingenden Rücken nach.

## IV

Als Johann von Wolfs wegging und am Stadthaus vorbeikam, stand Kößlin im Seiteneingang und forderte ihn auf, zu warten und mit ihm zusammen heimzugehen. Johann ging also die Treppe hinauf und setzte sich unter das Fenster auf die Bank. Kößlin wurde schnell aufgerufen, kam aber gleich darauf wütend heraus, irgend etwas fehlte, er mußte noch mal wiederkommen. »Das ist immer so. Komm jetzt.« Sie gingen schimpfend nach der Treppe. Auf einmal blieb Johann stehen, er packte sogar Kößlin am Arm, er erblickte sein Bild dicht vor sich, er beherrschte sich nicht, sondern starrte gradeaus. Kößlin folgte seinem Blick. Johann merkte gar nicht, daß er Kößlins Arm noch immer schmerzhaft gepackt hielt. Auch Kößlin merkte das nicht. Sie blieben stehen und starrten. Endlich ließ Johann den Arm los. Johann sagte: »Na, also.« Er blieb eine Weile stehen, dann riß er sich los, er ging den Gang hinunter, die Treppe hinunter, Kößlin neben sich. Er dachte sich wenigstens, Kößlin ging neben ihm. Er hatte keine Lust, ihn anzusehen. Er dachte: Gleich zu Wolf – sinnlos. Er dachte: Heim zu Bastian – sinnlos. Er dachte: Sofort abfahren – richtig. Er stand jetzt auf dem Marktplatz, er mußte Kößlin ansehen.

Er sah Kößlin an, Kößlin sah ruhig zurück. Auch er war ein wenig bleich geworden. Sie sahen wieder auf den

Boden und gingen schweigend weiter. Sie blickten sich wieder an, als sei seit dem ersten Blick eine lange Frist verstrichen und sie träfen sich an einem fremden Ort. Kößlin sagte: »Ich möchte gern noch mit dir reden.« Johann sagte: »Ich möchte auch mit dir reden.« Sie atmeten beide. Sie gingen durch das Stadttor, durch die Anlagen, Kößlin sagte: »Warum so hintenherum, Johann, die ganze Zeit über? Ich hätte dich nicht gefressen.«

Johann sagte: »Man sieht nicht an, wer wen frißt.«

Kößlin sagte: »Man hat auch dir nichts angesehen.«

»Ansehen. Man kann niemand von innen nach außen umstülpen.«

Kößlin sagte: »Ich habe schon früher manchmal daran gedacht, daß du rot bist. Du bist in der Partei, was?«

»Nein, das nicht. Aber rot bin ich.«

»Ich kann das von dir nicht verstehen – « (Er muß mich aber verstehen, dachte Johann, muß, muß mich verstehen. Sonst kann's schlimm werden.)

»Du mußt mich aber verstehen, Kößlin.« Er brach ab und dachte nach. Kößlin spürte, daß er nachdachte, und wartete gespannt.

Beide waren im Nachdenken gestört durch ihr Herzklopfen. »Du kommst doch so nicht weiter, Kößlin. Was der Kunkel will, ist das Gegenteil von dem, was du willst. Er will'n Knecht, 'nen billigen Knecht. Willst du ein billiger Knecht sein?«

»Immer noch besser 'n Herr und 'n Knecht. Das ist doch 'ne Ordnung, das ist doch was Festes. Immer noch besser als zwei Nichtmalknechte, als zwei Garnichtse. Immer noch besser, als was ihr wollt. In alles 'nen Keil rein, daß nichts ist als 'ne große Unordnung, und dann 'ne große Walze rüber.«

»Ja, 'n Keil rein zwischen dem Kunkel und dir, keine eisernen Zwacken dem Kunkel in den Hintern, daß er für ewig im Sattel sitzt.«

Sie kamen an den Wald. Johann merkte an Kößlins

Atem, daß er nachdachte. Sie schwiegen fast so lange, als der Wald dauerte. Aber ihr Schweigen würgte sie wie steinerne Worte.

»Das ist doch kein Leben«, sagte Johann, »oder ist es eins?« – »Besonders ist es nicht.« – »'n Schlag vor die Brust dem, der sich gegen den Prolet stellt, und 'n Schlag ins Genick dem, der ihn falschrum führt.«

»Ich bin kein Prolet. Ich nicht.«

»So? Wirklich? Bist du nicht mal 'n Prolet nich mehr? Für mich ist das, daß ich 'n Prolet bin, das, was man mir nicht hat wegnehmen können in dem großen Sudelzober; für mich ist das, daß ich 'n Prolet bin, das, woraus ich denk, wenn mir's sauschlecht geht, wie mir's jetzt geht, daß es mir daraus wird besser gehen.«

»Daß nämlich einer von jemand der Knecht ist und auch von jemand der Kamerad ist, das geht in deinen Kopf, Johann, nicht rein.«

»Nein, das geht in mich nicht rein. Sie haben dir ein Hemd geschenkt, und du hast ihnen deine Haut dafür geschenkt. Laß dich doch nicht anschmieren. Biste denn blind? Kriegst 'n Knopf und dankst für 'n Taler.«

Als sie aus dem Wald herauskamen, hörten sie unvermutet die glucksende Melodie einer ungeheuren Drehorgel: das Karussell auf der Schafswiese. Ihre Gesichter wechselten von Belustigung in Stirnrunzeln. Als sie näher kamen, hörten sie den Lärm der Hochzeitsgesellschaft, die nach dem Essen auf den Karussellplatz gekommen war. Kößlin erkannte Kunkel und zuckte zusammen. Er blieb stehen und gab Johann die Hand. »Hätten noch viel zu sprechen.« – »Haben ja erst angefangen.«

Johann lief heim. Er merkte flüchtig, daß Bastian in einer ungewohnten, untätigen Haltung hinter dem Tisch saß, die Hände vorm Gesicht. Johann zitterte vor Ungeduld, daß Bastian endlich wegging und ihn mit seinen Gedanken allein ließ. Es fiel ihm nicht auf, daß Bastian nicht einmal nach Kastrizius fragte. Es fiel ihm nicht auf, daß Bastian schließlich die Hände vom Gesicht zog und ihn mit einem hastigen, hungrigen Blick ansah, gierig auf Ansprache. Johann hockte auf dem Boden und machte sich an dem Rucksack zu schaffen, der seinen Platz unter Doras Bett hatte, in dem jetzt die zwei Nächstältesten schliefen. Bastian schlich sich davon. Johann stand auf. Er sah sich verwundert um. Jetzt erst kam ihm in den Sinn, wie trostlos Bastian dagehockt hatte. Es fiel ihm auch ein, daß er in den Stall mußte, weil Bastians eingeladen waren. Er erblickte das mittlere Kind, das man immer allein zurückließ, weil es seiner Schwäche halber keinen Schaden anrichtete. Es war in die Tür gerutscht und spielte, seinen schweren Kopf auf der Schulter, mit einem in tausend Fäden zerfusselten Baststreifen. Wo waren die übrigen Kinder? Vielleicht hatte sie Dora bei sich behalten dürfen. Er riß sich zusammen. Aus irgendeinem Grund dachte er, Kößlin würde selbst noch heute heraufkommen. Er wollte jetzt seine Schuhe ausziehen und seine Schlappen anziehen und in den Stall gehen. Er bückte sich, richtete sich wieder auf und dachte nach. Er überdachte alles, was er mit Kößlin gesprochen hatte, sowohl heute als die vergangenen Male. Plötzlich riß er seinen Rucksack heraus, holte aus allen Ecken der beiden Räume das bißchen Zeug, das ihm gehörte, stopfte es hinein, stopfte einen halben Brotlaib hinein und schnürte zu.

## V

Kunkel hatte den Aufbruch auf die Schafswiese ungeduldig erwartet, um die Nichte des Beurener Müllers anzusprechen. Alles ging glatt. Der Müller hatte gemerkt, daß Kunkel das Mädchen betrachtete, er hatte sich bereits bei Tisch über Kunkel erkundigt und eine gute Auskunft bekommen. Er trat jetzt zu dem Paar hin, erinnerte an irgendeine Verwandtschaft und forderte Kunkel auf, ihn in Beuren zu besuchen. Der Müller, Kunkel, in strammer Haltung, und die Nichte, die übrigens im Stehen etwas zu groß und nicht so hübsch war, standen zu dritt auf der Straße und besprachen sich. Alle übrigen Gäste waren von Merzens Wiese auf die Schafswiese gegangen und vermischten sich dort mit den Dorfleuten, die nicht eingeladen gewesen waren und für die die Kirmes das einzige Fest war.

Es waren erst zwei Buden aufgeschlagen, eine zum Werfen und eine zum Schießen. Das Karussell drehte sich längst, auch der Galgen mit dem Ring war aufgeschlagen, den man im Drehen greifen konnte. Zuerst stand der kleine, dicke Paul Algeier ganz allein vor der Schießbude, drückte das große Gewehr gegen seine dicken Backen und zielte verbissen. Aber die Mühle drehte sich nicht, die Uhr schlug nicht, der Chinese nickte nicht. Er hatte jetzt keinen Groschen mehr. Zillich kam mit Niklas und dessen Braut heran, klapste Paul lachend und nahm ihm das Gewehr ab. Er zielte rasch, traf und hatte einen Freischuß. Allmählich versammelten sich viele, um zu sehen, wie Zillich schoß. Die Wurfbude machte überhaupt kein Geschäft. Zillich war jetzt nicht mehr sehr bedrückt. Was ihn bedrückt hatte, war wieder hinuntergerutscht, es drückte noch hie und da, aber er grübelte nicht. Er war jetzt froh, daß er zwei, drei seiner Burschen dicht bei sich hatte, und daß die Leute um ihn herumstanden und ihm beim Schießen zusahen, und daß er Gewinne machte, die man heimbringen konnte. Als er geschossen hatte, war etwas von dem Schweren abgesplittert, das sein Herz bedrückte. In der Sekunde des sicheren Schusses war er leicht und glücklich.

Auf einmal gab es ein großes Geschrei beim Karussell. Alle Pferde waren schon durch die dritte Tour besetzt. Grade, als es zum viertenmal losgehen sollte, kam Neugebauer mit seiner hexischen Frau, die gut gekleidet war, aber ihren Rock unterwegs niedergetreten hatte. Sie entdeckte einen freien Platz, ihr Mann wollte sie nicht lassen, aber sie bettelte. Schließlich hörte sie nicht auf den Mann, sondern ließ ihn stehen und kletterte hinauf. Kaum hatten die Einheimischen gemerkt, wer da hinaufkletterte, verloren sie die Lust, Karussell zu fahren, und stiegen einer nach dem andern auf die Erde. Der Karussellbesitzer hatte keine Lust, wegen diesem einen Weib anzukurbeln. Wie er aber merkte, daß sie nicht mehr hinunterging, kurbelte er an, und zwar so schnell als möglich. Alle Leute standen herum und brüllten und kugelten sich, weil niemand da oben fuhr als die Neugebauer. Sie stießen den Mann Neugebauer an, der sich duckte und krümmte. Aber auch er stierte seine Frau an, die da oben herumschwirrte und krisch und jaulte. Dort oben am Galgen hing der Ring, die Neugebauer dachte, den wollte sie nun erst recht kriegen, sie allein vor allen, nun grade. Sie streckte den Arm hoch und hüpfte, aber es ging zu schnell, die Leute lachten. »Greif! Greif!«, da wurde sie wild und griff, aber so heftig, daß sie den Galgenarm mitgriff und vom Pferd gerissen wurde und droben hängenblieb. Das Karussell drehte sich noch zweimal ganz leer um sich selbst. Die Leute schüttelten sich. Da kam Zillich von der Schießbude heran, pflückte mit seinem großen Arm die Frau vom Galgen. Später kam die Neugebauer schwindlig, vor Schmerzen stöhnend, mit ihren ausgerenkten Knochen zu ihrem Mann geschlichen. Der sagte: »Na wart, wenn wir zu Haus sind.«

Zillich hatte jetzt kein Geld mehr, um weiterzuschießen. Gleich wurden sie in Merzens Haus zurückgerufen, nicht auf die Wiese, weil es kühl wurde, sondern ins Wohnzimmer. Auf einmal war es mit ihm viel schlimmer als zuvor.

Kunkel, der gar nicht auf die Schafswiese gegangen war und keinen Pfennig herausgeworfen hatte, dachte, er könnte jetzt ruhig zwischendurch heimspringen und was arbeiten. Denn mehr ließ sich für heute mit der Müllersnichte nicht machen. Es kam ihm sehr gelegen, daß Kößlin an ihn herantrat. »Hopp, wir gießen schnell durch.« Er fügte hinzu: »Du warst aber lang in de Stadt.« – »Was hätt ich machen sollen?«

»Geh mal vor, fang an, hopp, hopp! Ich muß mich noch mal umtun.«

Warum hat er hopp gesagt, was hat er mir zweimal hopp zu sagen? dachte Kößlin. Ist ja Quatsch. Warum soll der Kunkel nicht hopp sagen. Hat der Johann eine Tour in meinem Kopf angedreht? Sie entfernten sich langsam von der Schafswiese. Kunkel beschrieb, was daheim zu machen war. Kößlin sagte unruhig: »Schon gut, Kunkel.« Entweder so rum, oder andersrum, dachte Kößlin. Dieser Mann ist mein Gruppenführer. Ich muß jetzt eben sofort durch was Schweres durch. Und wenn mich Johann tausendmal dauert. Er sagte gequält: »Du, Kunkel, da ist mir vorhin folgendes passiert – «

Die Brauteltern, die Paare und die enge Verwandtschaft waren bei Schnäpsen sitzengeblieben. Sie tranken nicht zu viel; dies galt hierzulande als Schande. Es fröstelte ein wenig aus dem Buchenwald, sie wären ohnedies gleich aufgestanden. Da wurde der alte Merz ins Haus gerufen.

Kößlin sagte zu Kunkel: »Ich will mit dem Geld nichts zu tun haben. Das geht mich überhaupt nichts an.«

Kunkel sagte: »Laß mal jetzt.« In seinem Kopf entstand flink ein sauberes Geflecht aus Schlußfolgerungen, aus Nutzanwendungen, aus Geld und Hochzeit. Er sagte: »Das kann ich alles ganz gut mit dem alten Merz allein ausmachen. Du mußt ja jetzt sowieso weg.«

Er merkte nichts davon, daß Kößlins Gesicht anders aussah, als es je, seit er es kannte, ausgesehen hatte.

Kößlin zögerte einen Augenblick. Dann rannte er heim in einer plötzlichen Gier auf anstrengende, betäubend schwere Arbeit.

Gleich darauf kam der alte Merz aus dem Garten. Er warf sofort alle Festbeklommenheit ab. Sein Blick war scharf. Er ließ Kunkel ausreden.

»Schon gut, Kunkel. Ist schon alles gemacht. Schon vorgesorgt, daß er mir nicht durch die Lappen geht. Nichts Neues, Kunkel.«

Er holte aus seinem Pult die fertige Anzeige mit dem Datum des vorigen Tages und dem Amtsstempel.

»Jetzt, wo er's selbst weiß, muß man ihn festhalten. Jetzt schick ich meinen Neffen auf die Försterei, daß der Reisinger mit seinem Hanomag die Gendarmen holt.«

Er weidete sich an Kunkels Anblick, der offensichtlich über diesen Ausgang verdutzt und verärgert war.

## VI

Johann schnallte den Riemen. Er hörte eilige Schritte, er war gar nicht überrascht, er dachte an Kößlin. Er war erst überrascht, als er Kunkel und Niklas im Garten erblickte. Niklas hielt ihn am Arm. »Dich haben wir.« Johann sah zwischen Niklas und Kunkel hin und her, er lächelte ein wenig. Da hörten sie rasche, stampfende, stierartige Schritte von der Gasse her. Zillich stieß die Zauntür auf. Sein Gesicht brannte, als hätte er endlich den Feind entdeckt, der sein Elend verschuldete. Johanns Gesicht veränderte sich, er riß sich los. Er sprang Zillich an die Kehle, bevor der über ihn kam. In diesem Augenblick zerriß die Stille endgültig, und die Wildheit wurde sichtbar, die allen Dingen innewohnt. Himmel und Erde vertauschten sich mit Leichtigkeit. Die Pumpe schüttelte ihre Mähne aus aufgehängtem Bast, das mittlere lahme Kind geriet unter die Walze der ineinander verbissenen Männer und jammerte, der Hahn schrie, als sei ein Tag neu angebrochen. Zillich hielt Johann mit seinen Armen umklammert, als wollte er seine Beute nicht loslassen. Er hatte ihn, er war heiß und lebendig. Er drückte ihn in die Knie, er drückte sein Knie auf Johanns Kopf. Johann schnellte wieder hoch, aber Niklas und Kunkel packten ihn, sie hielten ihn dem Zillich vor, der mit aller Wucht auf ihn einschlug. Zillich sah nicht, aber er spürte, daß dieser fremde Mann endlich aufgerissen war. Er hatte ihn nie zuvor gesehen, sein Gesicht war ihm unbekannt, er hatte es zerschlagen, bevor er es erblickt hatte. Doch war er diesem Mann auf den Grund gekommen. Er spürte das fremde Blut an seiner Hand mit ungeheurer Erleichterung wie einen eignen Aderlaß. Sein Unglück war draußen, für diesen Augenblick wenigstens. Inzwischen waren viele Dorfleute in Bastians Garten gerannt, Schüchlin zuerst. Als er sein furchtbares Versäumnis begriff, den ganzen Schaden durch Unaufmerksamkeit, da sprang er vor und schlug. Nun begriffen alle Männer, daß nicht nur Zillich das Recht zum Schlagen hatte, sondern jeder gab aus seiner eigenen Verzweiflung einen Schlag bei.

Auch Marie war durch den Lärm angelockt worden. Sie hatte Johann nicht wiedersehen wollen. Jetzt suchte sie umsonst mit aufgerissenen Augen sein junges Gesicht. Schon wandten manche Frauen, von dem gründlich ausgekosteten Schauspiel ermüdet, ihren Blick auf Marie. Sie erinnerten sich, sie hie und da mit dem Fremden gesehen zu haben. Schon fiel auf Mariens runde, in der letzten Zeit blasser gewordene Backen ein Abglanz der Schande.

Man hatte Bastian vom Feld heimgerufen. Er hatte nämlich seinen guten Rock ausgezogen und war an die Rüben gegangen, statt auf die Hochzeit zurückzukehren. Damit wollte er seinen Bruder strafen, weil er sein eigenes Kind gekränkt hatte. Jetzt stand er, zunächst von niemand beachtet, in seinem eigenen verwühlten Garten und zitterte. Er wußte, was ihm morgen bevorstand. Seine Schuld würgte ihn. Er hatte vielleicht geahnt, wen er bei sich aufnahm, aber er hatte unterlassen zu fragen, weil er müde war. Er versuchte, alles Gott zu erklären, aber er konnte in seiner Angst und in dem großen Lärm sich nicht verständlich machen und nichts verstehen.

Der alte Merz hatte nichts dagegen, wenn seine Gäste einer Prügelei beiwohnten, er wollte aber sein Fest nicht stören lassen. Er schickte also die kleine Hilfsmagd, um alle zurückzurufen. Die Gäste gehorchten auch sofort, bis auf Zillich. Der machte sich still davon, allein, über die Felder. Denn er hatte übergenug. Je mehr er sich von Oberweilerbach entfernte, desto mehr fing sein Herz neu zu drücken an. Als er seinen eigenen Hof betrat und den ganzen Schwarm seiner Kinder streitend und schreiend über dem umgestürzten Karren erblickte, als er die Stube betrat, in der die Frau grade die Teller richtete, da packte ihn eine gewaltige Enttäuschung, als hätte er erwartet, am Abend eines solchen Festtags alles anders vorzufinden. Statt dessen schienen ihm über diesen Tag seine Kinder noch viel zerfetzter und abgerissener geworden, seine Frau noch viel älter, das Brot, das sie ihm gleich darauf vorsetzte, noch viel härter.

Johann wurde in Bastians Haus getragen, wo er bis zur Ankunft der Gendarmen bewacht wurde und langsam zu sich kam. Von jetzt an kümmerten sich nur noch die Leute um den Vorfall, die nicht eingeladen waren und nichts zu versäumen hatten. Bastian beteuerte diesen Leuten, die ihn verächtlich betrachteten, daß er von allem nichts gewußt hatte.

Nach kurzer Zeit kam auch seine Frau. Sie sah ruhig wie immer aus, als wüßte sie noch von nichts. Sie hörte kurz mit zu, was Bastian schwatzte, sah ihn aufmerksam, etwas verwundert an und ging dann ins Haus. Bei Johanns Anblick zeigte sie keinen Schrecken, sondern holte Wasser und legte ihm ein Kissen unter.

## VII

Ein Teil der Gäste begleitete das Lehrerpaar vor das Lehrerhaus, aber weder Luise, die in ihrem Brautschmuck noch mächtiger und gelassener als sonst aussah, noch der Lehrer gaben Anlaß zu Rufen und Aufforderungen, durch die ein solcher Brautzug ins Jubeln und Tanzen gerät. Die Gäste sagten unter sich, daß der Bräutigam in den Jahren sei, um zu begreifen, was von ihm verlangt wurde, und wenn er es nicht begriff, dann war es an der Zeit, daß es ihm von diesem offenbar tüchtigen und kräftigen Mädchen beigebracht wurde.

Vor dem Schulhaus hing ein großes Willkommensschild, das die Kinder gemalt hatten, und ein Asternkranz. Ein halbes Dutzend älterer Schulmädchen stand vor der Tür und sang. Luise zeigte keine Überraschung und betrachtete die singenden Mädchen aufmerksam, als ob sie sie zum erstenmal sähe. Ein paar Hände voll Körner wurden über die Braut geworfen, die Luise aus ihrem Schleier schüttelte und von denen der Lehrer eins aus seinem Schnurrbart zupfte. Sie stiegen die Treppe in ihre Wohnung hinauf. Die Wohnung umfaßte ebensoviel Platz wie die zwei großen daruntergelegenen Klassenzimmer. Sie bestand in der Hauptsache aus Küche, Flur, Wohn- und Schlafzimmer. Die winkligen dunkeln Stuben standen jetzt voll von dem Hausrat, der aus Merzens Haus hereingeholt war. Statt der schmalen Betten aus Tannenholz mit ihren Flanelldecken, in denen der Lehrer und seine verstorbene Mutter geschlafen hatten, wölbten sich Berge von Bettzeug aus den glänzenden eichenen Laden. An den Knäufen des Wäscheschranks hingen Lavendelsträuße. Luise sah sich alles wortlos an und sah durchs Fenster. Drunten im Schulhof standen ein Barren und ein Turngerät. Sie drehte sich ins Zimmer zurück. Der Lehrer faßte ihre beiden Hände. Luise sah ihn ruhig an. Der Lehrer mußte schließlich einmal ihre Hände loslassen. Er wußte nicht recht, wo und wie er das große, unbewegliche Mädchen in ihrem starren Brautzeug anfassen sollte. Er geriet plötzlich in Wut, packte ihren Arm und schüttelte sie ein wenig. Sie sah ihn immer noch ruhig an, ohne daß sich ihr schönes Gesicht veränderte. Sie wandte sich dann schließlich von ihm ab, zog vorsichtig ihren Schleier aus, legte ihn zusammen und hängte ihn über die Stuhllehne. Der Lehrer zog seinen Kragen aus; dann zog er seinen Rock aus und hängte ihn über einen Haken.

Der junge Merz führte seine Frau in das plötzlich stillgewordene Haus die Treppe hinauf in das frühere Zimmer seiner Schwester, das jetzt das ihre war. Beide dachten, nichts als ein Wunder könnte sie jetzt noch trennen. Ohne sich nach dem Mann umzudrehen, ohne ihre Schleier zusammenzufassen, die hier und dort hängenblieben, lief das Mädchen ans Fenster. Sie war nicht der Familie davon in die Stadt gelaufen, sie hatte sich nicht in den Fluß gestürzt, so müßte sie jetzt über den braunen und bunten Garten davonfliegen, über den Wald, hinter dem die Sonne unterging. Der Mann rief sie mit ihrem Namen. Ohne sich von der Stelle zu bewegen, drehte sie ihm ihr Gesicht zu. Ein schwaches, blaßglänzendes Gold lag über dem Himmel, über den glatten Hügeln der Federbetten, über dem Brautkleid des Mädchens und ihren Schleiern, über ihrer Stirn und ihren Händen. Zum letztenmal in ihrem gemeinsamen Leben starrte der junge Merz das Mädchen an mit einem Ausdruck von Torheit und Qual. Einen Augenblick erglänzte in diesem fremden Licht das schwächliche Gesicht des Mädchens in einer den Verstand zur Verzweiflung bringenden, unbesitzbaren Schönheit. Als ob sie wüßte, daß sie jetzt vollkommen sicher sei, lag um ihren Mund ein ruhiges Lächeln.

Dann erlosch das Abendlicht, die Dunkelheit brach an. Hart und weiß glänzte das Bettzeug, all das Weißzeug, das der Brautvater im heiligen Jahre dreiundzwanzig für diesen Tag gekauft hatte. Der junge Merz lachte und streckte die Hände aus.

Der alte Merz hinter der Tür hörte, sein Lachen verschluckend, die schwache, dreifach zerbrechende Stimme des Mädchens: »Nit! Nit! Nit!« und die leisen glücklichen Flüche seines Sohnes.

## VIII

Viele liefen hinter den Gendarmen her, die Johann mehr schleiften als führten, liefen dann vor ihm her und bildeten noch einmal flink am Ausgang des Dorfes drohend und schreiend eine Gasse, durch die die drei abzogen. Die Gendarmen faßten Johann unter den Achseln und forderten ihn barsch auf, zuzutreten: »Schlapps, verflixter, tritt!« Johann kam etwas zu sich, statt eines einzigen brennenden Körpers unterschied er vier oder fünf verschiedene scharfe Schmerzen, im Leib, im Rücken und vor der Brust. Er bohrte mit der Zunge im Mund herum und spuckte einen Zahn aus. Einer der Gendarmen lachte. »Ist bitter, das Bonbon?« Der andere, ein älterer, verkniffener Mann, sagte mürrisch: »Weiter! Weiter!« Er fuhr die Kinder an, die hinter ihm herliefen. Die Kinder blieben stehen, sahen sich noch einmal an Johanns Rücken satt und trotteten dann heim. Johann versuchte, seine verklebten Augen aufzubringen. Er unterschied den Waldrand, der sich in einem festen schwarzen Bogen über dem Dorf her bis zum Fluß spannte. Die Erde war gelb, und auch der Himmel über dem Wald fing an zu vergilben. In das Sausen seiner Ohren mischte sich die tropfenweise glikkernde Musik des Karussells, das man hinter ihm auf der Schafswiese wieder ankurbelte.

Sie liefen jetzt unterhalb der äußersten Felder vorbei, die zu Oberweilerbach gehörten. Ein Bauer kam ein

Stück auf die Straße hinunter, um zu sehen, warum zwei Gendarmen mit einem Mann zwischen sich nach der Stadt gingen. Algeier hatte angefangene Rüben auszumachen. Er erkannte Johann, er verstand alles und erschrak. Sein fahriger Bart zuckte, seine Kinnladen fingen heftig zu mahlen an. Er stieg bis an den Straßenrand hinunter, die Hacke in der Hand. Er ließ die Hacke fallen und zog hastig den Hut ab, als ob man einen Toten oder einen Täufling an ihm vorbeitrug.

# Nachwort

Seit Mitte der zwanziger Jahre veröffentlichte Anna Seghers Erzählungen von gescheiterten Ausbrüchen aus elenden, menschenunwürdigen Verhältnissen. 1932 erschien ihr erster Roman *Die Gefährten*, eine Märtyrerchronik über die Schicksale von Kommunisten in verschiedenen Ländern, in denen der konterrevolutionäre Terror gewütet hatte. Von den ersten Erzählungen bis zu diesem Roman erhielt das Ausbruchs- und Aufstandsmotiv immer deutlicher profilierte Konturen: zeitgeschichtliche Stoffe traten in den Mittelpunkt, internationale wie deutsche Schauplätze umfassend. Formal und stilistisch ist die frühe Prosa Anna Seghers' außerordentlich vielgestaltig: operative Kurzform, sozialpsychologische Studie, klassische Novelle und avantgardistische Romanform, die kühle, klare Sprache der Neuen Sachlichkeit durchsetzt sie mit expressionistischen Bildern, und ihre Gestaltungskraft ist überzeugend sowohl im kühnen Schwung, mit dem sie verwickelte Geschichten auf den Punkt bringt, als auch in der prägnanten Anschaulichkeit ihrer Detailgenauigkeit.

Das Jahr 1933 bedeutete für Anna Seghers wie für andere Gegner oder Verfolgte des Nazi-Regimes einen entscheidenden Einschnitt in ihrem Leben, aber auch in ihrer Entwicklung als Schriftstellerin. Als Jüdin und Kommunistin doppelt bedroht, emigrierte sie bereits im Frühjahr 1933 mit ihrer Familie nach Frankreich. In den insgesamt fünfzehn Jahren des Exils war Anna Seghers außerordentlich produktiv – eine Produktivität, die um so bemerkenswerter ist, wenn man die äußerst schwierigen, bedrohlichen und deprimierenden Lebens- und Arbeitsbedingungen der Emigranten berücksichtigt. Sie schrieb und veröffentlichte nicht nur fünf Romane und zahlreiche Erzählungen, sondern beteiligte sich auch publizistisch am antifaschistischen Kampf. 1933 erschien *Der Kopflohn* im Amsterdamer Exilverlag Querido, den Fritz Langhoff leitete, ehemals Lektor im Berliner Verlag Kiepenheuer und Witsch, nun ebenfalls Emigrant. Vermutlich hat Anna Seghers den Roman noch in Deutschland begonnen. Mit ihm beginnt im Exilwerk der Autorin die Reihe der Deutschlandromane, *Die Rettung* (1937) und *Das siebte Kreuz* (1942) werden folgen.

Der Kontrast zwischen dem Roman *Die Gefährten* (1932), den Anna Seghers, *den Menschen in allen Ländern* [widmete], *die für die Freiheit und ein besseres Leben kämpfen*, und dem folgenden, *Der Kopflohn. Roman aus einem deutschen Dorf im Spätsommer 1932* (1933), könnte auf den ersten Blick nicht größer sein. In *Die Gefährten* hatte die junge Schriftstellerin, erregt und tief berührt von den Erzählungen kommunistischer Emigranten aus Südosteuropa (darunter ihr späterer Mann) und aus China, die sie während ihrer Heidelberger Studienjahre kennengelernt hatte, vom Kampf und der Niederlage der revolutionären Avantgarde mit den Mitteln modernster Schreibweisen berichtet. Mit dem Anwachsen des faschistischen Potentials und schließlich der Installierung des nationalsozialistischen Regimes in ihrem eigenen Land wandte sich Anna Seghers einem nationalen Stoff zu: Im *Kopflohn* interessierte sie nicht mehr die politische Avantgarde, sondern die Frage, wieso die Nationalsozialisten sich im bäuerlichen Lebensumfeld so nachhaltig verankern konnten. Nicht zuletzt schuf sie damit – wie übrigens auch Adam Scharrer mit seinem 1933 im Prager Exil erschienen Roman *Maulwürfe. Ein deutscher Bauernroman* – ein kritisches Gegenstück zum völkischen Bauernroman.

In ihrem Roman bildete Anna Seghers ein Verfahren aus, auf das sie in ihrer antifaschistischen Prosa immer wieder zurückkam: den Wert und die Überlegenheit des linken Humanismus, repräsentiert in den Kommunisten, nicht inhaltlich-argumentativ darzustellen, sondern anhand der Größe der Opfer. Auch die religiösen Symbole und jüdisch-christlichen Motive sind in diesem ersten Roman in sinnstiftender Weise ausgeprägt: die verfolgten und ermordeten Kommunisten erinnern an die frühen christlichen Märtyrer, sie sind Gefährten im Sinn einer säkularisierten Nächstenliebe, die nun Solidarität heißt. Der *Kopflohn* läßt an den Judaslohn denken, und das *Siebte Kreuz*, das leer bleibt, ist das Symbol für eine Passionsgeschichte, die nicht in den Tod, sondern in die Freiheit führt. Der Einsatz religiöser Symbole und Motive hat bei Seghers in erster Linie wirkungsstrategische Gründe; die leichte Erkennbarkeit, der Assoziationsreichtum, die Wertgebundenheit und die Traditionsrelevanz prädestinieren sie dafür, in die *Hohlräume der Gefühle* (Seghers) einzudringen und dort Resistenzen gegen die faschistische Barbarei zu bilden. In diesem Sinne ist der Titel *Kopflohn*, ist die Identifikation des zusammengeschlagenen Johann Schulz mit einem Toten oder Täufling, dem mit Respekt und nicht mit Verachtung zu begegnen ist, zu verstehen.

Handlungsort und -zeit des Romans werden durch den Untertitel fixiert. Die erzählte Zeit umfaßt den Sommer des Jahres 1932, von Johanns Flucht aus Leipzig nach der Hungerdemonstration im April bis zu seiner Gefangennahme im August, unmittelbar nach den Reichstagswahlen. Diese Wahl am 31. Juli machte die NSDAP mit 37,4% der Stimmen zur stärksten Fraktion im Reichstag. Zwar gingen ihre Stimmen bei der Wahl am 6. November auf 33% zurück, aber nach der Einsetzung Hitlers als Reichskanzler durch Hindenburg erhielt die NSDAP bei den Wahlen am 6. März 1933 43,9% der Stimmen und hatte zusammen mit den Deutschnationalen die absolute Mehrheit. Die politische Macht, als die der Nationalsozialismus sich in den Krisenjahren der Weimarer Republik etablieren konnte, wird in diesen Zahlen faßbar. Aber die Schriftstellerin Anna Seghers interessieren keine Zahlen, sondern die Beweggründe, die Ängste und Hoffnungen der Menschen dahinter. Sie fragt nach den genauen Verhältnissen, in denen sie leben und arbeiten, nach ihren Beziehungen untereinander in der Familie und im Dorf, nach ihren Werten und Traditionen, ihren Vorurteilen und ihrer Verführbarkeit. Das Phänomen Faschismus erfaßt und untersucht Anna Seghers in seiner sozialpsychologischen Dimension. Dennoch gibt ihre Erzählung kein unzulässig vereinfachtes oder einseitiges Bild des deutschen Faschismus. Ökonomische Zwänge, die zur Existenzbedrohung ausarten, die Zermürbung durch jahrelange Arbeitslosigkeit, kräftezehrende, ausbeuterische Arbeitsverhältnisse – all dies gerät in den Blick, wo nach Zusammenhängen von Ursache und Folge geforscht wird.

Für den Schuhmacher Andreas Bastian blieb, vom Bruder zugeteilt, nur schlechtes Ackerland und eine baufällige Hütte, um sein und seiner Familie Auskommen zu fristen. Weil der Nachbar ihm den Anschluß an seine Pumpe nicht gestattete, er aber Frau und Tochter das Wasserschleppen ersparen wollte, verschuldete sich Bastian dermaßen durch den Kauf einer eigenen Pumpe, daß er seine zehnjährige Tochter Dora als Magd zu seinem Bruder geben mußte – wo sie gerade jene Arbeit tun muß, vor der er sie bewahren wollte. Aus diesem Teufelskreis gibt es kein Entrinnen.

Auch Algeier – dem es zwar besser geht als Bastian, aber bei weitem nicht so gut wie dem Gärtner Kunkel oder dem alten Merz – kämpft um seine Existenz; seine Tochter Marie verlor ihre Stelle als Dienstmädchen, und nun kann er die Raten für die Zentrifuge nicht mehr bezahlen. Während die Nachbarn gleichgültig zuschauen, wird die Zentrifuge abgeholt, und Algeier kann es nicht fassen, daß ihm keiner hilft.

Die Wirtschaftskrise macht auch dem wohlhabenden Bauern Merz, der wegen der Mitgift für die Tochter ein Haus verkaufen muß, und dem jüdischen Viehhändler Napthel zu schaffen; die Geschäfte gehen schlechter, das Vermögen wird geringer. Unter dem materiellen Druck der Existenzangst verändern sich die Menschen und ihre Beziehungen untereinander. Der junge Kunkel wird durch den Tod seines Vaters zum Familienoberhaupt; sein Betrieb floriert, weil er in einer Mischung aus Erfindergeist und brutalem Eigennutz aus Land und Leuten alles rausholt. Neugebauer heiratet eine schmuddelige Witwe, um mit ihrer Mitgift einen Teil seiner Schulden bezahlen zu können. Großmann schlägt seinen Sohn zum Krüppel, weil er Unterhalt für dessen uneheliches Kind zahlen soll, während der junge Merz einer Unterhaltsforderung durch kaltblütigen Meineid entgeht. Schüchlin heiratet die schwachsinnige Susann Schulz und schindet sie unter den Augen des ganzen Dorfes durch schwere Arbeit und rasch aufeinanderfolgende Geburten buchstäblich zu Tode, um endlich an das Erbe zu kommen.

Faschismus, das bedeutet im Kontext des Romans *auch* die durch ungerechte und elende materielle Verhältnisse ermöglichte extreme Ausbeutung des Menschen durch den Menschen. Die brutale Ausbeutung der Frauen, sei es als Arbeitstier wie Susann Schüchlin, die erst im selbstgewählten Tod ihre Würde wiedererlangt, sei es als Sexualobjekt wie Sophie Bastian, die an den jungen Merz verschachert wird und einer von Gewalttätigkeit bestimmten Ehe entgegensieht, betont das patriarchalische Element dieser Menschenverachtung, die Voraussetzung und Bestandteil des Nazismus ist. Wie sehr das Bild der Frau als Dienende, als Unterwürfige und als Objekt männlicher Bestimmung und Ausbeutung in Denken und Verhalten der Bauern verankert ist, zeigen ihre – modern gesprochen: sexistischen – Bemerkungen über Frau Rendel und die gewalttätigen Übergriffe gegen sie. Diese selbstbewußte, politisch aktive und mutige Frau provoziert die Bauern nicht nur dadurch, daß sie Kommunistin ist, sondern auch weil sie sozusagen auf der ganzen Linie nicht mit ihrem herkömmlichen Frauenbild übereinstimmt und also eine Bedrohung darstellt. Sie lebt offensichtlich mit ihrem Mann in einer gleichberechtigten Beziehung, in der das Private und das Politische nebeneinander existiert. Die Beziehung der Rendels stellt im Roman ein positives Gegenbild zu den Ehen Schüchlins und Merz' dar. Möglicherweise griff Anna Seghers daher auch diesen Namen wieder auf, als sie jene Geschlechtertauschgeschichte schrieb, die sie 1940 unter dem Titel »Der sogenannte Rendel« veröffentlichte.

Den Beziehungen der Menschen untereinander kommt also nicht nur im negativen, sondern auch im positiven Sinne Bedeutung für das politische Geschehen zu. Allerdings sind die Ausnahmen, d. h. diejenigen, die über dem Streben nach Geld, Besitz und Macht nicht Menschen und Menschlichkeit vergessen, dünn gesät. Als Ursache für die Resistenz gegen die wachsende Brutalisierung werden bei Andreas Bastian und seiner Frau und auch bei Algeier ihre Verankerung im christlichen Glauben benannt. Ihr Glaube läßt sie christliche Nächstenliebe praktizieren: Bastian nimmt den weitläufig verwandten Johann auf, Algeier hat Mitlied mit dem Verfolgten, und seine Tochter Marie steht der schwangeren Susann Schüchlin bei, während andere Frauen gleichgültig und neugierig um sie herum stehen.

Hilfsbereitschaft, uneigennützige Freundlichkeit und Einfühlungsvermögen sind nur wenigen unter den Dorfbewohnern eigen. Für die meisten hat der Faschismus, so wie er sich ihnen darstellt, eine große Anziehungskraft, die nicht rational zu erklären ist. Er zieht mit seinen Versprechungen und scheinbar einfachen Lösungen nicht nur diejenigen an, die durch die Härte ihres Existenzkampfes ihre menschlichen Züge mehr und mehr eingebüßt haben, oder jene, die ein sozial erlaubtes und sanktioniertes Ventil für aufgestaute Frustration und blinden Haß brauchen, die sich in brutaler Aggression gegen Schwächere entladen können. Ein glaubwürdiges Beispiel für diesen Typus des nazistischen Gewalttäters zeichnet Anna Seghers mit dem Bauern Zillich. Ihn treibt ein unbändiger Haß auf die Juden und die Roten, er glaubt bereitwillig der rechten Propaganda, daß sie schuld seien an seinem wirtschaftlichen und psychischen Elend. Die Ausschreitungen seiner SA-Truppe gegenüber den Kommunisten – Ibst, für dessen Tod er verantwortlich ist, war sein Nachbar – zeugen von einer menschenverachtenden Brutalität. Die Autorin vermerkt zu Recht, daß die Polizei der Weimarer Republik die strafrechtliche Verfolgung der Linken sehr viel ernster nahm als die der Rechten: deren Untaten blieben häufig ungesühnt, und Beispiele solcher Klassenjustiz sind bis heute bekannt. Besonders jene Szene, in der Johann Schulz von Zillich zusammengeschlagen wird, zeigt die Abgründe, die sein blindwütiger Haß bloßlegt. *Sein Gesicht brannte, als hätte er endlich den Feind entdeckt, der sein Elend verschuldete. [...] In diesem Augenblick zerriß die Stille endgültig, und die Wildheit wurde sichtbar, die allen Dingen innnewohnt. Himmel und Erde vertauschten sich mit Leichtigkeit. [...] Zillich sah nicht, aber er spürte, daß dieser fremde Mann endlich aufgerissen war. Er hatte ihn nie zuvor gesehen, sein Gesicht war ihm unbekannt, er hatte es zerschlagen, bevor er es erblickt hatte. Doch war er diesem fremden Mann auf den Grund gekommen. Er spürte das fremde Blut an seiner Hand mit ungeheurer Erleichterung wie einen eigenen Aderlaß. Sein Unglück war draußen, für diesen Augenblick wenigstens.* Nach dieser elementaren Entladung von Aggression geht Zillich allein nach Hause und ist zutiefst enttäuscht, im eigenen Haus und Hof die alte Unordnung und Freudlosigkeit vorzufinden. Nichts hat sich geändert. Die Nazis brauchten solche Kreaturen wie Zillich. Anna Seghers war er als Typus wichtig genug, um ihn zunächst in dem Roman *Das siebte Kreuz* (1942) und später in der Erzählung *Das Ende* (1946) wieder aufzunehmen. Im Roman ist er Mitglied der Wachmannschaft des KZs Osthofen, aus dem sieben Häftlinge ausbrechen, von denen einem – Georg Heisler – die Flucht gelingt. Während sein Verhalten, seine Brutalität den Häftlingen gegenüber, dort einfach beschrieben wird, versucht die spätere Erzählung in Gestalt einer sozialpsychologischen Studie, seine Geschichte zu erhellen bis hin zu seiner unausweichlichen Selbsttötung. (Interessanterweise wurde gerade die Figur Zillichs für so »nazi-typisch« gehalten, daß man bei der Rollenbesetzung der Hollywood-Verfilmung des »Siebten Kreuzes« (1943) auf einen deutschen Schauspieler, den Emigranten Alexander Granach, zurückgriff. Die Hauswartsfrau spielte übrigens Helene Weigel.)

Für Anna Seghers ist jedoch der Faschismus nicht nur als Ventil für Schläger vom Typ Zillichs von Interesse. Viel mehr – und das macht einen Großteil der heutigen Brisanz ihres Romans aus – interessieren sie die Motivation der Jungen, die Ursachen für die Faszination und Anziehungskraft, die der Nazismus für sie, junge Bauern und Arbeiter, hat. Die Väter-Generation hatte immerhin eine Vergangenheit, auch wenn das der Krieg war; für die Jungen hingegen gibt es in den Jahren der Wirtschafts-Krise und der politischen Radikalisierung weder ein befriedigendes Auskommen noch eine Perspektive. Sie wachsen in die Arbeitslosigkeit hinein, wie Johann Schulz und wie der junge Gärtner Kößlin, ihre Kraft, ihre Kreativität und ihre Bereitschaft zu produktiver Arbeit wird sinnlos vergeudet. Die Nazis ziehen diese Jungen mit dem Versprechen auf Ordnung und Aufbau an sich, sie locken mit einer Gemeinschaft von scheinbar Gleichen, ohne das

Verhältnis von Herr und Knecht faktisch anzutasten. Für Paul Algeier und Gottlieb Kunkel steht das Bedürfnis nach Abenteuer und nach Freundschaft im Mittelpunkt, als sie sich den Nazis anschließen. Für die Bauern, die vom Anblick der jungen Nazis im Wirtshaus fast benommen sind, ist es klar: *Es mußte doch hinter diesen Jungens eine ordentliche Macht stehen, die sie in solchen schweren Zeiten also einkleidete und fest beschuhte. Schon bei diesem Anblick dachten manche, ob es ratsam sei, den Söhnen etwas beharrlich abzuraten, was ihnen vielleicht Nutzen brachte.* Eine saubere, ungeflickte Hose und besohlte Schuhe sind in Zeiten solcher Armut bereits ein politisches Argument. Der Aspekt, der sich in allen Handlungen und Gedanken der Bauern als der dominierende zeigt – Eigennutz und Vorteilsdenken um jeden Preis –, bestimmt auch ihre Bewertung des Nationalsozialismus. Eine ideologische oder auch nur argumentative Auseinandersetzung mit dem Faschismus findet im *Kopflohn* so gut wie nicht statt. Ansätze dazu gibt es lediglich in Johanns Gesprächen mit seinen Genossen Wolf und Rendel und in den beiden Gesprächen, die Johann Schulz und Kößlin miteinander führen. In diesen beiden jungen Arbeitslosen hat die Erzählerin zwei komplementäre Figuren entworfen, deren Entwicklung sie in zwei entgegengesetzte Lager führt; Herkunft und Freunde, aber auch Zufälle spielen dabei eine Rolle. Man könnte zugespitzt sagen: aus dem Erleben derselben krisenhaften Situation heraus ziehen beide unterschiedliche Konsequenzen. Als Gesinnungsgenossen könnten sie die besten Freunde sein, denn sie gleichen sich in wesentlichen Charakterzügen. Johann ist zwar nicht in der Partei, aber Kommunist, was Kößlin nicht versteht. Wo Johann auf dem Klassenunterschied besteht, sich als Prolet fühlt und stolz darauf ist, bevorzugt Kößlin statt der linken Gleichmacherei eine Ordnung, deren Hierarchie unangetastet bleiben soll.

Für die Erzählerin stellte sich die Frage, welche Struktur, welche Fabel, welche Motive geeignet seien, den Faschismus in seinen Voraussetzungen und Motiven und vor allem in seiner Gefährlichkeit, die sie in der Auslöschung des Humanen sah, an der Wurzel, das heißt in den arbeitenden und handelnden Menschen zu erfassen und darzustellen. Dabei dachte sie weniger an solche Leser, die bereits politisch engagiert waren, sondern viel mehr interessierten sie jene, deren Bewußtsein noch zu wenig geschärft und deren Gefühle noch zu gleichgültig waren angesichts der politischen Entwicklung. Symptomatisch ist auch, daß gerade diejenigen, die zu dieser Entwicklung durch die Wahl der NSDAP beitrugen, über ihr eigenes Mittun erstaunt waren. Aber die Entscheidung, die bei der Wahl zu treffen war, war weder zufällig noch erzwungen, sondern sie wurde mehrheitlich getragen. Sie erwuchs für viele bruchlos aus dem Alltag und war in den harten Krisenjahren der Republik gewachsen. Die Entscheidungssituation, mit der Anna Seghers ihren Roman strukturiert, ist die Frage, wie sich die einzelnen Menschen in der Konfrontation mit dem gesuchten Johann Schulz verhalten. Dabei ist es nicht entscheidend, ob Johann wirklich bei dem sogenannten Hungermarsch in Leipzig einen Polizisten erstochen hat. (Dies ist insbesondere deshalb nicht entscheidend, weil die Morde der Nazis überhaupt nicht Gegenstand polizeilicher Untersuchung sind.) Entscheidend ist, was die Konfrontation mit dem Steckbrief in Verbindung mit der immensen Summe von 500 Mark in den einzelnen auslöst. Bereits Andreas Bastian merkt, daß Johann offensichtlich in einer schwierigen Situation steckt, als er zu ihm kommt, aber er fragt nicht, nimmt ihn auf, teilt Arbeit und Essen mit ihm und gewinnt ihn schließlich lieb wie einen eigenen Sohn. Algeier hingegen kennt den Jungen kaum; das Geld könnte er gut gebrauchen, um seine Zentrifuge auszulösen, aber er begreift, daß ihn etwas mit Johann verbindet, das sie beide in Gegnerschaft zu den Herrschenden bringt. Auch dem jüdischen Händler Naphtel wäre das Geld willkommen, aber in ihm erwacht jener Widerwillen, *heftiger als vor Mord oder vor Raub oder Lüge oder sonst einem Laster, uralter, dem unverfälschten Menschenherzen eingeglühter Widerwille, einen Verfolgten der Staatsgewalt auszuliefern.* Für den alten Merz, der die Roten haßt, ist es lediglich eine Frage des opportunen Zeitpunkts, wann er den Gesuchten anzeigt; Kößlin wird zum Verräter, weil er den unbedingten Gehorsam gegenüber seinem Gruppenführer Kunkel über seine Freundschaft zu Johann stellt. Wie später im *Siebten Kreuz* wird auch hier die Entscheidung zwischen Verrat oder Solidarität zum entscheidenden Maßstab für den inneren Wert eines Menschen, für den Grad der Bewahrung seiner Humanität. Fragte Anna Seghers dort, was ihre Figuren *trotz* des Faschismus sich wie Menschen verhalten ließ, so fragte sie im *Kopflohn*, *weshalb* er sich in den Menschen mit diesen furchtbaren Folgen einnisten konnte. Ihre Bilanz war bereits 1933 ernüchternd und hart.

*Sonja Hilzinger*
*August 1995*

AtV

Band 5150

# Anna Seghers
# Aufstand der Fischer von St. Barbara

Erzählung

Mit einem Nachwort von Sonja Hilzinger

119 Seiten
9,80 DM
ISBN 3-7466-5150-6

Als Anna Seghers 1933 aus Deutschland fortging, hatte sie zwei Bücher geschrieben. Ihr erster Roman »Aufstand der Fischer von St. Barbara« war ein kleines Buch gewesen, dessen bestechende Dichte und nüchterne Schwermut, mit hoher erzählerischer Zucht verbunden, staunen machte, fesselte und die Verleihung des Kleistpreises an die Verfasserin rechtfertigte.

*Stephan Hermlin*

AtV

Band 5151 **Anna Seghers**
**Das siebte Kreuz**
**Ein Roman aus Hitlerdeutschland**

Mit einem Nachwort von Sonja Hilzinger

433 Seiten
16,80 DM
ISBN 3-7466-5151-4

**Aus sieben gekuppten Platanen wurden im Konzentrationslager Westhofen Folterkreuze für sieben geflohene Häftlinge vorbereitet. Sechs der Männer müssen ihren Fluchtversuch mit dem Leben bezahlen. Das siebte Kreuz aber bleibt frei.**

**»Das bedeutendste Buch des Exils über das ›Dritte Reich‹«.**

*Hans Albert Walter*

AtV

**Band 5152**

## Anna Seghers
## Das wirkliche Blau

**Eine Geschichte aus Mexiko**

Mit einem Nachwort von Sonja Hilzinger
Mit 8 Szenenfotos aus dem gleichnamigen Film

116 Seiten
9,80 DM
ISBN 3-7466-5152-2

**Anna Seghers erzählt von Grund auf. Ihre Figuren sind mit einer Landschaft, einer Familie, einer Arbeit, mit ihrer Klasse verbunden und werden durch echte Bedürfnisse, nicht nur durch psychologische Reize stimuliert. Sie schafft ihnen, mag sie sie auch zu den ungewöhnlichsten Prüfungen ausersehen haben, zunächst eine sichtbare, hörbare, riechbare Umwelt, ein Alltagsleben, von dem aus ungewöhnliche Leistungen erst ungewöhnlich, gewöhnliches Versagen um so verständlicher werden.**

*Christa Wolf*

AtV

Band 5153 **Anna Seghers**
**Transit**

**Roman**

Mit einem Nachwort von Sonja Hilzinger

290 Seiten
15,80 DM
ISBN 3-7466-5153-0

**Wenn dieser Roman zum schönsten wurde, den Anna Seghers geschrieben hat, liegt es wohl an der schrecklichen Einmaligkeit der zum Vorbild gewählten geschichtlich-politischen Situation: Marseille 1940 – was so lieblich, in unserem Sprachgebrauch fast wie ein Pfadfinderunternehmen, immer noch »Frankreichfeldzug« genannt wird, ... scheuchte aus Paris, aus allen Teilen Frankreichs, aus Lagern, Hotels, Pensionen, Bauernhöfen ein ganzes Volk von Emigranten auf. Sie strebten alle dem einzig möglichen Ziel Marseille zu ...**

*Heinrich Böll*

AtV

Band 5154

## Anna Seghers
## Karibische Geschichten

256 Seiten
15,80 DM
ISBN 3-7466-5154-9

Während in Paris die Trikolore weht, der Konvent die Leibeigenschaft abschafft, bleibt in den französischen Kolonien alles beim alten. Aus den historischen Vorgängen der Sklavenbefreiung auf den Antilleninseln bezieht Anna Seghers den Stoff für diese Erzählungen.

AtV

Band 5155

# Anna Seghers
# Die Kraft der Schwachen

Neun Erzählungen

204 Seiten
13,80 DM
ISBN 3-7466-5155-7

**Was allzu oft im Wirbel großer Ereignisse untergeht, läßt Anna Seghers in diesen Geschichten lebendig werden: den Heroismus jener Menschen, die sich der Macht zersetzender Lebensumstände widersetzen.**

AtV

Band 5156 **Anna Seghers**
**Sonderbare Begegnungen**
Erzählungen

144 Seiten
12,80 DM
ISBN 3-7466-5156-5

Drei Begegnungen: Märchenhaft die erste, entdeckt die Vergangenheit neu mit den Augen der Zukunft (»Sagen von Unirdischen«), irdisch, aber sonderbar die zweite (»Der Treffpunkt«), phantastisch und irdisch zugleich die dritte (»Reisebegegnung«), die auf überraschende Weise ein Treffen zwischen E. T. A. Hoffmann, Gogol und Kafka arrangiert.

AtV

Band 5165

## Anna Seghers
## Sämtliche Erzählungen in 6 Bänden

68,- DM
ISBN 3-7466-5165-4

Diese Sammlung bringt, chronologisch geordnet, sämtliche Erzählungen der Autorin, frühe, in Zeitungen abgedruckte Geschichten ebenso wie postum erschienene.
»Erzählen, was mich heute erregt, und die Farbigkeit der Märchen ...«: Anliegen der Anna Seghers, seit sie Geschichten schrieb.

AtV

Band 5167

## Anna Seghers
## Die Rettung

Roman

Mit einem Nachwort von Sonja Hilzinger

517 Seiten
17,90 DM
ISBN 3-7466-5167-0

Eine Grubenexplosion hat sieben Kumpel von der Außenwelt abgeschnitten. Nach vielen Tagen voller Verzweiflung und mühsam erhaltener Hoffnung werden sie gerettet. Die Erzählerin beobachtet sie weiter: Wie werden sie, die im verschütteten Schacht das letzte Brot und das letzte Wasser miteinander teilten, weiterleben? Was geschieht mit ihnen in dieser aus den Fugen geratenen Zeit, wo Inflation und Arbeitslosigkeit den Alltag bestimmen? Es ist eine großartige epische Chronik entstanden, die sich aus den verschlungenen Wegen menschlicher Leidenschaften, Bewährungen und Schwächen zusammensetzt.

AtV

Band 5171

# Anna Seghers
# Der Ausflug der toten Mädchen

und andere Erzählungen

140 Seiten
9,90 DM
ISBN 3-7466-5171-9

Die berühmteste Erzählung von Anna Seghers, »Der Ausflug der toten Mädchen«, entstand wie die beiden anderen dieses Bandes im mexikanischen Exil. Auf eigentümlich schwebende Weise gibt sie eine traumhafte Vision wieder, in der sich die Erzählerin als Kind während eines Schulausfluges erlebt und zugleich als erwachsene Frau in Mexiko. »Post ins Gelobte Land«, eine stille, bewegend erzählte Geschichte, schildert das Schicksal einer jüdischen Familie bis zu ihrem Untergang, der von den Briefen des Sohnes überdauert wird. Die erste Erzählung, mit der sich Anna Seghers wieder deutscher Gegenwart zuwandte, »Das Ende«, führt das Leben einer Figur aus »Das siebte Kreuz« weiter: Zillich, der sadistische Aufseher aus dem KZ Westhofen, wird nach dem Krieg von seiner Schuld gehetzt und in den Tod getrieben.

AtV

Band 5200

**Arnold Zweig**
**Mal herhören, alle!**

Prosa – Essays – Briefe

Herausgegeben von Wilhelm von Sternburg

Originalausgabe

398 Seiten
16,90 DM
ISBN 3-7466-5200-6

**Wilhelm von Sternburgs Auswahl aus dem Werk Arnold Zweigs enthält Kapitel aus dem Romanzyklus »Der Große Krieg der weißen Männer«, Novellen, Publizistik sowie hier zum Teil erstveröffentlichte Briefe an Max Brod, Martin Buber, Lion Feuchtwanger, Sigmund und Anna Freud, Ludwig Marcuse, Rudolf Olden u. a.**

AtV

Band 5204

## Arnold Zweig
## Der Streit um den Sergeanten Grischa

Roman

Mit einem Nachwort von Heidrun Loeper

515 Seiten
17,90 DM
ISBN 3-7466-5204-9

Im März 1917 flieht der russische Kriegsgefangene Paprotkin aus einem Lager in Litauen. Er will nach Hause, ostwärts. Er will sein Kind sehen, das er noch nicht kennt. Als eine deutsche Streife ihn gefangenimmt, folgt er dem Rat Babkas, der Partisanin, die ihn liebt: ahnungslos gibt er sich als der verstorbene Überläufer Bjuschew aus. Er wird der Spionage verdächtigt und zum Tode verurteilt. Von nun an wird Grischas Schicksal zum juristischen Fall, zu einer Frage der Kompetenzen. Der unscheinbare, gutmütige Russe mit der leidenschaftlichen Seele wird zum Anlaß dafür, daß Gesinnungen kollidieren, Disziplin und Menschlichkeit Fronten bilden.

AtV

Band 5205 **Arnold Zweig**

# Junge Frau von 1914

**Roman**

Mit einem Nachwort von Heidrun Loeper

379 Seiten
16,90 DM
ISBN 3-7466-5205-7

Es ist keine gute Zeit für die Liebe: Konventionen, Familie und Krieg stehen gegen sie. Nachdem Lenore Wahl, die behütete Tochter aus gutbürgerlichem Haus, ihre Verbindung mit dem Armierer Werner Bertin endlich durchsetzen konnte, hat sie nicht nur diesen Kampf hinter sich, sondern auch den Konflikt einer ungewollten Schwangerschaft und die schwere Entscheidung zur Abtreibung. Das alles sind Auslöser für sie, über die Verstrickungen ihres Schicksals mit den Zeitläufen nachzudenken, parallel zu Bertins ernüchternden Erfahrungen an der Westfront, die seinen patriotischen Rausch schnell verfliegen lassen.